筆畊印記

邱曙光——著

天津出版传媒集团
百花文艺出版社

图书在版编目（CIP）数据

笔耕印记 / 邱曙光著. -- 天津：百花文艺出版社，2023.7
ISBN 978-7-5306-8615-7

Ⅰ. ①笔… Ⅱ. ①邱… Ⅲ. ①报告文学-作品集-中国-当代 Ⅳ. ①I25

中国国家版本馆 CIP 数据核字（2023）第 123564 号

笔耕印记
BI GENG YIN JI
邱曙光　著

选题策划：王　欣　　**责任编辑**：由高峰
书名题字：王苏龙　　**装帧设计**：云上雅集
出版发行：百花文艺出版社
地址：天津市和平区西康路 35 号　**邮编**：300051
电话传真：+86-22-23332651　（发行部）
+86-22-23332656　（总编室）
+86-22-23332478　（邮购部）
网址：http://www.baihuawenyi.com
印刷：长沙市精宏印务有限公司
开本：710 毫米×1000 毫米　1/16
字数：230 千字
印张：17.5
版次：2023 年 7 月第 1 版
印次：2023 年 7 月第 1 次印刷
定价：89.00 元

如有印装质量问题，请与长沙市精宏印务有限公司联系调换
地址：长沙市开福区德雅路 1246 号
电话：（0731）85817162
邮编：410003

序：让爱注满人生

◎刘景良

曙光同志把《笔耕印记》样书送给我先睹为快。我大致浏览了一下，竟被其朴实的文风深深吸引，后又逐篇逐句认真阅读了一遍，犹如三月春风拂面来，心里荡漾着阵阵暖流。

《笔耕印记》是曙光同志的工作笔记。文稿没有华丽的辞藻，真实地记录了他脚踏实地、真心实意帮助弱势群体的点点滴滴，记录了他对亲情友情真真切切的心灵感悟，记录了他对社会爱心组织、爱心人士解囊相助和回报社会的奉献精神的由衷赞美。

曙光同志三十八年前是我在衡阳县一中任教时的学生，我担任过他的班主任，他不仅学习刻苦认真、成绩优良，而且还是优秀的班干部，有组织能力，热心公益，只要同学有困难，不管大事小事，他都倾情相助，真情帮扶，体现出中国优秀文化传统在他身上所烙下的可贵品质。今天读到他的《笔耕印记》，不仅让我回想起当年那个朝气蓬勃的阳光青年，更让我感到了一个人在青少年时所形成的宝贵品质会在整个人生和社会中产生的巨大力量。曙光同志在侨联工作时，引导海内外爱心组织、爱心人士捐赠900多万元，帮助1300多名寒门学子完成学业；担任县残联理事长时，率先在全市成立县级残疾人福利基金会，募集了近1200万元帮助全县残疾人提高生活品质。他在平凡的岗位上书写了不平凡的人生。他被评为全市首届道德模范，被全国侨联、人社部联合授予"全国侨联系统先进工作者"。难能可贵的是，他勤于笔耕，善于发现生活中的真善美，在他的笔下，一个个贫寒学子都是逆境中奋斗的榜样，一位位爱心人士的善举都是刻骨铭心的感动。据悉，通过他的网络求助，通过他牵线搭桥得到爱心组织、爱心人士帮助的绝大多数贫寒学子都圆了求学梦。知识改变了命运，这些圆了梦的贫寒学子，已经成为或正在成为建设现代化强国的栋梁之材。

《笔耕印记》还记录了一批为提高残疾人生活品质而默默工作、乐于奉献、富有爱心的助残模范，他们的事迹没有惊天动地的豪言壮语，朴实平凡，人人都可以做到而又人人都未必做到。正是这样的人构筑了社会向上向善的脊梁，一批批残疾人在他们的帮助下自强不息、不等不靠，用自己的双手打开了生命之窗，书写了精彩的人生。这正好印证了那句箴言，"上帝为你关上一扇门的同时，会为你打开另一扇窗"。

《笔耕印记》字字句句皆有情，桩桩件件都是爱，是曙光同志满怀感恩之心，用朴实无华的文字记录自己平凡的工作和生命缘分的美好相遇。

愿人生善缘福报，让爱心注满人生！

2022年11月2日

（刘景良，衡阳市委党校原副校长、教授，衡阳市人民政府参事）

目录

Contents

第一辑　一钵饭的故事

第二辑　在尚善蒸阳的天空下

第三辑　爱心洒满助残路

第四辑　单臂铸初心

第五辑　柏花的故事

第六辑　听我说谢谢你

附录

笔耕印记

第一辑

一钵饭的故事

孜孜不倦为“善小”

在这个盛夏的六月，烈日炎炎，衡阳县志愿者联合会诞生了。这是一个传播文明、弘扬爱心、传承美德的民间组织，志愿者行为既普通平凡又崇高神圣，推举我担任会长，我既感到无比荣幸，又感到惶恐不安：荣幸的是，这是领导和各位代表的信任，是对我本人的看重和肯定；惶恐的是，这毕竟是个松散型的民间组织，既不能用简单的行政方式管理，又不能像公司企业制订出那么多条条框框来开展行动。靠什么增强这个组织的凝聚力和向心力，让我们志愿者联合会这个新生儿茁壮成长起来？我感到沉甸甸的压力！好在这个组织既不会有任务指标，又不会有考核验收。良知、道义是我们这个组织的立会之本，信念、责任是我们这个组织的力量之源。位卑言微的我，信誓旦旦的表态是苍白无力的，在这样一个因为奉献、因为有爱而有缘分相聚到一起的组织里，与其用空洞的表态来给这个组织开张支票，不如谈谈我内心真实的体会。

我出生在九峰山冲，儿时先父就经常对我讲，力气用不尽，井水挑不干，能为别人做点力气事千万不要推辞。左邻右舍的红白喜事、农忙时节，总有父亲忙碌的身影。经常听到乡亲夸我父亲喜欢“打报工”，是个大好人。

“打报工”是土话，就是做义工，就是帮别人做事没有报酬。1981年我从大山里走出来，来到县一中求学，那时生活苦，吃不饱饭。一天晚自习后，我与一个同学用父亲送来的米偷偷到食堂的煤火边煮饭，差点被当成小偷而被开除。因为当时的校长王际寿是个开明而又心细的好校长，为我洗掉了“嫌疑”。为一钵饭差点改变我的人生命运，让我体会到帮助别人的重要。我要以感恩社会、感恩他人的心态生活在这个世界。

我自2001年开始接触爱心助学，经我帮助的学生达1200多人，不少贫困学子因为受助而改变了命运。我的感悟是给贫困孩子一点帮助，说不定就改写了他一生的命运。送人玫瑰，手留余香。在助学过程中，我感受到帮助别人的快乐。

当今社会，商海波涛汹涌澎湃，经济利益在不少人的眼中重于泰山，做义工有时也受到质疑和不理解，说不定还要受委屈。我也受到过委屈和不理解。因为助学是民间的行为，有不少人怀疑我天天接触爱心善款，一定有好处，甚至居心叵测的人怀疑我有什么野心。我总是坦然面对，用持之以恒的爱心行动来证明自己的清白。十多年来，我经手过600多万元助学善款，数百名爱心人士、1000多名受助学生与我交往过，但没有出现一次资金问题，没有一个资助人和受助人与我发生过纠纷。

人的职位有高低，能力有大小，财富有多少，但爱心行为没有高低贵贱之分。在从事爱心助学活动中有许多的人和许多的事感动了我。2006年11月，我接待了一位日本华侨佐藤先生，他是一个小儿麻痹症患者，双腿是用假肢行走，极为不便，但他的爱心行动至今留在我的脑海。他是残疾人，还精通英文，靠做国际贸易积累了家底。我试探着问他：“您一个腿脚不方便的人为何要选择到国内来帮助他人？”他告诉我了他的奋斗历程，每个人都有困难的时候，看到国内的贫困孩子，他就想自己多在家洗几次头，少去吃几次日本料理，就能帮助祖国一两名贫困学子完成学业，很值！

上海的一位的士司机通过我帮助了岘山乡的孤儿贺卫同学上学。他一家三口到贺卫家，为孩子带来了学习、生活用品。其实这位叫郃永庆的“的哥”

并不富有，但他说为了帮助孤儿完成学业，自己就是在上海街上多拉两趟客，值得呀！

2008年，一个孤儿考上了一所重点大学，因为网上没有资助大学生项目，我为这个孩子能否顺利进入大学而担心。当我试探性地向县里一位单位负责人求援时，他竟毫不犹豫地答应资助，开学前给这个孤儿送去了3000元现金，并购买了行李箱和学习用品。他说节约一点，帮助一个学子圆上大学梦值得！这样的事例实在太多。爱心助学路上没有孤寂，一路阳光一路歌，一分耕耘一分收获，助学的过程中我的心灵得到陶冶，情操得到升华。

古人说“勿以善小而不为”。志愿行业就是我们生活中的“善小”，我们选择了志愿行为，就要为之孜孜不倦，不求惊天动地，但求在日常的平凡行动中为这个社会添彩，不懈怠、不气馁、不畏惧，把帮助他人作为自己的快乐来做。我相信在我们的共同努力下，我们的队伍将不断得到壮大，我们志愿者联合会一定能在汇聚爱心力量、倡导文明风尚、推动社会进步、构建和谐社会中作出积极的贡献！

（2008年6月就任衡阳县志愿者联合会会长的讲话）

一钵饭的故事

这是二十三年前我亲身经历的一件事。时光风化了容貌，钙化了骨质，但没有淡化我对这件事的记忆。一钵饭差一点改变了我和另一个同学的命运。

20世纪80年代初，我从一个偏僻的山区考上了省属重点中学——县一中。那时候生活是很苦的，每餐三两米饭，加上菜里油少，所以很少吃饱过。最难挨的是晚自习后的漫漫长夜，特别是冬天又冷，真的是饥寒交迫。为了御寒，我们大多是两个同学把被子合起来睡到一张床上。

一天晚自习后，与我同睡的刘同学辗转反侧不能入睡。他问我是不是饿了，我说有一点，他说要是有一钵饭就好了，不然要等到天亮太漫长了。

我的父亲早几天前正好给我送了十多斤米，我就对刘同学说，实在饿的话，我有米，可以从食堂后的墈边滑下去煮饭吃。曾有同学这样做过，不过那时有米的同学都很少，私自去煮饭吃也就不多，我们俩就用一个铝钵盛了米去煮饭。

我俩一边煮饭一边聊天，想到马上就有一钵香喷喷的饭来分享，好不兴奋。冷不防有七八人冲到我俩面前，把我俩当作小偷捉了起来，后来才知道是学校食堂的工友晚上来加煤，发现有人在煤火边说话，叫人把我们捉起来的。

校长也起床了，亲自来审问。大约问了十多分钟，校长把其他工作人员叫了出去，好像安排了一下又进来了。我和刘同学想这下完了，听一个外号叫“独眼龙”（只有一只眼睛）的工友在吼食堂最近经常被盗，这晚终于捉到了。学校原来也出现过因偷盗把学生开除的事件，再过一年我们可就参加高考了，十年寒窗就要圆满结束了，如果因背黑锅被开除，我俩有何面目回到家乡去呢！

没过多久校长被人叫了出去，一会儿进来，只是对我俩说以后要注意别违反校规，就放我俩回去睡觉了。做早操时，食堂一个工友到宿舍门边叫我和刘同学到校长室去一趟，我俩十分担心，不敢想象后果。可进了校长室，校长说：“你俩肯定饿坏了，快把这钵饭吃了。”我俩惊呆了，没想到不但有前晚煮的一钵饭，还有一小碗榨菜……

校长看我们吃了之后说：“食堂里米被盗的事与你们无关，要安心学习啊。”原来校长在前晚就安排人将放在我箱子里的米与学校的米进行了对比。学校的米是从粮站买的陈米，起码是三年以上的米，而我父亲送来的米是当年的新米。这个环节我当时是不知的，班里的同学也不知道那晚发生的事情，这都是校长从爱护我们的角度出发，没有声张。校长叫王际寿，现在想起来王校长实在是一位高明的好校长。如今我在县委机关工作，刘同学大学毕业后当了一名公务员，一钵饭的故事实在算不上精彩，但我终生不会忘记。

前年一个名叫盛漱生的衡阳籍美国老华侨通过海外中国教育基金会（OCEF）资助家乡的贫困孩子上学，我也就因此当上了基金会的协调员，从而接触了不少贫困的孩子，也接触了OCEF，更在论坛上结识了各位富有爱心的会员和义工。现在的生活条件与我上高中时比，不知要好多少了，通过当助学义工我才知道还有不少贫困的孩子竟上不起学。我现在从事的义工活动是多么有意义。就像当年我的一钵饭一样，一件小事影响了我一生。给贫困孩子一点帮助，说不定也就改写了他一生的命运！

（该文于2006年5月在海外中国教育基金虹桥论坛发表，后刊于《乡村少儿》《衡阳晚报》等媒体）

父亲带我碾过年米

细伢子盼过年，大人盼插田。我的家在衡阳县九峰山脚下，山多田少，人均不到2分地，一日三餐，饭里总是要拌上红薯、土豆等杂粮才能够全家吃，所以过年时能敞开吃就是我小时候最难忘的记忆。

腊月小年前后，我们常会跟在父亲后面去碾过年米。过年米其实是父母平时积攒点谷，等到过年才去碾，亲朋好友来拜年不至于没米下锅。碾过年米几乎是乡亲不成文的习俗。

父亲带我去碾过年米，既是做伴也是帮他当看护。从家里出发挑谷到石洞口街上去碾米，有三四里路程。途中父亲歇息或去供销社买点过年物资，我就负责看管。

20世纪70年代初，又是一年碾过年米。依稀记得我是八九岁，父亲又带我去碾过年米，他从碾米厂挑出来，走过一段青石板路，放下担子，停在供销社旁边的几户人家门口，就招呼我看护，他去供销社买东西。我满心欢喜，因为只有过年时，父亲才会买点糖果，从供销社买东西出来，一般都会给我几颗糖。

我把扁担放在地上，坐在扁担上等父亲，眼睛看着两箩碾过的米。父亲进了供销社，看不到背影了。这时，一个40多岁的中年妇女穿着打了补丁的棉衣从街边的房子出来，看到我一个人守护着米，瞧我微微笑后又进屋了，没过多久拿着一个瓢出来了，朝我的米箩舀了满满一瓢米，又把米箩摇摇，端着那瓢米转身就走了。我很想去夺回来，但瞅见她棉衣后背上花花绿绿的补丁，又看箩里舀出的米洞也平了，就听任她把那瓢米用双手端进了屋里。我寻思着父亲回来后要不要告诉他。大约过了二十来分钟，父亲买了些杂物回来了，把东西分匀放到两箩米上，挑起来就准备走。我把想要告诉父亲的话又咽进了肚子。还没走几步，只见那个舀我一瓢米的妇女端着那瓢米出来了，赶紧走到我父亲面前说："刚才我想逗逗你崽，舀了一瓢米，你崽好大方，没有阻止我，我还是把米还给你。"父亲放下担子，对那妇女的行为只是淡淡一笑，接过那瓢米一边倒进米箩一边对妇女说："你家要是没有米，就把这瓢米拿去算了吧。"那妇女一个劲儿说是逗小孩玩的，父亲口上说送给她算了，其实他还是有点舍不得，一家七口人，春节还要招待客人，就是这担米可要吃上一个多月，那瓢米要是平时吃，拌上杂粮煮，可是几天的口粮。

父亲又挑起米往回走了，我怯怯地跟在后面，与父亲保持几步远的距离，担心父亲挑到没有人的地方放下担子，拿起扁担来揍我，毕竟我犯下了没有制止别人舀我家米的错误，又没有及时告诉父亲。

一直到了家里，父亲也没有放下担子，一路也没有说什么话，父亲越是这样，我越担心到家里会受到打骂。我不敢进屋，看到邻居的孩子们在玩耍，就呆呆地看他们。到了中午，母亲才喊我回去吃饭，我慢慢挪动步子进屋，眼睛警惕地往屋里看，如果大人要打我，我就随时准备拔腿逃跑。好在没有什么动静，姐姐、两个哥哥已经坐在松木桌子边吃起来了，父亲喊我还不快点坐桌边来吃。

我拿着碗添了碗红薯饭，坐到了桌子边。这时父亲说："算了，那瓢米别人送回来了，不会打骂你了。"我这才放下心来。一家人吃完了饭，父亲当着大家的面把上午别人舀一瓢米的事说了出来。我想雷公不打呷饭人。

呷完饭了，父亲又把舀米的事和家里人都说了，可能全家人就开始要惩罚我了。

母亲向来脾气大（随着我年龄的增长，阅历的丰富，我明白一大家子张口要吃要喝，在那困难的岁月，母亲哪会有好脾气），听了父亲说的事，那次却没有发火，哥哥和姐姐只是摇头，数落着我，以后怕是守自己的本分都守不到。

父亲叫停了哥姐的数落，要我说说为什么不制止又不告诉他别人舀了一瓢米。我豁出去了，大声说："我以为别人没有米过年，我告诉父亲，又担心父亲去别人家要回来引起争吵。我做错了，过年我还是呷红薯饭吧，你们不要再说我了。"

说了后，我以为暴风骤雨就要到来了，可情况恰恰相反，全家人都吃惊地看着我。父亲这时对我微微笑着说："没想到儿子年小还是明白些道理，人很善良，大家不要责怪他了，遇事还能退一步，避免更大的伤害，过年还是允许你吃白米饭吧。"

…………

四十多年前的事，我一直不能忘怀，父亲去世已二十多年了，在69岁那年结束了他劳累而又善良朴实的一生，母亲大人一直活到了85岁，于几年前安详离世。母亲常常说，没想到她这么有福气，跟着我住进了城里的楼房，家里电器一应俱全，还有了小车，要是你父亲在世，看到现在的好日子，该多好！

"碾过年米"是我童年的憧憬和快乐的记忆，是九峰山乡亲在那艰难岁月的一道风景。一瓢米的经历，让我更深深地体会到父母的慈爱。父母善良的品德感染着我，伴随着我的成长，激励我尚善为人，热爱生活，勤勉工作。

（载"学习强国"网络平台、《衡阳晚报》）

归田园记

我小时候的梦想就是“跳农门”，从农村娃变成一只凤凰飞出偏僻贫穷的九峰山冲。放牛割草剁柴寻猪草，这些看似轻松的农活，是我童年少年的必修课；父母在自留地种菜，我常常跟着帮忙；烈日下的“双抢”，递禾、捡稻穗赚工分，炎热辛苦，自不待言。“跳农门”的唯一途径是考上大中专学校，所以，我深深爱上了文化课，学习特别用功。

父母毕竟是大山里的农民，20世纪70年代末80年代初，百里挑一才能出一个大学生，他们觉得我没有那么好的命，我在上学的同时，还是要学会干农活，这是以后安身立命之本。为了有更多的时间学习，我总是很卖力地尽快干好农活，然后就看书写作业。

命运之神还真的眷顾了我，我后来真的考上了大学，成了那个时代的宠儿。我庆幸自己告别了农村，端上了吃国家粮的“铁饭碗”，对农活说拜拜了。

工作几十年，如白驹过隙，转眼，少年郎变成年过半百奔花甲之人，年初从单位主要负责人岗位卸任。一时清闲下来，我就思考着如何打发时间。有朋友建议我种种菜、喝喝茶、打打牌，把休闲的时间过得丰富一些。羡慕陶渊明归隐田园那种“采菊东篱下，悠然见南山”的恬静，回望儿时干农活

的场景，我也动了“晨兴理荒秽，带月荷锄归”的念头。所以，我把种菜作为打发时间的首选项目。

很快，我在郊外觅得一块荒地，作为我的菜园子。从市区到菜园子3公里，一部旧越野车就成了我种菜的交通工具。妻子听说我要每天开车去种菜，担心油钱可能比买菜贵，直到我买了锄头、柴刀、榔挖子、扁担、水桶等工具，她才知道我是下定了种菜的决心。我告诉妻子，我要成为一个快乐的菜农。

“到了惊蛰节，锄头不停歇。”惊蛰一到，我便开始了我的菜农生活。本是农家子弟，从小耳濡目染的农事还是深深地印在我的脑海。去除荆棘杂草，开挖整地留沟，几块菜地就成形了。

我种菜的理念是不施农药化肥，种出有机蔬菜。附近有个养鸡场，我挑来了鸡粪，又买了100斤菜枯，放在园子里发酵，然后在地里下足了底肥。

坐落在蒸水桥头的市蔬菜研究所培育了20多种蔬菜苗子可供菜农选购。这可为我这个新入行的“菜农”省了育苗的程序，又解决了我不知道什么季节种什么这个难题。3月下旬，我逐块菜地规划了种植品种，从蔬菜研究所购买了辣椒、茄子、西红柿、南瓜、冬瓜、丝瓜等10多种苗子，足足花了6个小时才栽完。妻子帮我为栽下的苗子逐蔸淋了过根水，我的菜园子就这样种下了希望。

世间万物皆有灵性，有生命的蔬菜也不例外。我几乎每天都要往菜园子转转。下雨了，担心溺坏，我便清沟排水；天晴了，担心旱坏，我便挑水浇灌；地肥，杂草长得比蔬菜还快，与我的蔬菜争养分，我就把每块地的杂草除得干干净净；小虫子也喜欢添乱，我便捉的捉、驱的驱，还用十滴水为蔬菜护身。周边种菜经验丰富的菜农，看我这么用心种菜，又传授我一些种菜知识，如，辣椒要高产，第一个分叉以下的侧枝全部要打掉，南瓜、冬瓜要想结果成活率高，要授粉打枝。

有耕耘就会有收获，如今，我的菜园子生机盎然，几乎每株都结辣椒了，西红柿也长出豆粒大果子，苦瓜、南瓜开花了，空心菜、小白菜可以上餐桌了。

经过三个多月的种菜生活，我手上长茧了，大肚子瘪了，皮肤晒黑了，可喜的是身体的各项指标都正常了。第一次摘了空心菜、扯了小白菜，提了满满一袋送给了80多岁的岳父岳母品尝，老两口笑得合不拢嘴，夸我从单位负责人华丽转身为一个悠哉乐哉的“菜农”。

我想，人生何尝不是种菜！你用汗水用辛勤去对待蔬菜，它就会长势茂盛，结出硕果，让你收获喜悦。这就像人的一生，要与很多人相处交往，父母、兄弟、姊妹、同学、战友、同事，有缘均会相遇，每个人的性格、脾气、爱好、习惯不尽相同，要用心用情去呵护美好的相遇。

相聚地球村，珍惜相逢，远离钩心斗角，空闲之时，不妨去种菜吧。

（写于2022年4月，原刊于《衡阳晚报》《掌上衡阳》）

九峰山脚我的家

九峰山，南岳七十二峰之一，没有名山大川之名气，没有特别的景致，也不十分陡峭，更不藏妖隐怪，无险可探。20世纪60年代，我就出生在九峰山脚。从娃声落地到牙牙学语，从懵懂儿童到少先队员，从混沌初开再到初中毕业，我的时光打发在九峰山下。儿时的记忆，九峰山的神奇，在于她的自然，多类植被，百草齐全，妙不可言。我衣食住行所在叫九峰村大队第四生产队，20多户人家100来人，依山而建，5个居住地，也就是5个屋场，感觉5个屋场就如今天的闹市，热闹融洽。在我家对面的屋场就是生产队长家的屋场，直线距离不足300米，中间还隔着一条清澈弯曲的小河，小河两边是重重叠叠的梯田，每丘田都有与自然相关的名称，什么田螺丘、牛眼丘、蝶子坵、榆花丘、桃子湾丘、岸口丘都还深深地印在我的记忆中。记得8岁时，全队的成员傍晚时分集中在队长家开夜会，正值酷暑七月，山中并不太热，我从家里破旧的茅屋房赤脚去对面队长家看大人们开会。快到队长家时，冷不丁队长家的恶犬扑过来，在我大腿上狠狠咬了一口，会咬人的狗不叫，咬了我才叫，伴上听到的大哭声，父亲和大人们才终止会议赶紧把恶犬赶走，把摔倒在过路丘田坎里的我抱到队长家的土砖门槛上。鲜血从大腿流到脚丫，听大家惊讶叹息，幸好咬在下面一点点，不然“命根子”都要咬断了。那时队里的人也知道被狗咬了担心得狂犬病。我生产队下面的一个生产队叫贺林生的10岁的儿子就是被狗咬患了狂犬病，临死前像狗一样吠叫，手刨地流鲜血。这边的九峰山缺医少药，更没有狂犬病疫苗可打。队里的会没开成，有几个人陪着赤脚医生打着火把，在小河边去寻了几味草药，和大人们先是用温水融化食盐帮我清洗伤口，赤脚医生把寻来的草药在口中嚼烂，队长老婆扯了一块帐子做纱布，赤脚医生一口一口嚼烂的草药，敷在了我的伤口上，然后父亲就背着我往家里走。我担心地问父亲我会不会像下面生产队林生叔叔家的儿子（记不起他名字）一样得狂犬病疯狂死去，父亲安慰我：“崽呀，你福大命大，不会的。刚才敷了草药，过几天就会好起来，不会得病。”果然几天后，我就健步如飞，狗咬的伤愈合了，后来也没有得狂犬病，只是被狗咬的伤疤至今还留在我的大腿上，还留在我深深的记忆里。九峰山的草，神农的百草，我深深地爱恋你，你是自然的精华，你是我的救命恩人！恶犬呀，我一辈子的恐惧，请你远离我，我屙屎离你八尺远。你要吃我屎，等我起身后！

九峰山脚我的家，儿时怕上九峰山。我兄弟姊妹多，7岁时，年近50岁的母亲还为我生了个弟弟，害得我不能按时上学。母亲和家里的大人要赚工分，我赚不了多少工分就成了“少年保姆”照顾弟弟，还要上九峰山剁柴割草。九峰山呀，你为什么有山林？你为什么生柴草？你为什么藏牛羊？初中毕业之前，我与九峰山为伴，剁过柴，割过草，寻过药材，背过料竹，锯过抬杠，我就是九峰山中的小樵夫，苦和累的化身。九峰山呀，我的爱恨交加山！爱你的神草救我命，恨你的物产害我累。离开你，走出你山的封闭，是我上学第一天就拥有的梦想。我8岁时，弟弟也会走路了，父母终于把我送到了山村的九峰小学。其实父母、哥哥、姐姐还有队里的乡亲，都认为我不是读书的料，六七岁时，我最怕大人要我按人头拿筷子摆桌子上，因为我数不清人数，大人告诉我人数我又数不清筷子。父亲总是叹息：你这么大的人了，连简单的算数都教不会。但我农活样样能干，插秧扮禾，挖土施肥，我不比大人差，或许这是父母欣慰之处，但我的心思不在地里。我想只要上了学，读书还会比干活难？！或许还真是大一点上学好。我上一年级时，比班里的同学都大一二岁，自然成熟一二岁，老师看我大一些，又能干，当然不知道我的智慧差那么一点点，竟然把我推选为班长，自此一路上学，我直到大学都担任班长。至今，同学相见相聚，都昵称我为“老班长”。身为班长，我深知一定要以身作则，搞好学习，成绩总要稍稍领先。所以，我笨鸟先飞，学习特别刻苦。穷人的孩子早当家，苦和累磨砺了我的童年，让我更加珍惜学习机会。初中毕业会考，我和村里另一位同班同学考取了省属重点中学衡阳县一中，成了村里的骄傲！九峰山呀，我终于要走出你的深处了，离开你我竟泪流满面。我恨你藏耕牛，害我傍晚恨恨唤牛，寻不到牛，我怎么向队里交差。我恨你长这长那，一年四季出产物：春长笋我要捡笋壳卖；夏结山苍子，我要摘你熬山苍油；秋结山栗，我要摘你做果脯；冬天你也不消停，野兔野鸡常出没，想方设法要捕捉，这可是过年待客的好食材！拜拜啦，我会离你远远啦！你再生长什么也会与我无关啦！你不消停我消停了！隐隐地恨，可我又深深地爱！九峰山呀，你磨砺了我的童年、少年，成就了以后稳健的我。忘不了，儿时的伙伴，在山中捉迷藏；忘不了，春天杜鹃花红遍，伙伴仿演《杜鹃山》；冬天，林深雪原，伙伴在山中《智取威虎山》；忘不了，乡亲们嚼草药疗狗伤，纯洁的人际关系不设防。我流泪，我怕没有在你身边的日子，陌生的外界，我经不起风雨；我怕山外的疯狗更猖狂，没有你的灵草，什么东西给我疗伤；我怕外面的世界很精彩，迷失了方向，谁来为我指途径。

九峰山呀，你是我的支柱山，你的平凡，我的仰望，你的淳朴，我的榜样！我要像你一样平淡平凡，默默无闻跻身到你外面的世界。我从你身上领悟到风水的玄妙。儿时常听父亲说，砌屋要砌窝，葬祖要葬坡。如果把房屋建在风口高坡，雨淋风吹，房屋自然会受到破坏，人居住在此，心情自然不会宁静，健康状况自然会受到破坏，病魔就会趁机入侵。祖坟葬在洼地，容易积水，棺椁就容易被腐蚀，泥沙充填，很容易掩埋墓地，后人祭扫也难寻找，千古不朽就是空句。九峰山呀，长什么树结什么果，撒什么种子开什么花，你肥沃的土地，孕育丰富的物产。你让我明白，生活是一次次朝起和暮落的轮换，人生是一场场遇见和告别的辗转，心有多善，福有多深，善良就像九峰山的灵草，可以医治心灵百伤！

九峰山呀，我的心始终没有离开你，我的脉搏因你而跳动。无论我高兴沮丧，我都因你而平静，你是平复我心灵的神山。每每梦回九峰山，每每身置九峰山，心灵就会得到洗涤，灵魂就会得到升华。九峰山，你没有那些名山大川的喧嚣嘈杂，到处是人为商业气味。你没有掮客导游游说的戒备，没有惊险刺激的项目，没有危险的景区，还不需掏钱买门票。没有任何工业污染。你平静，让我心可以依靠；你俊秀，让我眼前一片葱茏；你朴实，让我人回归童真。你从远古屹立，让我回想经历，磨砺童年，成就今我，你向未来微笑，朝我点头。我家就在九峰山脚！

你的平凡，我的仰望！

（原刊于《蒸阳文学》2021年第9期）

第二辑

在尚善燕阳的天空下

在尚善蒸阳的天空下

蜿蜒曲折的蒸水
是尚善蒸阳的母亲河
上下五千年的深厚文化
两千五百平方公里的热土
哺育了一代代善良的人民

月有阴晴圆缺
人有残障康健
在全县130万人口的大家庭中
有7.5万名折翼的天使
因为残缺
百灵鸟美妙的歌唱
他们听不到
心中美好的梦想
他们说不出

缤纷多彩的世界
他们看不到
岣嵝、九峰、大云山的峻峭
他们走不到
然而——
在尚善蒸阳的天空下
我们愿与残障兄弟姐妹一道
伴随秋日金黄稻浪的交响
冬日岣嵝日出的万丈光芒
春日蒸水浪潮的汹涌澎湃
夏日接天荷花的别样红艳
在蒸阳的这方热土
和着新时代的旋律
追逐美好的梦想

让我们把最动听的歌声
献给那些关爱残疾人的各级领导
是他们
走进残疾人这个弱势群体
聆听他们心灵的呼声
领略他们拼搏的风采
把发展残疾人事业摆在案头
把阳光雨露洒向残障人士

让我们把最优美的舞蹈
献给那些支持残疾人事业的各界朋友
是他们

弘扬助残扶弱的传统美德
勇于承担社会责任
慷慨解囊、捐资献物
共同铸就健残共融的和谐华章

让我们把最热烈的掌声
献给那些一心扑在残疾人事业上的助残工作者
是他们
秉承“人道、廉洁、服务、奉献”
倾注全部爱心
尊重、热爱、帮助残疾人
把党和政府的关怀送到残疾人心间
康复、教育、就业、扶贫
居家服务、日间照料
方方面面，无微不至
甚至还要忍受偏见、误解
始终恪尽职守，默默奉献，无怨无悔！

让我们把最美丽的鲜花
献给那些身残志坚自强不息的残疾人朋友
他们虽然有着不幸和痛苦
但又都有着拼搏和奋进的生涯
贝多芬、霍金、华罗庚、张海迪、桑兰
成就非凡，堪称典范
我们身边，也有这样一批模范
他们身残不坠青云之志。
用双手，用自己的聪明才智

书写着人生的精彩
邹建团
因为车祸致残
他独腿助力基层卫生事业的发展
赢得了群众的信赖和赞誉
先后获得了国家、省、市、县三十多项荣誉和奖励
吴永良
二十四年依靠轮椅坚持教学
直到退休
获得了“全国十佳师德楷模”
满身疤痕被火炙烤致残的钟红生
刻苦学艺修家电
耕田机绞断大腿致残的罗宏发
不给家人和社会添麻烦
服药致聋的莫亚萍
爱岗敬业，争创一流
冯菊玲、周益军、廖洪斌、屈文明……
他们用残疾的身躯
谱写了动听的生命乐章

把月光的莹洁剪裁
融成平等的眼神
残疾兄弟姐妹一样可以演绎精彩
请用温暖的手给予关怀
善对残友
残疾人健康人一样拥有
幸福温馨

在尚善蒸阳的天空下

让我们携手同行

追逐中华民族伟大复兴的中国梦！

（2017年11月为衡阳县残疾人福利基金会成立暨爱心捐赠文艺晚会创作，由著名艺术家阚丽君、张原铭、张宁朗诵）

我们是相亲相爱的兄弟姐妹

今夜星光灿烂
今夜如花如画
今夜伴随着优美的旋律
我们为助残·自强模范喝彩

太阳有明有暗
月亮有圆有缺
在人类历史的长河中
健康残障就是一对孪生兄弟

悠悠流淌的蒸水河畔
没有心的沙漠
没有爱的荒原
这里是人人都有爱心的美好家园！

在130万人口的大家庭
有7.5万名残障兄弟姐妹
他们有的看不见鲜花美丽的笑容
有的听不到百灵鸟动听的歌声
有的连站起来的希望都丧失
但他们是我们相亲相爱的兄弟姐妹

做你明亮的眼睛
带你看缤纷的世界
做你美妙的声带
唱响生命的音符
做你稳健的拐杖
伴你风雨同行

让我们礼赞助残模范
他们生动诠释了学史崇德、助人为乐的高尚品德
把平凡做到极致成就了非凡
在全面建成小康社会的征途中
践行了习近平总书记倡导的“残疾人一个也不能少”

把鲜花献给最美角山助残人黄玲
一颗善心抵过万两黄金
件件善举托起残疾人生活的信心
把社会责任融入角山米业的企业文明

把掌声献给阳光陶瓷的阳纯文
肩上扛起富而思源回报桑梓的社会责任

安排残疾人进企业，帮助残疾人脱贫致富
助残路上总有他忙碌的身影

把赞歌唱给李丹、尹秀妆
爱心化雨幼苗棵棵逢甘霖
心系残障儿童抢救性康复
妙手回春让朵朵花儿向阳绽放！

把镁光灯闪向欧阳晓娟、刘朝霞
爱心洒向残疾人日间照料、居家服务
点亮了残疾人希望的灯
架起了残疾人自信的桥！

把精美的酒杯献给陈相友
酌满的是朝朝暮暮年年岁岁
守护残障妻子的爱情美酒
不离不弃不歧视
他颠覆了“夫妻本是同林鸟，大难来了各自飞”的
世俗成见

把奖杯献给残疾人工作者陈利、魏启常、任小英
二三十年如一日坚守在助残工作岗位上
他们是三月的风，六月的雨
是助残路上道道亮丽的风景

没有惊天动地
没有豪言壮语

他们平凡普通
他们就在我们之中
让我们站在两个一百年的交会点
为实施“十四五”规划扬帆启程
在建设社会主义现代化强国的征途上
携手残疾兄弟姐妹
相亲相爱、风雨同舟、砥砺前行！

（于2021年5月为“永远跟党走——衡阳县第二届助残·自强模范颁奖典礼”创作，由湖南卫视主持人黄健、滕颖朗诵）

尚善蒸阳·助残扶弱

——衡阳县残疾人福利基金会成立暨爱心捐赠公益文艺晚会主持词

1. 开场舞《爱满人间》

张　宁：公益助残情暖蒸阳。尊敬的各位领导、各位来宾，亲爱的观众朋友们，大家好！欢迎大家来到尚善蒸阳助残扶弱衡阳县残疾人福利基金会成立暨爱心捐赠文艺晚会的现场，我是中国红十字会博爱艺术团主持人张宁。

张原铭：我是中国红十字会博爱艺术团主持人张原铭。本次活动是由中共衡阳县委、衡阳县政府办、衡阳县残疾人联合会、爱佳文化传播有限公司承办，衡阳电视台承制。

张　宁：在这个初冬的时节，党的十九大精神犹如一股股暖流，激励我们用心用情用力做好保障和改善民生工作，让人民群众拥有更多的获得感、幸福感、安全感。

张原铭：在这个伟大的时代，我们永远把人民对美好生活的向往作为奋斗目标，以永不懈怠的精神姿态，开启新征程。

张　宁：首先很荣幸向大家介绍莅临本次活动的领导和嘉宾。

（介绍领导和嘉宾）

张原铭：首先有请中共衡阳县委书记曾秀致辞。

张　　宁：感谢曾秀书记热情洋溢的致辞。接下来，有请省残疾人福利基金会理事长洪礼先生宣讲批文。

接下来，有请中共衡阳市委常委、宣传部部长刘丽华宣布湖南省残疾人福利基金会衡阳县代表处成立。

张原铭：今天来到晚会现场的还有国家、省、市及地方的资深艺术家们以及省、市、县残联工作者、残疾人自强模范。同志们，欢迎你们的到来。

张　　宁：10月24日，党的十九大胜利闭幕。习近平总书记在大会报告中提出："统筹城乡社会救助体系，完善最低生活保障制度。完善社会救助、社会福利、慈善事业、优抚安置等制度。"发展残疾人事业，加强残疾康复服务。凸显出以习近平同志为核心的党中央人民至上的执政情怀。

张原铭：中国共产党人的初心和使命，就是为中国人民谋幸福，为中华民族谋复兴。在幼有所育、学有所教、劳有所得、病有所医、老有所养、住有所居、弱有所扶上不断取得新进展，保证全体人民在共建共享发展中有更多获得感。这是时代铿锵之音，更是与人民同呼吸、共命运、心连心的坚定誓言。

张　　宁：今天，我们以爱为名，为残疾人提供帮助，感受来自社会大家庭的温暖。今天，我们以爱为始，加快残疾人社会保障和服务体系建设，营造扶残助残的社会氛围。

张原铭：本次晚会我们邀请了李光羲、阚丽君、李凯稠、杨光、爱佳五位艺术家担任助残爱心大使，十多位明星还将为我们奉献一场精彩的公益义演。让我们用掌声感恩爱心人士的慷慨捐助，感恩伟大的新时代。

（切换片花1）

张　　宁：让我们迎着明天的朝阳走向灿烂辉煌。第十五届青歌赛流行组金奖得主李思，为我们带来歌曲《吉祥》。

2. 男声独唱《吉祥》

张　　宁：朗朗上口的旋律，优美动听的歌声，这是对幸福生活的礼赞，更是对灿烂明天的期许。感谢李思老师的倾情演绎。

张原铭：世界那么大，我想去看看。中国城市的飞速发展，让这一切变得简单而惬意。随着城乡差距逐步缩小，衡阳县这块热土同样也成了优秀旅游目的地，下面有请黑鸭子组合主要成员，也是咱们的“衡阳媳妇”、青年歌手樊桐舟老师。让我们伴着歌声，一同出发。

3. 女声独唱《张三的歌》

张宁到歌手旁边互动交流：

真是太好听了，好想去走一走看一看，感谢樊桐舟老师带我们领略诗一样的远方。其实，好地方真不用走太远，咱们衡阳县就是个山清水秀的好地方，据我了解您的搭档李凯稠老师应该最有发言权，他就是地道的衡阳县人，我们有请李凯稠老师。

李凯稠：（家乡话）家乡的父老乡亲，你们好！我是衡阳县西渡镇人。

（普通话）非常高兴能回到生我养我的家乡，这几年，家乡变化真大，宽敞的进城大道、大气的文化广场，印象非常深，今天我要用歌声回报家乡的父老乡亲。我诚挚邀请樊桐舟老师与我合唱《最美的年华》，送给大家。

张　宁：好，这是家乡人民的好福利，我们把舞台交给二位。

4. 对唱《最美的年华》

张原铭台下采访自强模范代表：

感谢两位对家乡的深情厚谊，用最美的青春演绎最美的年华。同样演绎最美年华的还有那些为残疾人事业默默奉献的优秀代表。今年9月，在县残联第三次代表大会上，全县首届十佳“残疾人自强模范”和十佳“助残模范”获得表彰，他们用行动为残疾人事业发展树立了榜样和标杆，向你们致敬。在我身旁的就是其中的残疾人自强模范邹建团，他是三湖镇卫生院院长，在一次车祸中失去右腿，身为院长的他，却靠单腿将一个负债经营的乡镇卫生院“跑”出了效益、“跑”出了民心、“跑”出了大家的尊敬。听乡亲们说，只要邹院长下乡办事，狗都不咬他，叫都不会叫，是不是有这么回事?

残疾人自强模范邹建团：

确实是这样，狗不会叫，因为走得多，狗都和我混熟了。要为贫困村民建立健康档案只能走出来，不能等着他们来卫生院，我们要上门服务。尽管我身体有残疾，但我从来没有看轻自己、贬低自己。我认为，别人能做到的事情，我们也能做到，管理医院确实不是件容易的事情，要改善医疗条件，要提高乡镇医生待遇，要扭亏为盈，这都需要毅力、智慧和恒心，但我始终相信乐观的心态才能成就未来，只要充满自信，一切都会好起来。

张原铭：简单朴实的话语，让我们心生敬仰之情，感谢榜样的力量，我们一同祝福他们，谢谢你们！接下来，我们有请一群活泼可爱的小朋友们，他们创办了全国首支少儿乐队“小陈皮乐队”，快乐、时尚、帅气、青春、活泼是他们的标签。今天他们将与县特殊学校学员们一起手拉手、心连心。

5. 童声合唱《心连心》

（切换片花2）

张　宁：逐梦蒸阳，爱心启航。您现在收看的是“尚善蒸阳助残扶弱”衡阳县残疾人福利基金会成立暨爱心捐赠公益文艺晚会。现在有请一位重磅嘉宾，他就是我国著名男高音歌唱家、国家一级演员、享有国务院“有突出贡献的优秀专家”称号的老艺术家李光羲。

大家伙猜猜李老今年高寿……我告诉大家，李老今年已经88岁高龄了，这么大年纪了还能来参加公益演出，向李老致敬，您是我们学习的榜样，让我们将最最热烈的掌声献给这位热心公益事业的老艺术家。老前辈有很多脍炙人口的经典佳作，如《祝酒歌》《何日再来相会》《太阳出来喜洋洋》，相信在座的各位一定耳熟能详。话不多说，让我们在动听的歌声中回味经典，也希望大家伸出我们热情的双手鼓动响亮的节奏，向老艺术家致敬。

6. 歌伴舞《祝酒歌》

张原铭：大家说好不好听……其实，这并不是李老第一次来衡阳，就在去年的1月，阎肃老师生前的最后一场音乐会——“丹心向阳”阎肃作品音乐会在衡举行，李老就前来助阵。当时，李老还与衡阳籍青年歌手，也是“丹心向阳”阎肃作品音乐会总制片爱佳同场演出，今天师生两位再次走到一起。有请我们的“衡阳妹子”爱佳闪亮登场。

爱　佳：父老乡亲，大家好，我是爱佳。很高兴再次回到家乡演出，非常有幸能与老师一同演唱，热心公益事业是我们家乡人义不容辞的责任，我们希望通过我们的努力，能让更多人参与爱心事业，关心关爱残疾群体，谢谢大家。

张原铭：让我们一同欣赏由李光羲、爱佳为我们带来的歌曲《开心就好》

7. 歌伴舞《开心就好》

张　宁：谢谢二位的精彩演绎，谢谢，辛苦了。党的十九大报告说要全面建成多层次的社会保障体系，这体现了党中央对百姓的关爱，大家觉得日子更有盼头了。让我们不忘初心，奋勇向前，开辟最美中国道路。

8. 对唱《不忘初心》

张原铭：助残扶弱，民生所向。近年来，衡阳县残联各项事业全面发展，抓服务促民生、抓培训促就业、抓扶贫促攻坚，加快残疾人致富步伐，残疾人群体幸福指数不断提升，彰显了衡阳县和谐的社会发展氛围。请欣赏诗歌朗诵《在尚善蒸阳的天空下》。

9. 朗诵《在尚善蒸阳的天空下》

张　宁：残疾人事业是一项光荣而艰巨的事业，无论是帮扶残疾人群体心理身体康复，或是实现就业创业、脱贫致富，都是一个漫长的过程，只有坚定信心与勇气，才能开创幸福时光，奔向美好的未来。

10. 流行串烧《奔跑》

张原铭：阚丽君是一个响亮的名字，她是中国少年儿童文化艺术基金会会长、1989—1991年曾连续三年主持央视春晚，还担任过1997年香港回归、1999年澳门回归主会场主持人。一心公益的她今天也来到晚会现场，她想用爱心的汇聚，撑起人间大爱。让我们用热烈的掌声欢迎阚丽君。

11. 歌伴舞《你的爱》

（切换片花3）

张　宁：尚善蒸阳，助残扶弱。为了筹备本台公益晚会，北京歌剧舞剧院青年独唱演员、"衡阳妹子"爱佳付出了艰辛的努力，邀请知名艺术家倾情演出，联络爱心人士企业参与其中，帮助残疾人树立信心，这是一份对家乡人民的赤子情怀，她要让爱心之花开遍蒸阳大地，有请湘妹子爱佳继续登台献唱。

12. 歌伴舞《中国画　中国美》

张原铭：感谢爱佳的动人演绎，家乡人民一定感受得到这片深情，谢谢您。优美婉转的音乐让人沉醉，接下来我们敞开心扉，用激情点燃希望，有请北京现代音乐学院欧美流行系系主任、国家一级演员丁丹教授为大家带来*I feel good*。

13. 女声独唱 *I feel good*

张　宁：喔哦，接下来这位嘉宾不得了，他是一位才华横溢的歌手，集作词、作曲、演唱、模仿、主持等众多才艺于一身，被誉为艺界的奇才——2007年夺得《星光大道》年度总冠军，2008年登上央视春晚，他就是热心公益事业的"爱心大使"杨光。

张原铭：他八个月大时就因病而双目失明，在他的脑海里根本就没有关于这个世界的任何影像记忆。多年来，杨光用音乐诠释他心中的世界，以乐观的态度寻找色彩，在音符中描绘着美好的生活。

14. 歌伴舞*You Raise Me up*、《我是阳光》

张　宁：只要人人都献出一点爱，世界将变成美好的阳光。感谢用生命歌唱的杨光，也祝愿他今后越来越好，为中国点亮绚丽的色彩。谢谢你为我们带来阳光和温暖，谢谢。

张原铭：本次晚会我们邀请了李光羲、阚丽君、李凯稠、杨光、爱佳五位知名艺术家担任助残爱心大使，我们将为他们授予“助残爱心大使”证书，感谢各位为残疾人事业所做的无私奉献，再次有请几位艺术家登台，有请中共衡阳县委书记曾秀、县人民政府县长孙鹏伟为他们颁发证书。

张　宁：爱心助残事业离不开社会各界的关心和爱护，一大批助残单位、爱心企业为残疾人事业发展作出了积极贡献，接下来我们为十家助残明星单位颁奖，有请单位代表上台领奖，我们将有请恒生制药董事长唐勇先生说说自己为助残捐赠的感想。请珠江合创的董事长朱介武先生留步，请您谈谈是什么促使您捐赠100万来帮助残疾人。

张原铭：今天来到我们晚会现场的还有许多爱心人士和企业家，他们也将用实际行动为残疾人事业发展添砖加瓦、贡献力量。我们也评选出了20位助残明星，并为他们颁奖，感谢他们为残疾人事业所作的突出贡献。我们将分两轮为他们颁奖。

张　宁：不知道大家注意到没有，在我们夏明翰文化宫一楼有50幅书画作品，这是湘籍书法家鲁海波先生捐赠的，欢迎广大市民前去认购，所得的款项将全部捐赠县残疾人福利基金会，鲁老师曾在衡阳县一中工作七年，对本县教育事业作出了很大贡献，对这片土地有着深厚的感情。

感谢鲁老师的慷慨捐赠。今天来到我们晚会现场的还有许多爱心人士和企业家，他们也将用实际行动为残疾人事业发展添砖加瓦、贡献力量。

张原铭：为弘扬人道主义精神和中华民族扶弱助残的传统美德，我们精心搭建爱心平台，广泛募集社会资金，进一步动员社会各界力量关心支持帮助贫困残疾人，改善生活状况。

张　宁：今晚我们见证了无疆的大爱，也见证了残疾朋友昂扬向上、自强不息的精神风貌。瞄准新目标、踏上新征程，发展残疾人公益事业，这条路注定不轻松，但坚定地走下去，就一定能迎来曙光。

张原铭：坚定跨越，世纪沧桑，光荣迈向，百年辉煌。让我们紧密团结在以习近平同志为核心的党中央周围，以习近平新时代中国特色社会主义思想为行动指南，认真学习贯彻党的十九大精神。

张　宁：让我们不忘初心、牢记使命、开拓创新、奋发进取，为决胜全面建成小康社会、加快建设“经济繁荣、百姓富裕、生态优美、社会和谐、政治清明”的衡阳、夺取新时代中国特色社会主义伟大胜利而努力奋斗！

张原铭：尊敬的各位领导、各位来宾，尚善蒸阳助残扶弱衡阳县残疾人福利基金会成立暨爱心捐赠文艺晚会到此圆满结束，再见！

张　宁：再见！

（2017年11月19日，由中共衡阳县委、衡阳县人民政府主办，衡阳县残联承办的这台公益晚会取得了圆满成功，现场获得助残善款1200多万元）

学史崇德 · 助残自强

——衡阳县第二届助残 · 自强模范颁奖典礼晚会主持词

开场舞《爱的奉献》

（主持人上场音乐，主持人在音乐中入场）

黄健： 百年华诞尚善蒸阳

滕颖： 学史崇德助残 · 自强

黄健： 尊敬的各位领导、各位来宾、各位朋友

滕颖： 电视机前及手机客户端的观众朋友们

合： 大家晚上好

黄健： 这里是衡阳县第二届助残 · 自强模范颁奖典礼的活动现场。我是湖南卫视首席节目主持人黄健，非常荣幸担任今晚颁奖典礼节目主持人，谢谢大家！

滕颖： 我是湖南卫视节目主持人滕颖，很高兴担任今晚颁奖典礼节目主持人，谢谢大家！

黄健： 从《义勇军进行曲》到《东方红》，从《春天的故事》到实现中华民族伟大复兴的中国梦，一百年的风雨历程，一百年的辉煌历史，在每一个关键时刻，在每一次重大关头，都是您——我们伟大的中国共产党，把握

历史大势，顺应时代潮流，带领人民，依靠人民，不断开创革命和建设事业的新局面，建立了彪炳千秋的历史伟绩。

滕颖：在建党100周年即将到来、在全党开展党史学习教育之际，衡阳县委、县政府高度重视残疾人工作，真学真用强本领，助残自强开新局，自2017年开展了全县第一届助残·自强模范评选活动以来，全县上下又涌现了一大批帮助残疾人脱贫致富，积极投身助残慈善公益事业的先模人物，同时也涌现一大批不等不靠、奋力谱写生命华章的自强不息的残疾人先模人物，为进一步营造扶残助弱、自强不息、健残共融的美好蒸阳，今晚举行“永远跟党走，衡阳县第二届助残·自强模范”获奖名单揭晓颁奖典礼。

黄健：这次活动，由中共衡阳县委、衡阳县人民政府主办，衡阳县残疾人联合会、衡阳县残疾人福利基金会承办。

滕颖：出席颁奖典礼的领导和嘉宾有：

1. 中共衡阳县委书记、二级巡视员曾秀；

2. 中共衡阳县委副书记、县人民政府县长孙鹏伟；

3. 中共衡阳县委副书记 王苏龙；

4. 衡阳县人大常委会主任叶强，衡阳县政协主席杨秋良；

5. 衡阳市残联党组成员、副理事长张桂生；

6. 县“四大家”在家的其他领导，协办赞助单位主要负责同志，县直机关、乡镇、园区、涉残机构负责人，社会各界爱心人士代表。

让我们以热烈的掌声欢迎他们的到来。

黄健：今晚，我们荣幸地邀请了我国著名的音乐制作人，也是我们衡阳县走出去的音乐才子李凯稠先生携夫人樊桐舟、女儿李昕融出席我们的颁奖典礼，让我们以热烈的掌声欢迎他们的到来。

滕颖：下面有请中共衡阳县委书记、二级巡视员曾秀致辞，大家欢迎！

（曾秀书记致辞）

黄健：感谢曾秀书记热情洋溢的致辞。

滕颖：今年2月25日，在全国脱贫攻坚总结表彰大会上，习近平总书记庄严宣告："经过全党全国各族人民共同努力，在迎来中国共产党成立一百周年的重要时刻，我国脱贫攻坚战取得了全面胜利……这是中国人民的伟大光荣，这是中国共产党的伟大光荣，这是中华民族的伟大光荣！"

黄健：在脱贫攻坚进程中，残疾人的脱贫是坚中之坚，难中之难。为了落实习近平总书记"全面建成小康社会，残疾人一个也不能少"的重要指示精神，中共衡阳县委、衡阳县人民政府高度重视残疾人工作，惠残政策落地生根。

滕颖：特别是在全市率先倡导成立衡阳县残疾人福利基金会，引导社会各界积极投身助残慈善公益事业，首募资金1200多万元，为全县残疾人事业添上了浓墨重彩的一笔。

黄健：近几年来，县残疾人福利基金会作为财政的补充，为残疾人事业发挥了添砖加瓦作用：投入270万元为重度残疾人购买人身意外伤害保险，为他们提供了一份保障；投入250万元为近300户残疾人家庭进行无障碍改造，为残疾人提供了生活出行便利；投入110万元改善残疾人基础设施建设，为他们融入社会提供了方便；投入56万元，购买轮椅、拐杖等辅助器具，做到辅具应供尽供；投入20万元帮助残疾人解决临时困难，为他们解了燃眉之急……

滕颖：这么说，衡阳县残疾人福利基金会的成立真是一大爱心善举，感谢衡阳县委、县政府为全县残疾人朋友做了一件大好事，感谢社会各界的无私奉献！

黄健：今晚的盛会，将进一步推动全县残疾人事业的发展。一些爱心单位和爱心人士获悉后，纷纷解囊相助。在此，让我们对他们的爱心善举道一声"谢谢"！

滕颖：感谢五月的春风，五月明媚的阳光，感谢大自然的真纯美好。五月是助残月，全国第三十一次助残日就是五月的第三个星期天。今夜因爱聚首，今夜我们为助残、自强模范点赞，今夜《你笑起来真好看》。

有请李凯稠、樊桐舟、李昕融演唱《你笑起来真好看》。

（现场采访李凯稠）

黄健：凯稠，您好！听说在2017年衡阳县残疾人福利基金会成立文艺晚会上，您和夫人樊桐舟回乡参加了公益义演，今晚您又在百忙中携家人回乡奉献精彩的节目，请您跟家乡的父老乡亲说几句吧。

李凯稠：衡阳县是我可亲可爱的家乡，感谢县残联曙光理事长邀请回乡，能为家乡的助残爱心事业出点力……

（李昕融表演《听我说》）

黄健：学史崇德，助残·自强，这里是衡阳县第二届助残·自强模范颁奖典礼的活动现场。

下面掌声有请中共衡阳县委副书记、县长孙鹏伟揭晓衡阳县第二届助残模范获奖名单。

（孙鹏伟揭晓并宣读获奖名单）

黄健：接下来有请孙县长移步至舞台右前方的启动杆前，开启衡阳县第二届助残模范的这份荣誉，让我们共同来认识他们。（播放名单视频）

滕颖：感谢孙县长为我们揭晓了助残模范获奖名单，这些模范有怎样平凡而又感人的助残故事，请看大屏幕。

（播放VCR专题片）

黄健：下面为助残模范颁奖。有请刘朝霞、陈相友、李丹、陈利、欧阳晓娟、阳纯文、黄玲、任小英、尹秀妆、魏启常上台领奖。

滕颖：有请

1. 中共衡阳县委书记、二级巡视员　曾秀

2. 中共衡阳县委副书记、县人民政府县长　孙鹏伟

3. 中共衡阳县委副书记　王苏龙

4. 衡阳县人大常委会主任　叶强

5. 衡阳县政协主席　杨秋良

6. 衡阳市残联党组成员、副理事长　张桂生

7. 县委常委、县政法委书记　肖正才

8. 县委常委、县纪委书记、县监委主任　刘云

9. 县委常委、县委组织部部长　刘洋

10. 县委常委、县人民政府常务副县长　宋任飞

上台为助残模范颁奖。

滕颖：谢谢！今天表彰的助残模范，只是大爱蒸阳成千上万爱心人士中的代表。在他们当中，有一位爱心人士叫陈善露，洪市镇人，目前担任衡阳陈氏项目管理有限公司副董事长、湖南坚守华夏文化发展有限公司董事长、长沙市衡阳县商会副会长，他热心公益事业，自主出资以零农药零化肥保种种植约600亩非转基因水稻、中国大豆，不用机器烘烤，所有粮食仓库储存；他看到“你好衡阳县”公众号发布的信息后，联系上了县残联理事长邱曙光，慷慨捐赠3.5万斤大米，5万元人民币助残，县残联将把这些爱心大米送给居家服务的残疾人。

接下来让我们掌声有请陈先生上台，与大家见个面。

——您好！陈先生，请谈谈您为何参与到助残爱心行动中来。

陈善露：主持人好！大家好！扶弱助残是我们中华民族的传统美德，作为一名健全人，我觉得应该尽自己的力量来帮助残疾人，以此来完善自我和兼善他人，“兼善他人”就是点亮自己，今后，我将会与县残联合作，参与经常性的助残活动。

滕颖：说得太好了，谢谢！县残联如何与陈先生合作助残，下面有请县残联理事长邱曙光上台来说一说，掌声有请。

邱曙光：我非常高兴，非常感动，残疾人事业离不开社会各界爱心人士的大力支持！为了以后能与陈先生合作，把助残工作做好，我们决定聘请陈善露先生为衡阳县残疾人福利基金会理事，现在就给您颁发聘书！

黄健：真的是好感动！我相信，有党和政府重视残疾人工作，社会各界支持关心残疾人工作，生活在社会主义大家庭的残疾人，他们的生活幸福指数一定会节节攀升！

（切光主持人退场然后播放片花）

（灯光起音乐起主持人在音乐中入场再进行朗诵）

（配乐诗朗诵《我们是相亲相爱的兄弟姐妹》）

滕颖：“生活以痛吻我，我要报之以歌。”习近平总书记指出：“健全人可以活出精彩的人生，残疾人也可以活出精彩的人生。”古今中外，涌现出了一大批身残志坚、自强不息活出精彩人生的残疾人，如孙膑遭膑刑著写了千古不朽的兵书《孙膑兵法》，轮椅上的美国总统罗斯福，聋人发明家爱迪生，音乐大师贝多芬，等等。

黄健：还有现在还在不断书写精彩人生的张海迪、桑兰、杨淑亭等，他们都是身残志坚、自强不息的残疾人代表。在我们衡阳县，也有这样一批残疾人，他们不等不靠不放弃，自立自强、顽强拼搏，书写了精彩的人生。

滕颖：下面揭晓衡阳县第二届自强模范名单。掌声有请衡阳县委副书记王苏龙揭晓获奖名单。

（王苏龙宣读获奖名单）

黄健：接下来有请王书记移步至舞台右前方的启动杆前，开启衡阳县第二届自强模范的这份荣誉，让我们共同来认识他们。（播放名单视频）

黄健：谢谢王书记。这些自强模范有着怎样的拼搏精彩的人生，请看大屏幕。

（播放VCR专题片）

滕颖：看了这些自强模范的事迹真的好感动！下面有请刘友林、刘泽娟、刘献春、李平均、周正、周红松、邹国、赵勇、莫红卫、盛新桥上台领奖。

滕颖：有请

1. 中共衡阳县委书记、二级巡视员　曾秀

2. 中共衡阳县委副书记　王苏龙

3. 县委常委、县委宣传部部长　李桦

4. 县人大副主任、县总工会主席　彭家果

5. 县人民政府副县长　周丽华

6. 县人民政府副县长　唐仕海

7. 县政协副主席、县工商联主席、县文旅广体局局长　罗士夫

8. 县人大原副主任、县残疾人福利基金会顾问　肖文告

9. 县人大原副主任、县总工会原主席　赵国运

10. 县残疾人联合会党组书记、理事长　邱曙光

上台为自强模范颁奖。

黄健：幸福是奋斗出来的。残疾人朋友的幸福，也离不开自身的奋斗。在我们衡阳县大云中学，有个叫王之声的音乐老师，2006年，他发现自己的视力快速下降，到医院一检查，得知自己视力下降是因为视网膜色素变性（简称RP），这是一种遗传性的致盲眼底病。现在他的视线范围越来越窄，左右手方向是他的盲区，即使有人已经抓到他的手臂，他也完全看不到。从此，他也就因为这种可怕的眼病而改教音乐。身残志坚的他，成了一名励志老师，口哨演奏音域最宽，是世界纪录创造者和保持者，多项才艺表演在央视、湖南卫视等多个电视栏目播出。

现在有请王之声老师口哨表演《爱拼才会赢》。

滕颖：学史崇德，助残自强，这里是衡阳县第二届助残·自强模范颁奖典礼现场，助残、自强模范们把平凡做到极致，成就了不平凡。下面，请欣赏由李昕融演唱的歌曲《听我说谢谢你》。

（李昕融表演《听我说谢谢你》）

滕颖：真的太好听、太感人了！我也要说声谢谢你！

黄健：栉风沐雨始终秉持初心，寒耕暑耘收获春华秋实，一百年前，中国共产党诞生之时，党员只有50多人，面对的是一个灾难深重的旧中国，今天，我们党发展成9000多万世界上最大的政党，我们党带领全国人民实现了全面建成小康社会第一个百年奋斗目标，我们正迈步走在全面建成社会主义现代化强国的阳光大道上，让我们永远跟党走，听党话，知党恩。

滕颖：让我们始终拥有一颗《感恩的心》！

（歌伴舞《感恩的心》）

黄健：今夜洋溢着浓浓的爱，今夜健全人与残疾人演绎了人间真情。

滕颖：习近平总书记在湖南考察时指出："不断满足人民群众对美好生活的需要，必须保护好残疾人权益，残疾人事业一定要继续推进。"今夜，让我们把习近平总书记的嘱托记在心上，为全县残疾人朋友过上幸福美好的生活而共同努力。

黄健：快乐的时光短暂，美丽的夜晚难忘。

滕颖：朋友们，颁奖典礼就要降下帷幕，感谢大家的光临！感谢电视机前和手机客户端朋友们的守候！

黄健、滕颖：让我们期待明天会更美好！朋友们，再见！

（撰稿于2021年5月20日）

电视专题片解说词：一个也不能少

——谨以此片献给衡阳县残疾人决战决胜脱贫攻坚工作亲历者

（导语）悠悠蒸水，尚善蒸阳，这是一片神奇温暖的热土。这里清风明月都是情，青山绿水皆有爱，110多万蒸阳人民，托起了小康之梦，用永不放弃的信念，汇聚成大爱之光，栉风沐雨始终秉持初心，寒耕暑耘收获春华秋实。

近年来，衡阳县围绕“全面建成小康社会，残疾人一个也不能少”的工作目标，扎实推进残疾人脱贫攻坚工作，惠残政策落地生根，泽被长远。

中共衡阳县委书记曾秀这样说（同期声）：**衡阳县持证残疾人2.4万多人，建档立卡贫困残疾人5868人，他们的脱贫是坚中之坚，难中之难。全县各级领导干部要高度重视残疾人工作，为全县残疾人决战决胜全面小康提供坚强的组织保证。**

衡阳县从2017年起就明确，县级领导干部，乡镇党政正职，县、乡残联工作人员至少结对帮扶一户贫困残疾人家庭，集中优势兵力打赢残疾人脱贫攻坚战。县委书记曾秀情系残疾人，带领县“四大家”班子成员，积极参加助残活动，从2017年开始，四年来，他没有间断参加县残联举行的全国助残日活动，走访贫困残疾人家庭，慰问特教学校师生，看望日间照料中心、康复机构残疾人，县长孙鹏伟、县委副书记王苏龙等领导对残疾人脱贫攻坚工作高度重视，特别是在落实惠残政策资金上给予了全力支持，共整合资金1.1亿元投入残疾人脱贫攻坚，涵盖社会保障、产业扶持、危房改造、教育助残、残疾康复等方面。

领导率先垂范，结对帮扶，成效明显。板市乡贫困残疾人李玖零患上了罕见的肌无力疾病，瘫痪在床多年，在副县长周丽华的帮扶下，寻医服药，奇迹般站立起来，能借助拐杖行走。为了帮助他家脱贫致富，乡政府电子扶贫车间将电子产品送到他家，让他在家中组装，每月有1000多元收入，还让他参加手机维修培训，掌握了一技之长。过去，左邻右舍看到都摇头的贫困家庭，如今也过上了小康生活。截至2020年8月，全县3052名贫困残疾人实现脱贫，达到了“一超过、两不愁、三保障”的要求。对未脱贫残疾人家庭，因户施策对接了针对性帮扶措施。全县残疾人社会保障制度、服务体系、工作机制不断完善，残疾人民生福祉不断改善，为打赢全县残疾人脱贫攻坚战奠定了坚实基础。

如何发挥残联组织在残疾人脱贫攻坚中的作用，县残联党组书记、理事长邱曙光这样介绍（同期声）：**残联是残疾人脱贫攻坚的行业扶贫牵头单位，我们为使残疾人与其他贫困人口同步脱贫，不让一个残疾人掉队，充分发挥残联是县委、县政府联系残疾人的桥梁和纽带作用，不断提升残疾人的生产生活能力，改善残疾人自理功能，全力助推残疾人脱贫攻坚。**

2017年以来，县残联通过基地建设、创业扶持、产业扶持、就业培训、驻村帮扶等精准策略，帮助残疾人脱贫致富。全县确定了11个残疾人扶贫示范基地，1个残疾人就业示范基地，残疾人通过土地入股、劳动力入股、农产品入基地销售等方式，增加收入，基地直接或间接帮助残疾人1200多人，解决残疾人就业180多人。开展残疾人创业培训，对困难残疾人自主创业给予资金帮扶。在溪江乡华峰村、岘山镇岘山村、三湖镇福城村、界牌园区国庆村开展“连千村帮万户”工程，派出两支扶贫工作队，分赴界牌镇两冬村、金溪镇柿竹村开展驻村帮扶。突出党建引领，发挥行业优势，创新工作方法，脱贫攻坚效果显著。金溪镇柿竹村创新出台助学、医疗救助、安全饮水奖补三条“微举措”，助推了贫困户“两不愁、三保障”问题解决；致力发展“小基地、小种养、小手艺”，让贫困户脱贫增收有了新渠道。界牌镇两冬村围绕落实扶贫政策，夯实基础设施，抓实结对帮扶，于2018年成功实现贫困村摘帽。

精准康复，帮助残疾人融入社会。2017年以来，共为276名肢体残疾儿童，427名智力、孤独症儿童，33名听障儿童实施了康复训练和救助，为120名贫困精神病患者实施住院医疗救助，为902名贫困精神病患者进行门诊服药救助，为8325名残疾人发放辅助器具，为258名白内障患者实施免费手术。持证的残疾人康复服务率达90%以上。

在全社会弘扬助残与残疾人自强精神，形成尊重、理解、关心、帮助残疾人的浓厚氛围，唱响了全县上下共同助力残疾人脱贫大合唱。

（同期声）**“恻隐之心，仁之端也。”涓水汇流，足成江河湖海，绵力齐聚，定能众志成城。月有阴晴圆缺，人有残障康健，我加你加他，这个世界更美好！**（邹建团说）

2017年以来，衡阳县注重社会力量向残疾人脱贫攻坚聚焦，弘扬助人为乐、助残扶残传统美德，特别是县委、县政府倡导，在全市率先成立残疾人福利基金会。聘请德艺双馨的著名艺术家李光羲、阚丽君、李凯稠、杨光、爱佳为助残爱心大使，成功地举办了衡阳县残疾人福利基金会成立暨爱心捐赠大型公益义演文艺晚会。现场募集助残善款1200多万元，为残疾人脱贫解困缓解了资金困难。近几年来，基金会投入资金600多万元，用于重度残疾人意外伤害险、残疾人家庭无障碍改造和临时困难资助，为我县爱心慈善事业添上了浓墨重彩的一笔。

残障为残疾人关上了一扇门，如何打开另一扇窗，其实没有可靠的上帝，只有引导残疾人不等不靠，自强不息，顽强拼搏。

（同期声）**授人以鱼，不如授人以渔。县残联在助力残疾人脱贫攻坚中，**

注重激发残疾人内生动力，加强扶志与扶智，让我们残疾人掌握技能，增强本领，为我们提高生活品质注入了活力。

——赵莫工作室　莫红卫

莫红卫通过参加电商培训，创办赵莫工作室，主要从事直播带货，不仅自己脱贫，还解决了10多个残疾人就业。他本人被评为“脱贫之星”。通过政策宣讲、扶志教育、典型激励，贫困残疾人靠自身奋斗脱贫的内生动力不断增强，一大批贫困残疾人不等不靠，艰苦创业，走上脱贫致富的道路。金溪镇柿竹村贫困残疾人李培春过去靠政府低保过日子，在县残联驻村工作队的引导下，靠养牛摘掉了贫困户的帽子，一举成为远近闻名的“牛司令”。还有金兰镇的刘献春、刘香保被评为“全省阳光增收致富带头人”。

“幸福是奋斗而来的。”全县残疾人朋友就是这样自强不息，为决战决胜小康奏响了凯歌。

做你明亮的眼睛，带你看缤纷的世界；做你美妙的声带，唱响生命的音符。新的时代，新的征程，让我们以习近平新时代中国特色社会主义思想为指导，一起再出发，残疾人朋友的明天将更美好！

（撰稿于2020年9月，此专题片为记录衡阳县残疾人脱贫攻坚取得成功而拍摄）

电视专题片解说词：衡阳县残疾人事业发展巡礼

——谨以此片献给新中国成立70周年

蜿蜒曲折的蒸水河，

孕育一代代崇德尚善的蒸阳人。

在全县130万人口中，

有7.5万名残疾兄弟姐妹，

他们生活最苦，行动最不便，
可他们又是幸运的人，
他们沐浴着新时代的惠残政策，
同奔小康前程。

近年来，中共衡阳县委、县人民政府，认真落实习近平总书记提出的“全面建成小康社会，残疾人一个也不能少”的重要指示精神，高度重视残疾人工作。深入推进残疾人“共享小康”工程，积极营造扶残助残的社会氛围。全县残疾人事业呈现蓬勃发展的良好态势。

惠残政策　落地生根

残疾人幸福指数高不高，就看惠残政策落实好不好。衡阳县委、县政府把落实惠残政策作为残疾人工作的重中之重，真正使惠残政策落地生根。

2017年以来，全县享受残疾人两项补贴11000多人，共发放“两补”金

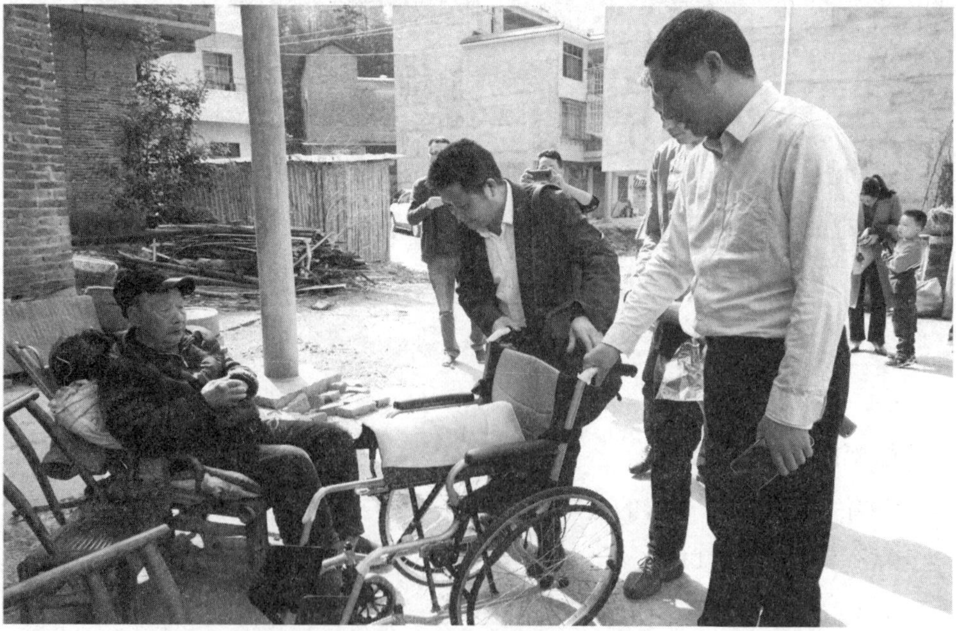

额2400多万元；为重度残疾人代缴养老保险和医疗保险；开展残疾人居家托养服务350人，残疾人日间照料75人；资助残疾人家庭学生及残疾人学生77人，资助金额累计20多万元；代缴就业年龄段重度残疾人养老保险6324人，缴纳金额累计126万元；残疾人实用技术培训、电商培训、盲人按摩培训730人，帮助168名残疾人实现就业。

县财政、税务部门狠抓残保金征收工作。2017年、2018年共征收1300多万元残保金，为开展残疾人工作提供了财力保障。

脱贫攻坚　精准施策

残疾人脱贫是共建小康社会难中之难。2017年以来，通过基地建设、创业扶持、产业扶持、就业培训、驻村帮扶等精准策略，帮助残疾人脱贫致富。全县确定了11个残疾人扶贫示范基地，1个残疾人就业示范基地，残疾人通过土地入股、劳动力入股、农产品入基地销售等方式，增加收入，基地直接或间接帮助残疾人1200多人，解决残疾人就业180多人。开展残疾人创业培训，对困难残疾人自主创业给予资金帮扶。在溪江乡华峰村、岘山镇岘山村、三湖镇福城村开展“连千村帮万户”工程，派出两支扶贫工作队，分赴界牌镇两冬村、金溪镇柿竹村开展驻村帮扶。突出党建引领，发挥行业优势，创新工作方法，脱贫攻坚效果显著。金溪镇柿竹村创新出台助学、医疗救助、安全饮水奖补三条“微举措”，助推了贫困户“两不愁、三保障”问题解决；致力发展“小基地、小种养、小手艺”，让贫困户脱贫增收有了新渠道。界牌镇两冬村围绕落实扶贫政策，夯实基础设施，抓实结对帮扶，于2018年成功实现贫困村摘帽。

康复服务　尽力救助

紧紧围绕全面实现残疾人“人人享有康复服务”的工作目标，县政府出台了《衡阳县人民政府办公室关于印发〈衡阳县残疾人精准康复服务行动实施方案〉的通知》《衡阳县残疾儿童康复救助制度实施方案》。每年“助残日”“爱眼日”“爱耳日”等节点，我们利用县电视台、县新闻网、微信公众号广泛开展残疾预防和康复知识宣传教育活动。利用残疾儿童家长培训微信“妈妈群”，宣传残疾儿童康复知识。两年多来共发放残疾康复宣传资料2万多份。

两年来，我们共为119名脑瘫儿童，125名智力、孤独症儿童，16名听障儿童实施了康复训练和救助，为50名贫困精神病患者实施住院医疗救助，为302名贫困精神病患者进行门诊服药救助，为6265名残疾人发放辅助器具，为200名残疾人实施了康复手术。持证的残疾人康复服务率达70%，在实施中央、省、市精准康复服务项目中，始终倾注爱心，服务到家，充分尊重残疾人，实心实意帮助残疾人，康复效果良好。

社会助残　氛围浓厚

县委、县政府倡导，在全市率先成立残疾人福利基金会。聘请德艺双馨

的著名艺术家李光羲、阚丽君、李凯稠、阳光、爱佳为助残爱心大使。县“四大家”主要领导高度重视基金会的筹备募捐运作。县委书记曾秀亲自审定方案，亲自到爱心企业上门募捐，亲自打电话给各地的商会，以情动人，以身作则，捐款助残。县委副书记、县长孙鹏伟对成立基金会的机构设置、人员编制等具体问题亲自解决。县委副书记蒋达宏统筹协调精心指导，县人大常委会主任刘健、县政协主席杨秋良带头捐款，还组织县各级人大代表、政协委员劝捐助残。县委常委、常务副县长王苏龙及时解决筹备中的经费困难。分管联系残疾人工作的“四大家”领导尽职尽责，积极发动。一时间，县内县外、海内海外，从领导到职工、从机关到企业、从县城到乡村，出现了空前的捐款助残热潮。

2017年11月19日，成功地举办了衡阳县残疾人福利基金会成立暨爱心捐赠大型公益义演文艺晚会。现场募集助残善款1200多万元，为我县爱心慈善事业添上了浓墨重彩的一笔。

助残团队　阳光精神

县委、县政府高度重视残疾人工作队伍建设，经常听取全县残疾人工作汇报，参加丰富多彩的助残活动，让残疾人工作者备受鼓舞，阳光向上，让残疾人朋友倍感温暖，自强不息。

县残联班子奉行“人道、廉洁、服务、奉献”精神，开创性地推动了全县残疾人事业。残疾人工作多次在省、市获得表彰。县残联连续两年被县委、县政府授予目标管理先进单位。

衡阳县残疾人福利基金会成立，首募善款1200万元，获得全省“集爱三湘 公益助残十年行”照片征集活动第二名，并获全县2017年度十大新闻奖。

残疾人工作者和残疾人朋友涌现出一大批先进模范人物。

黎云香、彭东初、黄良英被评为全县首届助残模范，黄良英被评为全县第三届劳动模范，20余人次受到县委、县政府表彰。2018年，湖南省第十届

残运会在我市举行，我县取得了十金二银一铜的好成绩，被市委、市政府评为先进单位。戴金兰被市委、市政府授予“先进工作者”荣誉称号。

海阔凭鱼跃，天高任鸟飞。我县残疾人事业将在新时代的征程中，不忘初心，砥砺前行。全县残疾人事业将更辉煌，全县残疾人的明天将更幸福更美好！

（为庆祝新中国成立70周年，2019年5月拍摄专题片，在县电视台参加展播）

第三辑

爱心洒满助残路

热心助残的阳光老总

——记衡阳阳光陶瓷有限公司董事长阳纯文

2021年是“阳光陶瓷”董事长阳纯文先生回乡创业的第9个年头。阳纯文曾在广东沿海打拼多年，创下了丰厚的基业，可他始终心系家乡，情怀故

土，最终毅然放弃了外地的产业，2012年回家乡界牌创办了阳光陶瓷有限公司。公司立足于循环经济发展，将当地积存的“工业三废”通过技术处理，转化为市场青睐的砖瓦建材，很快实现了经济效益与社会效益的双丰收。

造福桑梓　结缘助残

经过九年的开拓奋进，目前公司在界牌工业园区累计投资6.5亿元，形成占地400余亩的规模化生产基地，年销售额1.5亿元，年创税1500万元，安置就业870人，其中下岗职工、贫困人员260人。

阳纯文热心家乡的各项公益事业，九年来，无论是修桥铺路，还是赈灾扶贫，都会踊跃捐资，慷慨解囊。他总说，创立“阳光”的初衷就是要福泽桑梓，回馈家乡！

在他的带领下，“阳光陶瓷”在发展过程中，从未忘却一个企业所肩负的社会责任。他还建立了“阳纯文产业扶贫基地”，将公司周边的国庆村、共升村等几个村子里因病致贫、因残致贫的贫困人员进行列表建档，厚厚的档案材料中记录着每一个贫困家庭的生活状况和致贫原因，根据每个贫困户的自身情况，有针对性地为他们量身定制扶贫方案。

在一次对贫困户的走访慰问中，阳纯文来到了几个残疾贫困户的家中。国庆村的汤学爱和共升村的丁时银，他们的妻子一个有精神残疾，一个有智力残疾，家中还有年幼的孩子，栖身之所就是几间穿风漏雨、破败不堪的土坯房，家中一贫如洗，日子过得就像错失了阳光的枯黄野草，在风雨中栖栖惶惶，让人唏嘘不已。

从此，阳纯文的心中就再也放不下这些残疾人家庭了……

阳光送暖　助残脱贫

怎样才能帮助这些残疾人家庭尽快摆脱贫困，过上不惊风雨、不忧衣食的生活呢？这些问题在阳纯文心中横亘不去，让他寝食难安。

汤学爱和丁时银虽然没有什么一技之长，但是四肢健全，身体健康，只是放心不下家中残疾的妻子和年幼的孩子，所以不敢离家外出打工，没有收入来源，日子自然越过越穷，完全看不到希望。于是阳纯文安排他们进“阳光陶瓷”工作，根据他们自身情况和条件，汤学爱被安排到包装部上班，丁时银进质检部上班，凭借自己的辛勤劳动，每个月工资加上奖金可以挣到四五千元钱。在家门口就能找到这么好的工作，收入丰厚，还可以挣钱顾家两不误，这是他们过去做梦也想不到的。

为了改善他们的居住环境，公司还帮他们和政府对接了易地扶贫搬迁安置，并争取到各项优惠政策。如今，他们都已喜迁新居，日子过得欣欣向荣，蒸蒸日上，每天沐浴在“阳光”下，脸上写满了幸福和满足。

看到两个贫困的残疾人家庭在自己的帮扶下从潦倒绝望中挣脱出来，重新燃起了生活的希望，过上了自足、自信、自尊的日子，阳纯文感到莫大的欣慰和满足，也更加坚定了他在扶残助残的道路上继续走下去的信心和决心。

春风化雨　大爱无疆

通过更加深入的走访、更加细致的摸查，阳纯文了解到更多残疾贫困户的生活状况。

共升村的万孝启，一级听障残疾，父亲早亡，母亲多病，日子过得很是艰难；还有丁贱生，他的名字就仿佛暗示了生活的不易和命运的多舛，上有年过八旬、体弱多病的父母，下有三个年幼的孩子，大儿子患有软骨病，妻子患有精神残疾，家中全靠他一人支撑，生活捉襟见肘，黯然无望；国庆村朱久顺一家，妻子和儿媳都患有精神残疾，自己和儿子又体弱多病，家中一个8岁的孩子连上学都不能保证。还有万孝耀，二级残疾；苏爱生，四级残疾……每一个残疾人家庭的生活都饱含着辛酸和泪水。

怎样让阳光照进更多晦暗的角落，温暖更多的残疾人家庭，阳纯文为此

殚精竭虑，费尽思量。他相信每一个残疾人就像是折翼的天使，有着一双隐形的翅膀，需要大家的关爱和帮助让他们重新展翅飞翔。尽自己所能为他们提供一个可以自食其力的工作平台，才能从根本上改变他们的生活状态和精神面貌，让他们从劳动中实现自我价值。于是“阳光陶瓷”向这些残疾人家庭敞开大门，专门为他们开辟了就业脱贫的绿色通道。万孝启、丁贱生、万孝耀、苏爱生……他们都在阳光陶瓷找到了适于自己的岗位，凭借自己勤劳的双手，过上了丰衣足食的生活。

对于那些完全丧失劳动能力的残疾人家庭，像朱久顺一家，阳纯文本着仁爱之心，义不容辞地承担起公益帮扶的责任，不仅每月为他们提供困难生活扶助金500元，每年春节送上慰问金2000元和各种生活物资，还全额承担了孩子上学所需的一切费用，绝不让残疾人家庭出现因贫困而辍学的情况，阻隔贫困的代际传递。

阳纯文不仅自己亲身践行着扶危济困、助残脱贫的慈善理念，还将这份仁爱之心如春风化雨般融入“阳光陶瓷”的企业文化当中，影响和带动更多的人加入关爱帮扶残疾人的行动中。大爱无疆，让“阳光”照耀到更多微小的尘埃，也照耀到更为广阔的地方！

残疾人叫她欧阳姐姐

——记衡阳县尚善残疾人托养中心辅导员欧阳晓娟

爱是世界上最美妙的润滑剂，只要轻轻一点，就能减轻生活轨道上的摩擦，让人们在轨道上顺畅地、乐观地前进。正是秉持这样的观点，欧阳晓娟经常在生活中为弱势群体提供帮助，所以也在2017年底尚善残疾人托养中心刚成立时，就积极加入托养中心工作。在这里，她把自己的时间和精力都奉献给了残疾人这个特殊的群体，设身处地为他们着想，得到了他们的信任，与他们成为朋友。她的仁爱温暖着每一位残疾人朋友的心，大家都亲切地叫她“欧阳姐姐”。

欧阳晓娟以热心为残疾人朋友撑起一片温暖的天。通过举办一系列学习活动，晓娟能够传递正能量和健康的生活方式给残疾人朋友，也可以教他们一些赚钱的技能，例如，传播抗击新冠肺炎的方法，教他们做花赚钱补贴家用。学习活动的成功举办使残疾人朋友们可以过上更好的生活。

欧阳晓娟向残疾人朋友伸出一双温暖的手。晓娟注重在生活细节上提高残疾人朋友的生活质量。看到残疾人朋友该理发却没法由家人陪伴去理发店时，她就买来理发工具，借自己去发廊理发的机会向理发师学习理发技术，学会后，坚持每个月为残疾人朋友理一次发。理发师们也被她的善行感动了，不定期到托养中心来给残疾人朋友理发。此外，她还会经常给残疾人朋友修剪指甲。

欧阳晓娟以诚心为残疾人朋友安了一个温馨的家。晓娟积极为残疾人朋友的家庭做好心理疏导，调解他们家庭矛盾，让残疾人朋友能够以积极乐观的心态面对生活，从而拥有幸福的家庭和快乐的生活。此外，晓娟每天会以集体活动的形式教授他们一些生活技巧，例如切菜、备菜、烹饪方面的技巧，一方面可以增加他们的生活经验，另一方面也可以使他们在托养中心找到一家人一起做饭吃饭的温馨感觉。

欧阳晓娟每天打点着崭新的一天，点亮每一个平凡的日子。她没有豪言壮语，更没有丰功伟绩，只有热心、爱心、诚心和甘于奉献的精神，只是在平凡的岗位上尽心尽力、踏踏实实地工作。晓娟，用赤诚的心浇灌着一种信念——全心全意为残疾人朋友服务。

爱心洒满助残路

——记衡阳县仁慧社会服务中心社工刘朝霞

刘朝霞是一个心地善良的人，她的言语、她的举动，就像绵绵春雨般润物细无声。特定的助残工作环境，让她与残疾人结下了不解之缘。她用爱心为他们撑起了一片天，那里美丽、清朗、无染……

一、不求回报，热心助人

刘朝霞瘦弱的身影经常往返于残疾人家庭，谁家有事，她准是第一个到场，在残疾人心中，她就是他们的主心骨。

2020年3月，视力残疾的五保老人李金云突发疾病，有村民立马将情况告知刘朝霞，她二话没说，叫上正在家休假的儿子开车将老人送往县人民医院。由于抢救及时，老人病情很快得到了控制。

智力障碍的学员曾援湘遇车祸身亡，刘朝霞一边安慰他的母亲，一边告诉曾援湘的母亲："县残联为重度残疾人购买了意外伤害险，保险公司理赔了5万元。"曾援湘的母亲连声说："感谢党，感谢县残联，感谢刘主任，是你们给了我活下去的勇气。"

二、再苦再累，也要坚持

2020年，衡阳县仁慧残疾人服务工作正式启动，刘朝霞也踏上了助残扶残的新征程。刚开始入户走访，很多残疾人都认为刘朝霞是骗子，得不到残疾人的理解和认可，她不厌其烦地解释，并请来村干部协助才完成信息采集工作，回家的路上突降暴雨，刘朝霞连人带车摔倒在泥泞里，手磨破出血了，裤子也刷烂了……但是这些都不能阻止刘朝霞为残疾人上门服务的脚步，刘朝霞的善举深深感动了她的丈夫，其主动请缨加入了志愿者的行列，帮助残疾人安装窗户，修电器，还开心地说："残疾人家里哪里有需要，哪里就有我。"

三、扶贫助残，谋求出路

刘朝霞还是一名扶贫专干。春笋怒发，她帮残疾人唐花秀家卖竹笋；炎炎夏日，她帮残疾人谢永乐家卖西瓜；金秋十月，她帮残疾人吴小红家卖橘子；寒冬腊月，她又帮残疾人家庭卖上了红薯粉丝。刘朝霞帮残疾人接鞋厂的货做，货物多又重，搬不动，她就翻出了家里的行李车。每做一批货，她都要自己先学习，然后教学员做，即便这样，还是有很多返工的次品，鞋厂老板再不愿外发，刘朝霞顾不上自己的颜面，多次与老板沟通，最大限度地帮助残疾人就业，走向脱贫致富的道路，收到了"就业一人，幸福一家，稳定一片"的良好社会效果。

残疾人李世卿和李世友两兄弟的孩子分别以优异的成绩考上了中山大学和湖南工商学院，接到喜讯的那一刻，刘朝霞仿佛自己的孩子考上了大学，立即把好消息告诉县残联的领导，并帮孩子们收集资料申请了助学金各3000元。

她是孤寡老人的好女儿，她是贫困学子的好母亲，她是社会的"活雷锋"，她常用志愿者的誓言来激励自己，尽己所能，不计报酬，帮助他人，服务社会，践行了一个志愿者的精神。

平凡的残疾人工作耕耘者

——记衡阳县岘山镇残疾人联合会理事长魏启常

魏启常是一名乡镇残疾人联合会理事长，工作中常常接触残疾人，本着高度的工作责任感和慈善关爱之心，为残疾人做了一些力所能及之事。没有惊天动地的豪言壮语，只有脚踏实地的辛勤耕耘。

一、把握政策，宣传政策，让惠残政策走进每个残疾人的心间

为进一步加大党和政府对残疾人优惠服务政策宣传力度，让惠残政策走进每个角落，针对不能办理残疾证的人员，岘山镇残联联合县残联上门办证，2020年度，集中上门办证54人。到目前为止，已办理残疾证1564人，享受两补人员894人，惠残政策家喻户晓，惠残待遇全面落实。

二、把控特性，因人制宜，激励残疾人自强不息

近年来，岘山镇残联结合精准扶贫，鼓励残疾人自强不息，实施精准帮

扶，因人制宜，切实为残疾人解决了就业问题。目前，全镇大部分残疾人都找到了就业门路。

万山村虾冲组村民肖国利，本人属肢体二级残疾，妻子2008年患癌去世。两个女儿均在学校读书，家庭经济十分困难。2020年年初，他与村支两委人员多次上门，为其制定家庭经济发展计划，鼓励其适应规模发展养猪事业，2020年出栏生猪30多头，家庭纯收入15万余元。

三、把握机遇，因势利导，从社会层面助残扶残

习近平总书记说过："全面建成小康社会，残疾人一个人也不能少。"目前这个特殊群体岘山镇有1564人。由于残疾障碍，他们大部分生活水平都低于社会平均水平，其中更有超过一成由于家庭贫困被纳入最低生活保障。为了进一步加大残疾人的帮扶力度，魏启常积极号召广大爱心人士参与助残扶残，当好助残志愿者。

目前岘山镇内企业安排了残疾人员就业。岘山籍一批乡贤踊跃为残疾人事业捐款捐物，近年来，各项捐款及物资高达30余万元。

作为一名乡镇基层残疾人工作人员，魏启常在各级领导的支持和同事们的努力下，千方百计为残疾人排忧解难，工作取得了一定的成果，而面对自己取得的这些成绩，他说："在未来的工作中，还要继续努力，争取做得更好！"

八年如一日悉心照料残疾妻子

——记衡阳县大安乡大安社区歌雅组村民陈相友

善良，憨厚，平时话不多，见到人时总是一脸腼腆的笑，这是街坊四邻对陈相友的一致印象。然而，就是这么一个老实巴交的农民，却用佝偻的身躯、粗糙的双手，独自撑起了一个风雨飘摇的家庭，就是这么一个不善言辞的丈夫，将千言万语化作了冬日暖阳，照亮了妻子濒临绝望的生命。

幸福的人生，莫过于夫妻恩爱，孩子懂事，小日子温馨富足，曾经，陈相友也拥有着这世上最可贵的一切。2013年一个雪花纷飞的夜晚，厄运却突然从天而降，他的妻子杨菊兰因高血压中风引起脑梗死被送进医院，经过

奋力抢救，从死神手中捡回一条性命，但从此生活不能自理，只能与轮椅为伴。这突如其来的沉重打击，让陈相友犹如跌入万丈深渊，七尺男儿当场泪崩，痛哭过后，他毅然承担起照料妻子、养育孩子的生活重担。

命运从来不会因为你不认输就轻易放过你，当你埋怨它不公的时候，殊不知苦难才刚刚开始。巨额医疗费花光了这对夫妻的积蓄，并债台高筑。杨菊兰瘫痪的身体不听使唤，连个婴儿也不如……陈相友每天早上5点就要起床，给妻子洗身、穿衣、做饭、喂饭、按摩、排便，然后抓紧时间外出干活，他咬紧牙，挺过了一道又一道难关，可是当妻子为了怕拖累丈夫儿女而自暴自弃，几次三番乘人不备寻死时，陈相友真的要崩溃了，他甚至觉得自己也要完了。正是身为男人的责任感，正是对妻子的平凡无私的爱支撑着他，让他鼓起勇气坚持了下来，这一坚持，就是整整八年。

春去秋来，花谢花开，陈相友无怨无悔，始终陪伴在妻子身侧，每日悉心照料之余，他还会跟妻子说说话，会跟她分享孩子们的情况，会讲些邻里之间的趣事，也会不厌其烦地告诉她，社区干部和残联的领导都很关心她的情况，自己家现在每年都能享受扶贫补贴和残疾补贴，新房子盖起来了，日子越来越宽松了，希望她能早日好起来，一家人重新找回从前的幸福。也许是他的真诚与执着感动了上苍，有一天，他正说着话时，杨菊兰竟然奇迹般地点了点头，那一刻，他欣喜若狂，继而又再一次泪如雨下，他多年付出终于有了收获，历经黑暗，终于盼得曙光。

平凡人的爱情，没有甜言蜜语，经得起波澜，没有惊天动地，守得住平淡。在风暴来袭时，陈相友愿做妻子避风的港湾，在灾难降临时，用双手为她筑起坚固的城池，不离不弃，患难与共，这才是爱情应有的模样，才能谱写出生活的无限可能，创造一个又一个人间奇迹！

拥抱“星星的孩子”

——记衡阳县星晨特殊儿童康复中心主任李丹

有这样一群孩子，有视力却不愿和你对视，有语言却不愿和你交谈，有听力却总是充耳不闻，有行为却无法为常人理解，他们永远沉浸在自己的世界里……人们无从解释，只好把这样的孩子叫作“星星的孩子”。自闭症儿童，犹如天上的星星，孤独而遥远，一人一个世界，独自闪烁。

李丹，现任衡阳县星晨特殊儿童康复中心主任，中心主要是为智障和自闭症儿童进行康复训练。星晨康复中心2019年10月被省残联评定为“残疾儿童康复定点服务机构”、2020年3月被选定为“省重点民生实事服务机构”、2020年12月被评选为“衡阳市残疾儿童康复救助星级服务机构”。中心成立以来，李丹

以中心为家，视中心儿童如子，将“面向残疾儿童，以爱心铺就康复之路”作为自己的工作宗旨，以满腔热情和忘我精神带领全体教职工团体拼搏，把党的温暖和社会主义大家庭的亲情送到残疾儿童心坎上，谱写了一曲不求回报、全心全意为残疾儿童服务的奉献之歌。中心所有师生都亲切地称呼她“李老师”。

在这短短的三年时间里，李老师接触到了50多个自闭症儿童，他们的病情或重或轻，他们的家人大部分都还不能接受现实，甚至把他们关在家里，不让别人接触他们，不让他们上学，更谈不上做康复。东东和西西是两兄弟，都由奶奶照顾，东东4岁，西西2岁，两个可爱的孩子不开口说话，也不与其他孩子玩耍、交流，孩子的妈妈在生下弟弟以后就离开了家，爸爸在外务工，爷爷奶奶在家里做农活带孩子，孩子一直在家里，也没去幼儿园。了解到这个情况以后李老师马上联系孩子的家长：“孩子很有可能是自闭症，自闭症越早干预效果越好。”经过一番劝说，奶奶答应到康复中心附近租房带孩子做康复，两个孩子在一系列的康复下，病情有所好转，弟弟现在会跟李老师问好，经常会去李老师办公室看看电脑，去沙发上坐坐，哥哥也会说一些简单的词语，看到这些进步，一家人欣喜若狂，经常会打电话跟李老师分享。这样的孩子还有很多，比如：小智，刚来中心做康复的时候6岁，随地大小便，用手抓饭吃，在老师们的悉心教导下，经过一年半的康复时间，小智知道了大小便要去厕所，吃饭要用勺子，妈妈和奶奶特别开心，她们说只要孩子能一直在进步，必定会坚持做康复；比如：小雨，8岁的小雨刚来中心还需搀扶，也不会说话，李老师给他制定了专业的个别化训练，差不多两年时间，小雨会喊爸爸妈妈和爷爷，也可以独自走了，小雨的爸爸开心地说：“李老师，您制定的方案是最棒的！”

“保持初心，让世界充满爱！”李老师一直做残疾儿童家庭的贴心人和代言人，与家长展开亲切深入交谈，悉心听取他们的心声和建议，配合残联的相关工作，把党和政府的关心关怀传递给每个残疾儿童群体。家长都深有体会，他们并不是孤军奋战，有党和政府的关爱，如同一束光照亮了康复教师和家长们前行的路，大家更有力量前行。

最美角山助残人

——记湖南角山米业有限责任公司营销部经理黄玲

黄玲，女，36岁，汉族，中共党员，硕士研究生学历，2010年毕业于湘潭大学研究生院比较文学与世界文学专业，现任湖南角山米业有限责任公司营销经理。湖南角山米业有限责任公司“2015年度先进工作者”、第十六届衡阳市青年五四奖章获得者。

一、爱心活动结缘助残

2012年，由她策划实施的“情暖雁城，爱心献米”活动，温暖了衡阳贫困群众和环卫工人的心，也是在这个活动中，她知道了“衡阳最美环卫工人”刘启宣收养两名患有先天性残疾女婴并为之治病的事迹，被他无私的大爱深深感动，活动结束后，她特地到刘启宣家里看望刘桂花、刘海燕姐妹，并给她们送去了自己的爱心。这次经历也引起了她对残障人员这一群体的关注，在心中默默埋下了一颗助残的种子。

2013年，因为业务需要，她所在的部门需要招聘一名品牌策划人员，招聘信息发出后，收到了很多的简历，其中有一个女孩子的简历及作品引起了

她的注意，加了对方的联系方式，经过几次微信沟通后，双方都比较满意，但是在邀请该女孩子入职时，她收到了这个女孩子的一条充满顾虑的信息："我是聋哑人，不知道是否能符合这个岗位的要求，但是我真的很喜欢这份工作。"收到这条信息后，她知道对方一定是经过了很久的思想斗争，充满了顾虑才会发出这条信息。经过沟通，她打消了这个女孩子的顾虑，告诉她现在信息发达，交流完全可以通过其他方式实现，欢迎她的加入，彻底打消了她的顾虑。

入职后，这个女孩子主要从事广告宣传及包装设计等工作，偶尔有不知道情况的制作方打电话来抱怨自己有急事需要与设计师沟通，但是设计师总是挂断，非常气恼。黄玲总是耐心地给制作方做好解释，对于需要配音频的设计作品，总是贴心地给她提供帮助，让她顺利地完成设计任务。这个女孩子在岗位上一直很开心，在公司工作了四年，也在这里收获了美好的爱情，直到结婚生子才因为家庭的原因离开。走的时候，她表示，在这里是她人生中很美好的一段经历，收获了事业的成长，也收获了人生的幸福。

二、热心参加助残活动

自从助残的种子萌了芽，她的心里总会想着那些需要帮助的残疾人朋友，多次参与慰问关爱残障人员的活动。2014年5月28日，在六一儿童节到来之前她来到衡阳市儿童社会福利院慰问残障儿童，为他们提前送去节日的祝福与温暖，同孩子们亲切交谈，与孩子们共同制作手工艺品及绘制画作，对他们身残志坚、坚强勇敢的精神表达出发自内心的敬佩，了解孩子们在福利院的生活学习情况，代表角山米业向衡阳市儿童福利院捐赠了1000斤生态米，给他们送去来自社会的关爱。

2019年以来，代表角山米业连续三年向“衡阳县积善者协会”捐赠大米。

2021年，为庆祝中国共产党成立100周年，发动角山米业向衡阳县残联定向捐赠5万元现金及价值3万元的生态硒米，通过捐款捐物等具体形式，给贫困残疾人提供有效帮助。

三、积极投身助残事业

2019年，衡阳县残疾人福利基金会第一届理事会第一次会议召开，黄玲被选举担任基金会副理事长。加入理事会以来，她在残联邱曙光理事长“充满爱心、充满热心、充满激情、充满力量”的话语指引下，积极参加残联活动，积极投身助残事业，为残联工作建言献策。

作为粮食行业从业者，她发现在农村很多建档立卡的贫困户家庭大多存在本人或者家庭成员是残疾人的情况，以集兵镇潮江村参与到角山米业产业扶贫的7户建档立卡贫困户为例，这7户家庭每户都有残疾人。经了解，伍春明妻子患精神病，郭付新本人是聋哑人，其妻子患精神病，杨亚粮妻子患有痴呆症……这些贫困残疾人家庭由于不能外出就业，只能在家务农，但是由于不了解市场需求，也由于出行不便，经常会出现种的粮卖不了好价格，或者由于送粮不便，只能将粮食以低价卖给中间商。了解到这种情况，她向公司提出了对在衡阳县从事粮食生产的贫困残疾人家庭提供“订单种植、统一上门收购”服务，让贫困残疾人种粮不愁销路，安心种粮，在家门口“卖粮收钱”，增加种粮残疾人的收入。

集兵镇的何孝会就是这些人员中的一个代表。今年64岁的何孝会一家有四口人，妻子身患残疾，是建档立卡的贫困户，务农是家中的主要经济来源，家庭经济比较困难。2019年，在驻村帮扶工作队的帮扶下，何孝会与角山米业签订了订单种植合同，由角山米业提供种子、化肥、技术，并且统一上门收购，让他没有后顾之忧，安心种粮。每年秋收过后，他把稻谷晒干装袋，整齐地堆放在家里，等待角山米业上门来收，看到粮食丰收，又卖出好价钱，是他一年中最开心的时刻，看到他们的笑容，也是黄玲心里最甜蜜的时刻。

像何孝会这样的贫困残疾人家庭，只是角山米业订单农业的一个缩影。角山米业与他们签订订单种植合同，为他们提供“统一供种、统一供药、统一供肥、统一供技术、统一供机械、统一收购”等“六统一”订单服务，为贫困残疾人家庭免费提供生产物资及产后加价收购，截至2020年，累计现金投入了200余万元资金用于产业帮扶，帮助贫困残疾人家庭增收207万元。

同时，黄玲在公司的收购窗口、销售等业务窗口都设置了“残疾人专用服务窗口”，为残疾人开展业务提供便利。

慈心为人，善举济世，一直以来，黄玲始终相信，小小的爱终能汇聚成爱的洪流，在残疾人的福利事业上，她将继续贡献自己的光和热。

残疾儿童康复的白衣天使

——记衡阳县妇幼保健院儿童保健科主任尹秀妆

尹秀妆，女，汉族，1970年8月出生，衡阳县人，中共党员，本科学历，儿童保健科副主任医师，现任衡阳县妇幼保健院儿童保健科主任。

一、以心筑灌，撑起爱的蓝天

尹秀妆长期从事残疾儿童康复工作，她心系残疾儿童康复事业，情系每一位残疾儿童；她以精湛过硬的专业技术、一丝不苟的工作作风赢得了社会的广泛认可和患儿家长的普遍赞誉。2018年前，衡阳县内发育障碍、迟缓的患儿即便是在衡阳县妇幼保健院诊断出来，治疗的求医之路也是漫长而遥远的，那时的衡阳县交通并不是很便利，患儿及家长每天需要起早摸黑前往市区或省城进行长期康复治疗。长期的高额治疗费用耗尽了整个家庭的财力，而不得不放弃治疗。这些让尹秀妆看在眼里，急在心头。为了铺就发育障碍患儿的康复保健之路，给患儿家庭重新撑起一片蓝天，2018年，在尹秀妆积极努力争取下，衡阳县妇幼保健院创建了全县首家儿童康复科，成为市直医疗单位唯一一家开展高危儿早期干预及儿童脑性瘫痪康复治疗的科室。

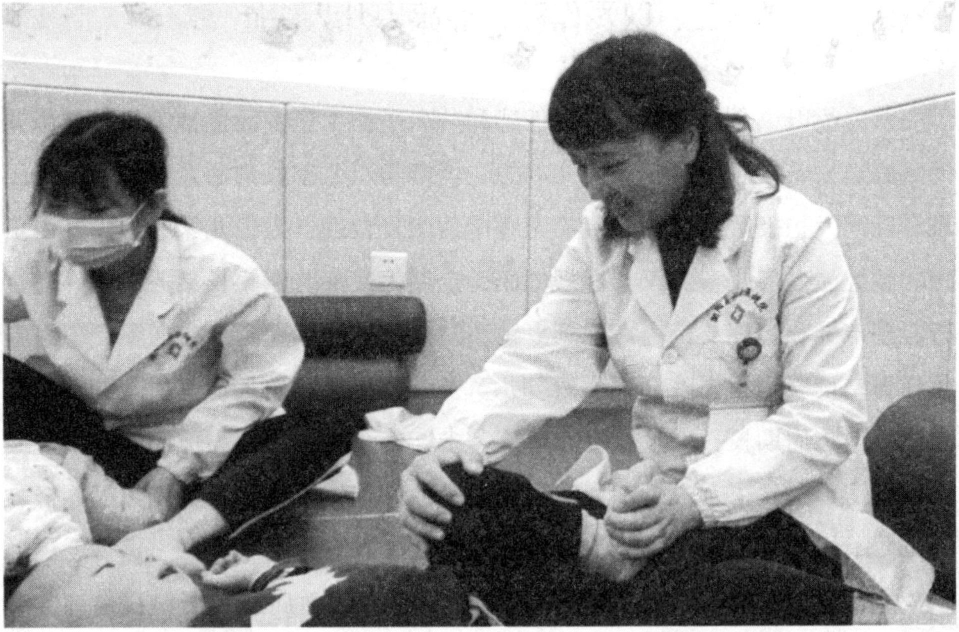

二、白衣圣洁，书写爱与希望的故事

尹秀妆就是在这样的平台上走过了自己的青春，积极为残疾儿童办实事、做好事，让更多符合救助条件的残疾儿童从中受益，照亮脑瘫儿童成长之路。自科室成立以来，共救治儿童319人，她被患儿家属亲切地称为“尹妈妈”。2020年4月，一位出生仅3个月的脑瘫患儿贝贝来到衡阳县妇幼保健院接受康复治疗。在患儿家长祈求的眼神中，她读到了一份渴望，更读到了一份期盼。为了不辜负这份期盼，尹秀妆连续几天挑灯夜战，精心设计治疗方案，只为收到最佳治疗效果。一年后，贝贝能够区分生疏，模仿手势进行简单的互动，并且学会堆积木了。家人看到孩子的变化，激动的心情难以言表，贝贝的妈妈常说：“谢谢尹妈妈，是尹妈妈帮助了我家贝贝！”

三、以爱作薪，点亮患儿人生路

尹秀妆以一名共产党员的责任感和一名医护工作者的良知为每一位患儿的家庭送去希望。她时刻为患儿着想，经常与患儿家长沟通，了解他们的困难和疑问，积极帮助贫困残疾人家庭申请康复救助，为患儿家庭减少经济负担。她关注残疾儿童及家长心理健康，定期为残疾儿童家长义务讲座，并进行心理疏导和心理支持。考虑到乡镇康复人员家庭路途远、交通不便，尹秀妆在科室设立康复住院部，为康复儿童及家长提供病房入住。住院的残疾儿童康复治疗周期长，而且饮食有特殊需求，经多方协调，为他们建立了爱心营养厨房，配备了专人管理，并且免费为他们提供水电和各种调味品，极大地方便了住院患儿。

她常说："救死扶伤是医生的天职，为患儿解除病痛就是对我最高的奖励。"做一名好医生是尹秀妆一生的追求。在平凡的岗位上，她用自己的言行感动着每一位就诊的患儿家长，激励着身边每一位医护人员。她乐于奉献、忘我工作，用精湛的医术和赤诚的爱心，义无反顾地塑造着白衣天使的光辉形象；她谦逊工作、持之以恒，她的目标是让那些曾经被画上休止符的生命重新弹奏出动人的乐章，让无数陷入困境的家庭重新步入阳光灿烂的春天。

残疾人就业的铺路石

——记衡阳县残联服务社主任陈利

陈利，男，1975年8月生，中共党员，大专学历，现为县残联服务社主任，1994年12月在县残联工作至今。他二十七年如一日，在基层残疾人工作中，始终怀着强烈的责任感和满腔的热心、爱心、耐心、诚心为残疾人服务。

作为一名服务于基层的残疾人工作者，他深知只有通过不断的学习来掌握国家的各项方针政策，才能够更好地为残疾人朋友办实事、办好事。在工作之余他全面系统地学习《残疾人保障法》《残疾人就业条例》等各项政策及其实施办法，不断地提升自身的素养，提高工作效率，专业细致地向残疾人宣传各项惠残政策，帮助残疾人士了解和保障自己的权益。

作为一名服务于基层的残疾人工作者，他深入了解残疾人情况、关心残疾人疾苦、踏踏实实为残疾人解决实际困难。他一腔赤诚践行着一名共产党员全心全意为人民服务的宗旨，他用强烈的责任心践行着“让残疾人过上好日子”的承诺。肢体残疾人欧阳承源，原在广东某建筑工地务工，因意外事故造成左小腿缺失，经鉴定为肢体残疾四级。由于其腿脚缺失，多次到企业求职未果，无奈之下，只能来到县残联寻求就业帮助。陈利在了解其具体

情况后，与康复股工作人员沟通，为他报名免费装配假肢；多次去县得阳鞋业与人事部门主管反复沟通，推荐他入职。现欧阳承源在得阳鞋业热压部门工作，家庭经济状况得到明显改善。多年来，为解决残疾人就业难的问题，他多次到衡阳市裕华化工、得阳鞋业、宝泉鞋业、品强电机等企业，商谈开发残疾人岗位。寒冬腊月北风呼啸时，他在奔波，夏日炎炎高温酷暑中，他仍然在奔波，只为能让残疾人朋友找到合适工作岗位，共享社会发展成果。近几年来，他共推荐了70多名残疾人找到心仪的就业岗位。

为了进一步提高残疾人的生产技能，帮助残疾人增收致富，他针对残疾人朋友的不同情况开展分类培训和具体指导。如农村残疾人实用技术培训时，他会结合当地的实际产业情况，安排培训课程，组织农林、畜牧方面的专家因地制宜授课并上门指导服务，让残疾人朋友能学以致用、学以脱贫、学以致富。2017年以来，他牵头推行农村困难残疾人“阳光增收计划”，组织700多名农村残疾人参加了实用技术培训，在他们当中涌现了冯菊玲、刘献春等一批致富带头人，带领周边残疾人家庭实现脱贫增收，培养了刘香保等一批省级“阳光致富带头人”。

残疾人工作是平凡而朴素的，没有什么轰轰烈烈、惊天动地的壮举，也没有那种镁光灯下的闪亮和飞扬。陈利始终相信，只要心中有爱，就一定能点亮残疾人就业之路。

扶贫助残献芳华

——记衡阳县残疾人福利基金会主任任小英

任小英，女，中共党员，从2002年8月至今在县残联工作，主要从事办公室及残疾人福利基金会和驻界牌镇两冬村扶贫，并参与残疾人康复、教育、就业等各项工作。始终以习近平新时代中国特色社会主义思想为指导，立足本职，扎实工作，尽其所能积极为残疾人解决实际困难，在平凡的岗位上起着模范带头作用，有效地促进了残疾人工作的开展。

一、认真履行职责，做残疾人的“服务员”

作为一名办公室主任和县残疾人福利基金会主任，任小英经常和残疾人朋友谈心，了解他们的生活、工作情况，成为残疾人的“服务员”。

工作期间，她结合残疾人工作实际，密切关心残疾人，积极动员社会力量，扎扎实实为残疾人办实事、办好事，努力推进残疾人康复、教育、就业、社会保障等各项事业。自2018年残疾人福利基金会成立以来，她积极参与筹措捐款近千万元，已为全县2.23万名重度残疾人购买意外伤害保险，为肢体残疾人免费发放辅助器具1770件，为300 名残疾人家庭进行无障碍改造，方便他们出行，让他们更好地融入社会提供了帮助，极大地丰富并方便了他们的日常生活。对残疾人朋友的困难，她及时解决，从而得到他们的信任，真正成为他们的“服务员”。

二、严格要求自己，做残疾人的“管理员”

任残联办公室主任期间，任小英一直用赤诚践行着全心全意为残疾人服务的宗旨，强化指导培训，严格控制质量，积极开展全县残疾人基本服务状况和需求信息数据动态更新工作，通过调查和信息录入，比较全面、客观、真实、完整地掌握了辖区内每个残疾人家庭的经济、住房、教育、就业扶贫、社会保障、基本医疗与康复、无障碍、文化体育等基本情况及服务需求等变化情况，进一步摸清了残疾人基本服务状况和未来服务需求，为更好地改善残疾人生活状况和全面实现小康社会打下了坚实的基础。

三、发挥自身优势，做残疾人的“帮扶员”

看到有的残疾人常年饱受病痛折磨，整个家庭还要背负大额债务，任小英心情十分沉重，作为一名残疾人工作者，本就是残疾人的娘家人。积极向单位领导汇报，和县相关单位争取资金，为两冬村的贫困残疾人姚中付、赖家诚、王盛等成功申报了帮扶项目，使他们获得5000元、2000元救助资金，看到贫困残疾人欣慰的笑容，任小英觉得自己的努力是值得的，并鼓励他们以乐观的心态积极治疗，给原本就不富裕的家庭带来一些宽慰。

四、加强协调能力，做驻点村残疾人的“联络员”

2018年，任小英代表单位到界牌镇两冬村参与扶贫工作，了解到贫困户大多家里有残疾人，知道他们生活的辛苦。两冬村49户贫困户178人，其中残疾人就有17人。为能够掌握贫困户及残疾人的第一手数据，任小英多数节假日和周末都没有休息，而是深入田间地头实地走访调查。当出现难题时，她与村支“两委”互相探讨，取长补短，共同进步。特别是在帮助贫困户和残疾人申请“两补”、教育助学、低保、临时救助及就业交通补助时，任小英有时一天要接打上百通电话。这几年两冬村的贫困户、残疾人应该享受国家优惠政策的，她都做到不漏一人，应保尽保。

作为一名残疾人工作者，任小英表示将爱岗敬岗，不断进取，不断加强政治理论学习，不断提高自己的素质和业务水平，树立全心全意为残疾人服务的宗旨，在工作实践中提升，以便能认真履行职责，积极主动，更好地为残疾人服务。

第四辑
单臂铸初心

左手书写坚强

——记衡阳县演陂镇方工村村民刘友林

刘友林，男，汉族，1969年8月出生，衡阳县演陂镇方工村人，肢体残疾。

刘友林因家境贫苦，无钱上学，17岁那年跟着同族老表南下全州寻生活。谁知，此行便是噩梦开始。由于工地高压线设置过矮，他一时疏忽，把钢筋扛在肩上触碰到了高压线。那一年，他19岁。他的右手从肘窝截肢，左手因烧伤表皮神经末梢而不能自由活动。

1989年，刘友林在家人的介绍下进入了衡阳一家桐油厂做事，在这里遇见了陪伴他一生的人。她也是一个残疾人，幼时因病致残，就这样两个不完整的人组成了一个完整的家庭，后来生下一对儿女。

两个孩子要上学，因为残疾，无法外出揽工，只得在家务农，每逢开学之际，家里便异常困难，幸好有亲戚帮助才能得以缓解。

2006年，刘友林从村里来到镇上，承接了同村的一个南杂店，刚开始连启动资金都是外借的。凭着诚信、平价、热情，乡亲们时常光顾他的小店。这让刘友林对生活充满了信心。

随着电商的发展，加之镇上店铺越来越多，刘友林的商店生意已大不如

前。他不得不另寻经济来源。2015年，他从农技站工作人员口中得知国家鼓励发展家庭农场，他便在村里承包了80 亩地种植水稻。因为右臂截肢，很多活儿干起来都比常人吃力几倍，一只手用手动农药机洒农药，每每筋疲力尽时便会想起家中重担，又使他咬紧牙关继续坚持下去。第二年，因为村里壮劳力都外出务工，村里更多的人选择把田承包给刘友林，他又扩大了10余亩。刘友林的爱人时常笑话他：冬天里长点肉，一到农忙全部还给土地了。有时晚上要起来去放水，有时因为连洒10余亩田农药，回家后一身都是湿漉漉的，第二天起来浑身酸痛。

一分耕耘，一分收获。凭着顽强的毅力和辛勤的劳动，刘友林用左手为家人撑起了一片天，创造了一个幸福之家。如今，他的家庭农场每年收入有30多万元，女儿大学毕业后参加了工作，已于2019年结婚，儿子也即将大学毕业，刘友林的日子将会过得越来越滋润。

脱贫路上　她奋力奔跑的姿势真美

——记衡阳县金溪镇柿竹村村民刘泽娟

刘泽娟，女，仫佬族，1988年5月生，衡阳县金溪镇柿竹村人，肢体残疾。

刘泽娟2岁的时候，因为一次高烧，得了小儿麻痹症，落下了肢体残疾，走路尤为吃力。2008年，经人介绍，她与金溪镇白沙村（现合并为柿竹村）周小江结婚成家。因一户多残，家庭人口多、负担重，她家2014年被评为建档立卡贫困户。2017年10月，县残联驻村工作人员结对帮扶刘泽娟家。在工作队和村支两委的帮扶引导下，刘泽娟与丈夫决心寻找新门路，靠双手奋斗脱贫。

2018年，刘泽娟两口子商量准备搞养殖。经过一段时间的考察觉得可行，于是小两口申请了3万元小额信贷，向亲戚朋友借了些钱，开始搭建鸡棚、升温棚，申办营业执照，之后引进了第一批5000只鸡苗开始养鸡。创业的路上总有荆棘，没有设想的乐观。由于缺乏养殖经验，小鸡出现了病症（白痢，气囊炎），每天都死鸡，少则几只、十几只，多则几十只。那段时间小两口整宿整宿睡不着，也曾打过退堂鼓。刘泽娟鼓励丈夫："我一个残疾人都不怕，你有什么担心的，大不了再多吃几年苦。"扶贫帮扶干部也为

他们鼓劲加油，出谋划策。夫妻二人重新拜师学技术，寻医开药方，鸡的病症也逐渐好转。好事多磨。由于上半年雷雨天气多，小鸡受了惊吓，成团打堆，极易死伤，最多一次死了一百多只鸡，全部都是一斤多的鸡呀，刘泽娟心疼得掉泪。从那以后，每当打雷的时候，刘泽娟都要去鸡棚把鸡赶开，防止鸡打堆。遇到半夜三更打大雷，刘泽娟全然不顾腿脚不便，拉起丈夫一道去鸡棚照看。第一批鸡出笼，卖18元一斤，因为成活率太低，没赚到钱，但是他们夫妻积累了很多养鸡的经验。刘泽娟又动员丈夫适当扩大养鸡规模，并承包几口鱼塘养草鱼、鳜鱼，靠勤劳苦干增加了家庭收入，一举甩掉了贫困户的帽子。

生活就是一只看不见的储蓄罐，投入的每一分努力都不会白费。刘泽娟面对自身残疾和家庭重负，不抱怨，不逃避，不等不靠，自强自立，在脱贫路上奋力奔跑，跑出了自信，跑出了门道，跑出了美好生活。

单臂铸初心

——记衡阳县金兰镇金家村乡村医生刘献春

刘献春，男，汉族，1970年9月生，中共党员，衡阳县金兰镇金家村人，肢体残疾。

刘献春16岁时因左臂患骨肉瘤，高位截肢失去左手。他身残志不残，积极向党组织靠拢，2008年加入中国共产党。十三年来，刘献春在服务群众、帮助群众、引领群众的过程中，践行着共产党员的初心与使命。

独臂村医

金家村地处偏僻，村民的健康需要有人守护。刘献春的父亲是从医几十年的赤脚医生，他子承父业，接过父亲的医疗保健箱，挑起乡村医生的担子。行医开始，他便面临极大的挑战——看药书、学治病、通医术有双眼和大脑就行，可病人要打针怎么办？针头进入药瓶内吸药，必须先将玻璃瓶用砂轮割断，然后吸入注射器，这是两只手才能做成的事。他大胆尝试，刻苦训练，就靠一只右手割药瓶、吸药液、涂药棉、注射，四步连贯进行。村民的病痛是刘献春最挂念的事，无论春夏秋冬，无论白天黑夜，哪家有人生病了，一个电话过来，他立即上门诊疗，或带着病人回卫生室救治。遇到疑难杂症，他总想方设法帮病人转诊。他几十年如一日坚守平凡的岗位，被当地群众誉为健康守护神。

实干“村干部”

刘献春，2010年开始担任村干部，2010年7月任金树村支部副书记，2014年任书记。并村后，他担任金家村第一党支部副书记至去年底。任职以来，他没有豪言壮语，却始终用一颗火热的心服务群众，用自己的言行实践着一个共产党员的诺言；他实干担当，埋头苦干，想群众之所想，急村民之所急，为百姓办实事、办好事。先后组织实施了建梅组、宋家组公路硬化，完成了村道维修，兴修农田水利设施10多处，推进了农村厕所改造工程，使村里的面貌发生很大的变化。

强农先锋

榜样的力量无穷。刘献春干给群众看，带领群众干。2015年，刘献春办起了金兰镇隆辉家庭农场；2018年，又成立了农业合作社，养鸡1万多只、蛋鸭6000多只，养鱼水面60多亩，种水稻300余亩，发展水果林60亩。为解决周边养殖户的鸡鸭收购和种植户的稻谷出售难问题，他大量收购群众的农产品，加工成大米、皮蛋对外销售，年销售额达1000万元。

一人富裕不算富，大家致富才是富。刘献春以家庭农场为依托，组织村民开展技术培训，直接安排残疾人、贫困户用工40人，间接帮助贫困户100多人。

身残志坚不低头　回报社会不忘本

——记衡阳县成丰生态农业发展有限公司董事长李平均

李平均，男，汉族，1978年3月出生，衡阳县金兰镇陈町新村人，肢体残疾。

1992年，正在读初二的李平均遭遇一场车祸，造成肢体残疾。身残志坚的他吃苦创业，热心公益，带领村民脱贫致富，赢得了父老乡亲的交口称赞。

响应党委政府号召，他责任在肩。1996年，刚刚高中毕业的李平均来到东莞闯荡，从一名毛织厂的机修工到从事毛织辅料批发，他在创业路上初试牛刀，后来月收入已上万元。

可是，当发现家乡越来越多的年轻人选择外出，农村“空心化”、耕地抛荒等问题凸显时，李平均坐不住了。2013年底，他说服自己的爱人，带着创业攒下的积蓄，义无反顾地回到了家乡金兰镇。次年，李平均流转集体土地600余亩，规模化、专业化种植双季稻。2020年，他荣获金兰镇双季稻种植二等奖，还被评为全市示范型种田模范；2021年，他又带动全村落实“一村一品”优质稻种植1000余亩。此外，他还坚持多元种养，发展生态农业，种植烟叶、油茶、辣椒等，获得镇油茶产业发展优秀个人。

带动村民共同致富，他初心如磐。“风险我来担，有钱大家赚”是李平均经常同村民提起的话。回乡创业初成的李平均寻思带领村民增收，帮助贫困户脱贫。他组建农业种养专业合作社，创办生态农业公司，鼓励村民土地入股，降低投资风险；尝鲜“订单农业”，解除农民售粮难、粮价低的后顾之忧；组建农业机械服务专业合作社、建设专业稻谷烘干中心，帮助种粮大户解决稻谷耕、种、收各环节难题。他安排13名残疾人到合作社做事，每年帮助20多名农村剩余劳动力实现家门口就业，让每个家庭增收上万元。

情系乡村寒门学子，他爱心如潮。身体残疾的李平均沐浴党和国家政策的阳光雨露，感受了社会关爱的温暖，激励他用爱心回报社会。2016年11月，李平均递交申请，注册成为船山助学志愿者。

他一直把协会的需要、乡村孩子的需要作为自己的责任，积极参加募捐，参与志愿服务，多次获评协会优秀志愿者、十佳志愿者。2020年新冠疫情期间，他募集各类型口罩19095个、其他防疫物资折价近10万元，14所（含教学点共20个）农村中小学校7300多名师生直接受益。李平均常说，做公益事业不是喊口号，也不是在参加公益活动时摆拍几张照片去宣传自己，而是用实际行动去帮助需要帮助的人。

用心追逐阳光　用手演绎精彩

——记衡阳县周氏中医按摩店店长周正

周正，男，汉族，1991年10月生，衡阳县溪江乡富田村人，视力残疾。

周正一出生就患有先天性白内障，但是爱子如命的父母并没有放弃给他治病，听说哪里的医院眼科好就带他往哪里跑，四处借钱医治，小小年纪的他就做了多次眼部手术，最后总算是保住了眼睛微弱的光感。

年纪稍大后，周正遇到了生命中的贵人。他介绍周正来到了衡阳市的闵氏按摩，拜闵自芳为师。第一次见到闵老师的时候，周正特别震惊，闵老师是全盲，30多岁，在衡阳市的繁华地段拥有几千平方米的店，有几十名员工。周正当时就下定决心，一定要好好努力，也要像闵老师一样开一家属于自己的店。他开始认真学习，每天练习手法，一练就是十几个小时，练到大拇指都肿起来了，手拿筷子都拿不稳，胳膊肘也磨破了皮，双腿由于站的时间太长经常浮肿到发抖……很累，但他从来没有想过放弃，自己选的路再难也要坚持走下去。

2008年秋天，周正到残联报名，得到了去湖南省特教学校学习的机会，他选择了针灸推拿专业。在这里，他学会了摸盲文书，每天抱着十多厘米厚的盲文书背穴位，往往要花比明眼人多十倍的时间才能读完一本书，常常宿

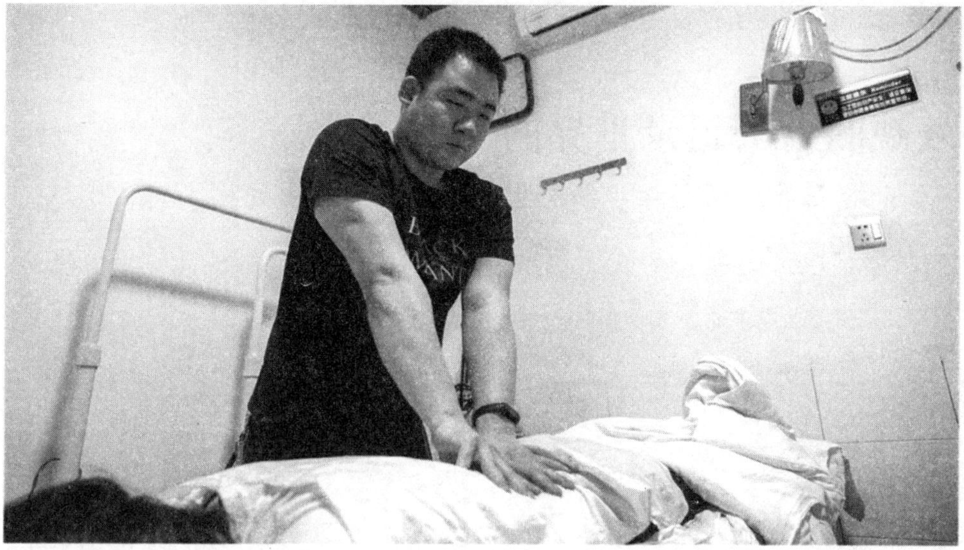

舍熄灯了，他还抱着书在床上看。通过不懈的努力，周正在学校取得了不错的成绩，还拿到了奖学金。寒暑假他也没闲着，找按摩店打工，一边赚生活费自食其力，一边进行临床实践，提升自己。2010年，周正毕业，不仅收获了专业知识，还收获了爱情。

2011年，周正谋划创业，也想帮助像他这样有视力缺陷的残疾人赚钱养活自己，找到人生的价值。当时，他手里只有4000块钱，找亲戚朋友借了10万元，开了现在的这家小店——80平方米，10个床位。刚开始几年生意不景气，入不敷出，欠下的债也还不上，尽管身心疲惫，但他没有放弃，坚持用心服务好每一位顾客。坚持就是胜利。后来，店里回头客越来越多，周正开始请员工。现在店里工作的员工包括他们夫妻二人共有8人，大部分是视力残疾人。近些年，在残联的帮助下，周正开始带学徒，开设了培训班，前前后后共培训了30多人。有几个像他以前一样，从未踏出过家门的，现在他们都能够靠双手养活自己，其中有两个还开了自己的店铺，店里的员工平均年收入也达到了3万元。

残缺的指头记录世界的美好

——记衡阳县城西星缘印象文化传媒公司经理周红松

周红松，男，汉族，1972年3月生，衡阳县西渡镇人，肢体残疾。

周红松是原西渡造纸厂下岗职工，曾因工伤失去左手三个手指头。他2004年下岗后因找不到工作，在家人的帮助下，开了一个音乐工作室，因经营不善，不到一年就关门了，并欠下了近8万元的债务，那段时间他意志消沉。因为在经营音乐工作室时，自学过一些音响知识，在朋友的介绍下，他到当时的神龙大酒店KTV做了一名音响师。在做音响师的空余时间，他又开始学

习摄影摄像技术，当时正值婚庆行业兴起的时候，于是他买了一台DV又干起了婚礼摄像这一行。没有师傅教，不懂电脑编辑，周红松就买书籍自学；看到好的视频，他就反复揣摩里面的拍摄手法和编辑方法。通过锲而不舍的努力，周红松已经掌握了好几个编辑软件，能够轻松地完成一些比较复杂的后期视频剪辑了。2014年，县残联主办了一期创业培训班，他报名参加了培训。正是通过这次培训，让周红松的眼界更加开阔，创业理念得到提升。后来他注册成立了自己的影视传媒公司，并制作出了一些好的作品，也得到不少客户的认可和好评。

谈起今后的打算，周红松信心满满。他表示要精钻技术，不等不靠，用自己手中的镜头，记录世界上美好的瞬间。

一名独掌青年的“幸福密码”

——记衡阳县曲兰镇残疾人专职委员邹国

邹国，男，汉族，1987年2月生，衡阳县曲兰镇船山村人，肢体残疾。18岁时，邹国因意外受伤被截去右手，但他很快就从受伤致残的阴影中走了出来，克服常人难以想象的困难，走出了自己的幸福路。

在抗争中追求幸福

右手截肢后，年少的邹国在生活中许多事都不适应，需要重新开始学。例如，要学习用左手吃饭、写字、洗衣服等，他克服了生活上的种种不便，只用了不到一个月时间就做到生活完全自理。

邹国谈起自己的家庭，脸上总是洋溢着幸福的笑容。他有一个温柔体贴的妻子和两个健康乖巧的儿子，他一直把年老体弱的父母带在身边亲自照顾。尽管身体残疾，但他有男子汉的担当，负起为人子、为人夫、为人父的责任，把为家人遮风挡雨看成莫大的幸福。

在创业中诠释幸福

伤愈后，邹国积极调整心态，尝试着走出家门融入社会。外出找工作，由于残疾的原因也曾四处碰壁，但是他不怕苦，不怕累，去过广东的养殖场养鸭，到过建筑工地上做搬运工。几年下来为家里减轻了一些负担，也为自己积攒了一些积蓄。2013年，邹国利用自己的积蓄，加上从亲戚朋友处借来的钱在县城盘下一家福彩站。福彩站开业之初，生意不好，客流少，他就不断学习，把福彩站从年销售十几万元做到一百多万元，福彩站做得有声有色，连续几年被市县评为优秀站点和优秀业主，2015年被省中心评为“星级投注站”。

在奉献中感受幸福

2016年，邹国通过努力，应聘成为曲兰镇残疾人专职委员。任职后，他认真履职，真情为残疾人服务。在工作中，他得知曲兰镇4岁的刘熠然因唐氏综合征导致全面发育迟缓，家庭又十分困难，没有去做任何康复。邹国马上帮刘熠然到县残联申请残疾儿童康复救助，让孩子得到了康复服务。几年来，他为130多名有需求的残疾人申请辅具适配，为46名行动不便的残疾人申请上门评残，组织70多名残疾人参加培训，协助县残联为30多名贫困残疾人家庭实施无障碍改造，深得残疾人信赖。

邹国常说："能帮助别人，自己也很快乐。"他把自己的彩票站打造成一个爱心驿站，为周边辛劳的环卫工人等其他户外工作者提供可以纳凉避暑的港湾。2019年，邹国被湖南省民政厅评为"最美热心公益者"，其事迹被湖南卫视等多家媒体报道。

无声世界的自强之路

——记西渡千丝留芳理发店理发师赵勇

赵勇，男，汉族，1981年8月生，衡阳县岘山镇永绿村人，听力残疾。

处在无声世界的赵勇，面对命运磨难，经历自卑到自信的蝶变，最终踏上了自强之路。

难忘的童年之痛

5岁那年，赵勇因高烧不退，父母带他到小诊所看病，注射了链霉素导致听力丧失，语言功能障碍。从此，他的世界变得安静了。

这次意外给这个原本不富裕的家庭带来了沉重的打击。赵勇的父亲每天起早贪黑去工地做事，母亲带他四处寻医，但还是无法改变这个事实。进入无声世界的赵勇，变得异常敏感，十分自卑。本该五彩缤纷的美好童年，在赵勇的记忆里，更多的是孤独，是泪水，是失望，是痛苦。

坎坷的学艺之路

赵勇学手艺的道路非常曲折。母亲带他找了很多师傅，没人愿意收他为徒。直到后来，在母亲的再三请求下，终于有个理发店的师傅答应教赵勇学理发。在母亲带他求师学艺的过程中，赵勇逐渐领会了父母的良苦用心，对命运不公的抱怨、对家庭的埋怨渐渐少了，他决心认真学会一门手艺，将来能够自食其力。面对美发那些手法、细节、专业技术，他除了自己去反复观察，去慢慢练习，还要细细领悟才可能赶上别人的十分之一，甚至百分之一。跟师学艺的三年时间，赵勇常常是白天盯着师傅操作看，晚上睡在床上像放电影一样，细细揣摩师傅的手法；床头总是放着一把推剪和牙剪，经常半夜起床拿起剪刀独自比画。苦学数载，赵勇的理发技术日臻娴熟，师傅都夸他是得意弟子。

执着的坚守之力

已有一技傍身的赵勇不愿成为父母的负担，他想挑战自己，通过创业来展现自身价值。他与朋友合伙开起一家美容店，由于经营难以为继，合伙人撤资，赵勇选择独自坚守。这一坚守就是两年，由于诚信经营，手艺精湛，生意开始有了起色。

命运总会眷顾努力的人。在这两年中，赵勇收获了爱情，妻子是一个肢体三级残疾人。夫妻俩把店面装修一新，平时妻子负责与客人沟通，赵勇负责理发。他们的日子过得一天比一天好，而后迎来了两个女儿，店面也开始走上了正轨，他们还在县城西渡买下了一套房子。

唯苦过，方知甜。今天的一切，赵勇格外珍惜。一间店铺、一套住房、一个小家，对无声世界里的赵勇来说，是有形的回馈、有声的褒奖。

折翼不折志　争当“领头雁”

——记衡阳县樟树乡赵莫工作室主任莫红卫

莫红卫，男，汉族，1985年6月生，衡阳县樟树乡连政村人，肢体残疾。因莫红卫身体重度残疾，他家被评为建档立卡贫困户。可莫红卫没有因为残疾而自暴自弃，他潜心经营电商，不仅如期脱贫，还成为全县残疾人电商模范带头人。

“上帝给你关上了一扇门，必将为你打开一扇窗”

莫红卫与电商结缘是因为亲戚送给他的一台旧电脑。在这期间，他听别人说起，有人通过网络赚钱，他开始不停打听、搜索信息。2013年在朋友的帮助下，莫红卫的第一家自行车销售淘宝店开张了。近段时间，电脑里“叮咚”的声音，让他感到无比踏实和幸福。两个星期后他卖出了第一辆自行车，挣了86元，而这86元也是莫红卫人生中的“第一桶金”，让他一生难忘。后来他陆续开了4家淘宝店，销售特产、水晶摆件，从刚开始每个月挣几百块钱，到后来每个月挣一两千块钱，生意一天比一天红火，生活也一天比一天充实。

“不满足是向上的车轮”

2014年10月，偶然的一次机会让他接触到了广告设计和打字办公，又激起了他学习的兴趣，他开始孜孜不倦地学习这方面知识，“零基础”的他感到吃力又不被理解，但他仍一腔孤勇地坚持。2015年11月，莫红卫开了一家提供广告设计和专业办公服务的淘宝店。由于业务量远远满足不了团队预期，他开始寻求与天猫店的合作，经过多番沟通，和几个大型天猫店建立了长期合作关系，客户群体也变得更加稳定。而这时，他那颗热爱创业的心又开始跃跃欲试，经过一段时间的思考与探索，他决定招募一些志同道合的残疾人朋友合作创业，给他们提供培训和就业的机会，共同开一家属于残疾人的天猫店铺，让他们重新燃起对生活的希望与信心。就这样，2017年12月12日，莫红卫的赵莫工作室开张了。

“不积跬步无以至千里，不积小流无以成江海”

残疾不可怕，只要心不残，希望总会有。通过四年的发展，赵莫工作室线上月营业额达8万—10万元，现有网上兼职人员300多名，涵盖专业设计师、专业速记师、公司白领、在读大学生、硕士研究生等；工作室坐班人员共15名，其中有残疾人10名，月工资3000—6000元不等；兼职人员工资也保持在1500—3000元左右。谈起残疾人创业，莫红卫深有感悟：只要有志气，像创办电商工作室这样正常人看来都难以实现的事，残疾人照样能把它做好。

无臂冠军

——记衡阳县井头镇太福村村民盛新桥

盛新桥，男，汉族，1976年6月生，衡阳县井头镇太福村人，肢体残疾。

湖南省第十届残疾人运动会于2018年9月在雁城衡阳举行，田径400米的赛场上，衡阳市代表团的双臂缺失残疾人运动员盛新桥一马当先，勇夺桂冠，成为名副其实的“无臂冠军”。

2018年 1 月，盛新桥从媒体宣传中得知湖南省第十届残运会在衡阳市举行，便来到县残联报名参赛。通过层层筛选，他进入到衡阳市代表团（一队）。为备战赛事，他不畏艰辛，顽强拼搏。炎炎夏日，室外气温高达37度，别人都在房间休息，他坚持训练，好几次在训练中中暑，他仍坚持不懈，吃点药，刮刮痧，休息一下又继续训练。因为没有手臂平衡身体，时常摔得遍体鳞伤，可盛新桥没喊过一声痛，没叫过一声苦。烈火试真金，逆境试强者。这次比赛中，盛新桥一举斩获田径400米项目金牌和5000米项目银牌。

这位双臂缺失的汉子，靠着自己吃苦耐劳、乐观向上的品性和积极拼搏的竞技精神，一步步走上了领奖台，换来了自尊与自信，赢得了鲜花和掌声。

运动场上的冠军，生活中也是强者。1998年，22岁的盛新桥带着激情、怀揣梦想到广东南海打工，因厂外电缆线被风刮落，自己救急心切，不幸被电击中双臂，在医院整整两个月，左手三次被截，最终失去了双上肢。祸不单行，新婚不到一年的妻子，抛下出生两个月不到的女儿，离家出走。

生活和这个生性开朗的青年开了一个天大的玩笑，但他却从不落泪，从不屈服，反而越挫越勇。在无数的血汗交织中，通过一遍又一遍的练习，他学会了用嘴写字、用嘴翻书，生活日常的事情他努力独自解决，几乎不用麻烦其他人。面对年迈伤心的父母，他更是用自立自强的生活态度和实际行动宽慰他们，极尽孝道。

2000年，盛新桥与姐夫合伙开了一个家具店。由于他努力向上，日子过得红红火火，也迎来了第二任妻子。然天有不测风云，第二任妻子在2017年底因心脏病撇下孩子离他而去。“生命以痛吻我，我却报之以歌。”经历失臂之伤和丧妻之痛，盛新桥依旧笑对生活，独自拉扯孩子读书求学。现在，他的大女儿已大学毕业，他有信心把孩子们都培养成才。

第五辑

柏花的故事

柏花的故事

12岁的姑娘，读书又种田，当爹又当妈

她有一个很美的名字——柏花，既有松柏的坚韧，又有花蕾的俏丽！

2004年出生的她是湖南省衡阳县一个高中生。“这个小女孩显得很瘦弱，黑黑的，但一双眼睛却很有神。”第一次见到她的OCEF义工这么描述她。当时17岁的她身高好像是十三四岁的孩子，明显发育不良。虽然她曾告诉我们，由于长期劳动锻炼，她的力气比一些高个子的同龄人都大，我们为她骄傲之余，还是希望她能再长高、长壮实一点。

那时的她已经是一个孤儿。不，准确地说，她是三个遗孤中的大姐，下面还有一个妹妹小玲和一个弟弟小兵。他们的母亲和父亲已经分别于1995年和1999年因病先后去世。12岁的小柏花从那时起，就不得不告别她的少年时代，稚嫩的双肩早早承担起本应属于大人的重担，带着9岁的妹妹和8岁的弟弟踏上艰难的人生旅程。

尽管很多好心人经常给他们送些旧衣服和食物，每逢春节地方单位和派出所还会送来一些慰问品，可他们的生活仍然是朝不保夕，仍然得艰难地为

生存而挣扎。2002年，民政部门开始给他们三姐弟每人每年400元的生活补助，才有了一点固定收入。但从2004年起，17岁的柏花连这点补助费也没有了。

靠自己的辛苦劳作和大家的帮助，姐弟三人或许可以勉强填饱肚子，但他们那瘦小的身躯告诉我们，正常身体发育过程中必要的营养根本谈不上。柏花最近告诉我们，就是现在，弟弟在学校食堂里能吃上的菜也就是最便宜的冬瓜。上顿冬瓜，下顿还是冬瓜，一年到头荤腥是基本见不着的。

可灾祸并不避开这多难的姐弟三人，反而雪上加霜。2004年，他们仅有的安身之处——家里的老房子也倒塌了。虽然政府补助了5000元修房费，可是连材料费都不够。多亏乡亲们好心帮忙，他们姐弟才又有了栖身之处。当时柏花告诉我们："家里的房子倒了，现在正准备砌房，很多事都要自己做主。在学校里心总牵挂着弟弟妹妹，牵挂着家里的房子……"说到这里，坚强的小女孩再也抑制不住自己的泪水，哽咽了。是啊，一个17岁的孩子要种田，要念书，要养活自己和弟弟妹妹，还要自己张罗修屋盖房，真是难为她了。她的泪花里有多少委屈、多少无奈、多少心酸？这哪是花季的孩子所能承受的生活重担！

柏花是个坚强的姑娘，她没有在这些困难面前屈服。就是在这样艰难的条件下，柏花也没有放弃读书的愿望，不仅支持弟弟和妹妹上学，自己也克服了种种难以想象的困难，坚持读书，读好书。她知道，这里有她的未来和希望。

让生命的图案里多几分绚丽，少几分阴暗

初中毕业升普通或职业高中，完成十二年的教育，对许多人来说是理所当然的事。但对柏花而言，因为没钱交学费，这曾经几乎是一个梦。但是对知识的渴求，对未来的憧憬，使柏花决定把这个梦做下去，用她自己的话说，"硬着头皮也要上高中！"在初三毕业那个关键时刻，她义无反顾地作出

了这个非同寻常的人生抉择。

没有钱交学费，柏花一进高中就没有自己的课本。她说："尽管我交不起学费，学校也没有给我发书，但我依然'死皮赖脸'地坐在教室里，老师和同学们没有嫌弃我、看低我，而是尽可能地给予我关爱和帮助。"过了数月，有一个同学辍学，把自己的课本送给她，她才有书本可用。

柏花在高一不光是没有钱交学费，也没有钱交生活费。学校又离家很远，她不得不在学校住宿吃饭。没有钱买餐票，就饿着肚子上课。她如饥似渴的求学精神感动了班上的同学，大家你一张、我一张地把餐票塞进她的口袋。她也就是这样饥一顿饱一顿，坚持坐在课堂里，实现了她的"硬着头皮也要上高中"的梦想。是什么样的信念一直支撑着她？什么样的对知识的渴望和对未来美好生活的向往，让这个女孩有松柏般的韧性和坚强？

高中三年，她没有花过一分零用钱，没有吃过一餐超过3块钱的饭菜。

她有400多度的近视，坐在第五排就看不清黑板上的字了，迫切需要一副眼镜。然而，一直到高中毕业，她也没有配眼镜。对每一个近视的人，眼镜是必需品。这对她竟成了买不起的奢侈品。

她的艰辛，她的执着，她的懂事，她的坚强，深深感动了OCEF的义工们和捐款人。2004年，柏花成为第二个受OCEF资助的高中生。在捐款人爱心撑起的蓝天下，终于可以在高中校园里继续她的求学之梦。在给OCEF的来信中，她写道："滴水之恩当涌泉相报，我们不能忘记这份恩情，但是最终真正站起来还得靠我们自己。"

2005年，她在另一封信中说："我的同学、朋友都说我是一个坚强的女孩，我也自信这一点。可是学习的压力有时也会让我感到沮丧、自卑，甚至想到放弃。但是每当到了这种境地，通过一些时间的思考，我又会从茫然中清醒过来，我不读书，我又能做些什么？生活中那么大的痛苦我都挺过来了，难道要在这时栽下？我怎能这样屈服？我会想起基金会的叔叔、阿姨的资助，想起周老师、邱叔叔（注：本文作者，OECF实地帮助过她的义工）的关心，想起不少好心人对我的帮助！于是我会对自己说：振作、坚强、奋斗！虽说付出与收获不一定成正比例，但是要想收获就必须得付出。所以不管以后前途如何，但至少我现在会尽量多努力，因为我要让我生命的图案中多几分绚丽少几分阴暗。”

生命给了柏花如此与众不同的图案和青春色彩，这个坚强、自信、向往美好生活的姑娘仍执着地要涂出绚丽和光明。可如此困顿阴暗的底片上，她能涂出一幅什么样的画呢？

知恩感恩，不怨天尤人；真正站起来，还得靠我们自己

2006年夏，柏花终于迈出了高考的考场，妹妹小玲也初中毕业了。在一般家庭，这是一个喜庆的暑假，家长要给孩子各种鼓励和许诺。但在柏花的家里，迎接他们的还是生活的考验。

7月初，16岁的小玲去南京打工，她在那里帮药材店做饭。柏花带着弟弟在家管理稻田，辛劳的汗水终于换来丰收的果实，他们收获了2000多斤谷子。

8月初，柏花的高考成绩出来了，482分。这分数可真正来之不易！有一些家庭条件优越的学生，靠父母花大钱，请私人教师，上各种补习班来帮助他们提高考试成绩，其中少数人或许可以考到500多甚至600多分。可柏花的482分却比那样得来的高分含金量高得多！她曾没有学费，没有书本，还要种粮种菜，养家糊口，照顾弟妹。她的付出远不是一般人能想象到的。2000多斤金灿灿的谷子和她的付出一起反映了柏花出类拔萃的综合能力。这又该值多少分？世界上顶尖的大学，最注重的，就是学生的综合能力。而柏花用自己的综合能力告诉了世界：她完全有能力实现她的大学梦！

482分这个成绩，在湖南已经远远超过了大专录取线。但是，她报考的大专录取工作已经结束，新生已经入学两周了，她还是没有收到录取通知书。因为是第二志愿，学校没有照正常程序录取她。她已经不抱希望了。其实，就算是录取通知书来了，她又去哪里找一大笔上大学的费用呢？话虽然

这么说，柏花不被录取实在有失公平。对一般人来说，如果艰苦努力多年而得到这个结局，那么精神上会是一个很大的打击。然而，令我们意想不到的是，柏花在和我们交谈时说：“有些有父母的贫困家庭，孩子都不能上高中，而我却能完成高中学业，已经充满感激，感到幸运！”柏花这样懂得感激生活，感激社会，给我们大家，包括OCEF的叔叔阿姨们，树立了怎样做人、怎样对待生活的榜样。这样一个感激生活的人，理应受到他人、社会、命运的善待，可命运怎样对待她呢?

8月底，柏花告诉我们，妹妹在南京打电话回来，想上职业高中，今后在外好找工作。她也想让妹妹多学点知识。9月初，小玲得到OCEF的职业高中生奖学金，加上打工赚的500元，在县职业中专领到了书和生活卡，开始了计算机专业的学习。弟弟小兵继续得到OCEF的资助，正在读初三，很快也将面临人生的一个转折。

柏花尽管高中毕业了，毕竟没有就业需要的专业技能，不得不面临新的选择。如果马上出去打工，也就是当个小保姆或做简单的体力劳动。柏花是个有执着追求的姑娘，对学习知识和技术向来情有独钟。多年来在困境中的摔爬滚打，更使她成熟和自信。三年的高中学习也为她学习专业技术打下很好的基础，她要做一个有知识和技能的劳动者。因此，她自己做了一个勇敢而有眼光的决定，借了1200块钱去县城一所电脑学校速成班学习半年。可这个班需费用2200元。毕业后，要先还学校的债，才能领取属于自己的工资。她计划电脑班学成以后，去文印店打工，继续支持弟妹的学习和生活。

这些年来，作为只比弟弟妹妹大三四岁的一家之长，柏花什么都让着弟弟妹妹，然后才考虑自己。三人中，她年纪最大，个子却最小。她为他们操心受累，为他们付出，让弟弟妹妹踩着自己仍在成长中的肩膀长大成人，又以自己的顽强奋斗给他们作出了最好的身教。弟弟妹妹有这样一个好姐姐，真是不幸中的大幸。

“不能屈服……要想收获就必须得付出……最终真正站起来还得靠我们

自己。”柏花在过去十几年艰难的人生经历中这么想过，她的努力证实了她也是这么一步步做的！需要帮助的人，唯有自己努力，别人的援助方能见效。

写到这儿，柏花的故事似乎该结束了。电脑速成班结业后去文印店打工对于一个失去了父母的孤儿而言，也许真的已经是个不错的出路了。

（此文原载2009第7期《乡村少儿》，让人欣慰的是柏花三姐弟现在都成家立业，生儿育女，拥有了幸福美好的生活）

助学手记

“幸福的家庭都是相似的，不幸的家庭各有各的不幸。”我走访了很多贫困家庭的孩子，为了帮助他们完成学业，改变命运，我记录了他们的真实情况，发给爱心组织、爱心人士，为他们牵线搭桥，找到资助。可以欣慰的是，这些身处困境的孩子绝大多数都考上了大学，参加了工作，拥有了幸福生活。为了尊重他们，手记没有显示真实姓名。

2004年5月6日　小娜

小娜、小瑾的家中一贫如洗，看不出有什么值钱的东西。82岁的爷爷瘫痪在床上，见我们来了，勉强着坐了起来。奶奶72岁了，不停地咳嗽，没什么招待我们就倒了两杯开水。小娜、小瑾两姐弟就依偎在奶奶身边。小家伙盯着我们看，我问他们长大想干什么。小瑾说想当科学家，小娜说想当老师。爷爷、奶奶要我们想办法找人资助他们完成学业，长大了让姐弟俩报答好心人。我们今天再到王家访问时，没有见到小娜。我们了解到她的父亲多年来患有多种疾病，由于困难，她的母亲于2001年去广东打工，2002年父亲因病去世，母亲回来把父亲安葬后留下400元钱就又去打工了，再没有回来

过，只是有时打电话回来问问情况，还寄回来过500元。爷爷已经瘫痪三十多年了，没有好心人的资助这两个孩子的学业真的难以完成。

2005年5月24日　小文

5月21日是星期六，趁双休日，我去县一中了解贫困学生情况，高一413班的班主任向我介绍了小文的情况。这个孩子学习成绩好，在班里是前10名学生，因姐姐在师大上学，一年要1万元的费用，家里全部收入也供不起两个孩子上学，就是供一个都成问题。她父亲要她别上了，让姐姐去完成大学学业。到了她家，邻居把正在田间劳作的父亲叫了回来。本来家里就困难，2003年，爷爷又生病去世，住院办丧事欠下了9000元债务。两个孩子学习都好，可家里实在供不起。在县城边，像这样的家庭实在是不多见。房子一层三间，砌了七年还没有竣工。家里像样的东西是一台冰箱和十来把木凳子，都是在县城帮人搞卫生时，别人不要了送给他的。

2005年5月25日　小利

小利本来有一个完整的家，可老天无情，让他少年丧父，还未成年就经受人生的大痛苦。他的父亲患肝癌于2004年3月去世。因治病和办丧事，家里欠了2万多元的债务。哥哥就在这学期离开了心爱的学校。小利学习成绩中上，他很珍惜上学的机会。

2005年5月26日　小文

去小文家是个下雨天，学校去了两个老师，我和一个同事还有一个吉普车司机。家里竟坐不了这么多人。孩子不能选择家庭，可苦了小文。这是个聪明可爱的孩子，好在母亲给了她一个好身体和聪明的大脑，也算是老天有眼吧。她的学习成绩不错，在班里排前10名，墙上贴了好几张奖状，使这个贫穷的家有了一点生气。考高中不成问题，现在面临的问题就是没有钱，供这个孩子初中毕业都很难。孩子流着泪对我说："叔叔，你帮帮我，我一定会好好学习的。"离开她家，我的心情很沉重！

2005年5月28日　小平平　小安安

我们单位在正堂村搞农业点，两位农业点的同事几次向我讲了小平平和她弟弟小安安的情况，"五一"长假我才抽空去了她家。这天很热，村里的机耕路又不能行车，步行个把小时才到她家。听说我们是来了解孩子情况，帮助姐弟俩找资助人，左邻右舍来了不少人，都讲有人来帮助孩子，真是积德呀，要不他们年纪轻轻就不能上学，真可怜！这个家比我想象中还要困难。家里几乎没有值钱的东西，孩子的父亲早在1998年小平平只有7岁、小安安只有5岁的时候就因病去世。母亲于几年前改嫁，一年到头为生计忙碌，也没法带两个孩子去。两姐弟懂事早，我和同事离开时，送了我们好远好远。

2005年5月30日　小春

到小春家，我不敢走进屋子，担心掉下瓦片，房子是危房，里边没有什么值钱的东西。老奶奶82岁了，这么大年纪的老人，看起来只有70来岁，还要做田里的农活。她流着泪向我介绍家事。本来她有四个儿子，两个儿子意外去世，还有个儿子十多年前离家没有一点音信，生死不明，小儿子是个痴呆儿，在周围游荡。老人的泪都流干了。现在她担心的是小孙女还没有长大，上不起学。

2005年6月2日　小戴

小戴的父亲原来比较能干，2003年8月乘坐一个亲戚的摩托车出车祸，撞伤脑子，在医院住了两个月，至今脑子不清醒，不能劳动，花去医药费2万多元，家中负债1万多元。哥哥的高中没法读下去，还欠学校1000多元学费。据石口中学的陶老师讲，因为哥哥学习成绩好，学校没有催他交费，让他继续在读。小戴上初中一年级，学习认真，成绩良好，是个读书的好料子。

2005年8月5日　小艳

小艳是个被亲生父母遗弃的孩子。估计因为是个女孩而被遗弃，重男轻女的思想在农村还是很普遍。蒋先湖50多岁时捡到她，老人对孩子很关爱，只是他的能力太微弱，家里一贫如洗。小艳也许是命不该绝，能有人带养，也是一种福分。她长得聪明可爱，穿起周围邻居送的衣服，干干净净。她想读书，希望能有好心人资助她上完高中，至少让她读完初中，然后出去打工。她说是好心的父亲把她带大了，长大了她会好好对父亲。小艳学习成绩中上，考普通高中不成问题。

2005年8月5日　小帅

小帅长得和名字一样帅。家里很穷，但孩子聪明懂事，学习很认真，成绩优异，担任班长，对同学很热心，对师长很尊重，期待有好心人能帮助这个孩子完成学业，让他成为有用之才！

2005年8月6日　小斌

到小斌的家已是傍晚，夕阳红透了半边天。我们几乎看不到他家有值钱的东西，一辆自行车显得很陈旧，算是最值钱的家当，种7分水田算是最大的收入，家里门前通了自来水算是最现代化的象征。我们和小斌交谈了十多分钟，孩子还算懂事，说要去找父亲。据说父亲是在沙场打零工，看到家里这样穷，即便没有见到他父亲，我也想象得出他父亲不大能干活，就没有要孩子去叫父亲。问他想不想读书，他说无论如何也想读完初中。我嘱咐他好好学习，争取找个好心人来资助，他一个劲儿地点头。离开他家已快天黑，还有个学生家要去，我们骑着摩托赶紧离去，回头还看到孩子站在门前挥手。

2005年8月9日　小梅

刚到小梅同学家，我第一印象是她家境是我所家访的学生中较好的，楼地有八间砖房，尽管没有装修，砌得还算气派。经过与她家人交谈，并询问邻居得知，这确实是个值得帮助的孩子。她父亲有病，常年服药，家里砌房时就负债1万多元，近几年父亲吃药，加之哥哥在北京交大读书，又负债2万多元，总负债有4万元，对于农村没有好的经济来源的家庭来说，4万元就是个天文数字。小梅学习成绩十分优秀，是全乡中考成绩最好的，进入全县前400名，被录取到市重点中学。本来她可以填省重点中学县一中或市一中，因费用相对要高一些，只好填了个县六中。家里不想供了，她说什么也要去读。小梅是个懂礼貌有修养的孩子，主动给我们倒水，对我们去家访很感激。

2005年8月10日　小威

去小威家，我几乎不敢看他的父亲。他的父亲是肺癌晚期，已经不能讲话，病了七年多时间，治病欠债2万多元，小威的爷爷从田里劳作回来，流着泪与我们交谈："儿子可能难有几天活了，这几年田里的事都是我干的，勉强没挨饿，现在我是白发人要送黑发人，要是这病得我身上，我是愿意用老命换儿子的病。”小威学习成绩中上，是个懂事的孩子。父亲病情十分严重，他担心父亲死了，爷爷也不能干活，母亲寻钱不到，他会读书不成。离开他家，我们心情都很沉重，到孩子开学，如果有好心人资助，我们再来送助学金时，也许就看不到小威的父亲了。面对癌魔，人类是这样的无能，这贫困的家庭已经停止了用药，在等待死亡的到来，这是多么无奈与凄惨！

2005年8月10日　小芬

小芬是个懂事能干的孩子，放暑假，像她这样大的孩子，一般都是学习和玩，而小芬却顶着烈日在田间给种棉大户打工，父母都是残疾人，不能外出干活打工。小芬在棉田打棉花，干一天可得8块钱，她可高兴了。可暑假也不是天天有棉花打，这个暑假她已赚了120元钱给家里，这是我见到的最小的孩子寻到的最大一笔钱！她和妹妹小娟长得可爱，学习成绩都好，家里的墙上贴满了奖状，算是老天对她们残疾父母的补偿吧！听说我们来帮助她和妹妹寻找资助人上学，她们可高兴啦！离开时，她还要去棉田干活，我就在棉田拍了她干活的镜头。

2005年8月12日　小侨

小侨住在衡阳县最偏僻的小镇山冲，距县城60多公里。父亲是个老实忠厚的农民，身体不好，30多岁才与一个有残疾和多病的女人结婚，生下一对儿女。小侨3个月大时，母亲离世，这个小男孩子当时身体十分虚弱，又没有奶吃，邻居都为这个孩子担心，不知能不能长大。好在小侨有个姑伯，非常细心，硬是把他养大。也许是苍天有情，小侨现在长得很结实，他学习认真，在全县高中录取率不到30%的情况下，考上了县二中。家里实在太穷，他一方面想早点出去打工，为父亲分担一些，另一方面他又实在想上高中，多学习一些知识，以后想找一份好一点的工作。山冲里出去打工的人由于没有知识，大多只能干苦力。他姐姐就是个例子。姑伯家也是山沟农民，家里

拿不出这么一笔资金。穷人的孩子早当家，小侨懂事知礼，周围邻居都讲他是个好孩子。

2005年8月16日　小军

小军初中要失学时，我在泗水中学通过海外中国教育基金会给他帮助，才上完了初中。这个孩子学习认真，很珍惜来之不易的学习机遇。他中考成绩达752分，而上线分数只有531分，他可以录到省重点中学县一中，但他想到费用低一些的学校读高中。父亲得病多年，行走都不便，家里一贫如洗，就靠有点劳动力的母亲在外打苦工供家里开支和父亲治病。今年正月二十八日，爷爷过世，家里现负债2万多元。

2005年8月20日　小瑞

小瑞家住在井头镇偏远的总管村，离小镇有12公里，要翻两座大山。公路是村里人花五年时间才修通的，还是不通汽车，现在想起坐摩托去都还心有余悸。这个村子至今还是土斗的房子多，普遍较穷。小瑞只有1岁时，母亲就因病去世，是奶奶一手带大的。他的父亲一直在外，与家里没有联系，是个不负责任的人。家里一贫如洗，但奶奶对孙子很关爱，可年纪大了，有73岁了，好在这里的山水很好，奶奶看起来只有60来岁。奶奶讲，孩子很听话，只是生在这个家太委屈了。

2005年8月27日　小丞

知道小丞这个孩子是我去县城一家超市购物，在超市门前，看到一位老人带着他在乞讨，乞讨书上写着“讨钱葬父”。以前只在电视里看到过，我不敢相信，就问那个老人是孩子的什么人，他告诉我是孩子的邻居，孩子的父亲是8月26日也就是昨天去世的，火化要几百块钱，现在家里没有钱，他只好带孩子来求人施舍。孩子只有一个姐姐，在孩子只有两岁时，母亲得肝病去世，父亲现在又去世了，去世时眼睛无论如何都不能闭上。孩子家就在超市旁边粮食局的家属楼，这是他爷爷工作单位留下的房子，我前去看了一下，忍不住流泪，这是我近年来扶助学生看到的最令我不安的事件。邻居介绍，这姐弟俩都是听话的孩子，从没有吃过零食，学习成绩不错，现在父亲去世，孩子没有一个亲人，连葬父的钱都没有，就只好带他来讨。讨了两天也只有100多元。天气热，我不忍在现场久留，建议邻居尽快去找民政局。孩子开学在即，他姐姐初中还没有毕业，已经不打算再读了。现在只好让弟弟去上学。我劝他姐姐还是把初中念完。这个孩子学习成绩很好，每学期都能获奖。家里米缸无米，油缸无油，他姐俩真是太不幸了，我已决定每月送点米给孩子俩吃，强烈建议众人能资助一点生活费。

2005年8月28日　小娜

小娜家里离县城10多公里，我去时下雨，现在房子倒了，只在倒塌的房边看了下，在同组的乡亲家坐下来了解情况后，又返回县城一中去找小娜同学和班主任。这是个懂事的女孩，她在学校几乎没有零花钱。孩子性格开朗，尽管家境不好，但没有任何埋怨，问她的情况总面带笑容，快言快语，给人好的印象。

2005年8月28日　小芬

小芬初中阶段是受到海外中国教育基金会的资助完成学业的，我2003年去过她家，去年考上高中，家里本打算不让她上了，孩子通过原来学校的老师找到了我的单位。家里父亲的病没有治好，每年都要花费2000多元药费。母亲的病没有治，不发病时在帮加油站搞卫生。这个孩子聪明可爱，学习成绩较好，家境这样困难能考上高中真是不错，孩子有上进心，对人有礼。

2005年8月29日　小品

小品这个孩子家里贫困的原因是，爷爷、父亲身体不好，家里只有母亲一个人干活，哥哥出去只有一年，没有技术，打工工资低，每月只能给家里800元。爷爷心脏病，长期服药，每年要几千元。父亲今年住院两次，每次花费1万余元，家里欠债3万元，孩子每学期都是借款上学，今年连借都无门，本想辍学，因成绩好，老师上门劝说才于8月中旬上学（高三8月初就上课）。

2005年8月29日　小浪

小浪出生2个月后母亲就因病去世。父亲再婚后，就没再管孩子。她一直住在姑伯父家，姑姑、姑伯心地好，但条件也很苦，可以供小浪吃住，只是很难让他读书。孩子有强烈的上学愿望，成绩好，墙上贴满了奖状。

2005年9月2日　小维

小维的父亲是水利局的炊事员，前年初患病住院，自负药费达5万多元，1999年集资建房负债2万多元，两个孩子上学借款1万多元，现在家里负债接近10万元。由于2005年8月父亲去世，家里失去了支柱，没有经济来源，姐姐打算休学一年，在当地打工。小维是个学习十分刻苦的孩子，成绩优秀，中考成绩750分，超出录取线（531分）200多分。面对家里的变故，小维至今还在伤感之中，他很想上高中，但家里欠这么多债，现在拿不出钱。亲戚朋友借了不少，现在还没还，再借钱都没有门路。（由于得到好心人资助，小维得以继续上学，2006年秋季小维已经上高二。）

2005年9月3日　小宇

小宇这个学生是学校老师推荐给我的，开学了，我最近很忙，还没有来得及去这个孩子的家，今天到学校了解了学生本人和班主任老师，孩子真实地叙述了家里的情况，我叫他简单地写个自述，没有作任何提示，想看看他的表达能力，想不到他写得这么好。孩子比较内向，只要有好的引导就可以培养成为一个有作为的人！

2005年9月4日　小梁

去小梁家看到的是一栋红砖房，我怀疑学校老师是否核实过，一打听，才知她有一个伯父和一个叔父，房子是她父亲三兄弟共同砌的。伯父、叔叔出资，她父亲是在祖屋地基的份额上拆旧房子，砌了一间房。家里没有一件像样的东西。母亲常年生病吃药，因没有钱，没有到县医院去检查，到底是什么病当地医院也没有确诊，只是开点药吃。在砖厂看到她父亲显得特别苍老，看起来比实际年龄要大得多。砖厂是多劳多得，他总是加班。现在老百姓最怕的是生病，因为医药费太昂贵，如果家里有个病人，就是条件好的家庭也会被拖垮，何况梁家本来就是个底子很差的农家。

2005年9月4日　小玉

小玉家庭贫困的主要原因是三个孩子上学，全年学费杂费生活费达3000来元，家里人还要生活开支。全家收入主要靠父亲在外打工，父亲能力不强，据邻居讲是在建筑工地做体力活。在农村来讲母亲是个较能干的人，很节俭，在家管孩子，种4亩地。去年建了新房，花了3万多元，其中1.4万元是借款。想要孩子辍学去打工，但孩子学习成绩好，老师也上门劝学，孩子很想读书。

2005年9月5日　小华

小华的家离学校2公里，他是初二学生，班里大部分学生住校，因家里没钱，交不起每月15元的搭餐费和40元的生活费，他就走路上学。其母患心脏病多年，不能做重体力活，其父既要种地又要外出打工，挣钱给两个孩子上学和母亲治病，家里没有什么值钱的东西。小华学习认真，放学回家还要帮助妈妈做家务，他妈妈说，要不是自己生病，不能劳动，也能让孩子住学校，安心读好书。

2005年9月11日　小俊

小俊是个会说话的孩子，要他讲讲家里和自己的情况，讲得头头是道，是我见过的孩子中表达能力较强的。他父亲是个能力太差的农民，母亲是个流浪的精神病患者，是奶奶收留了她，后来她不再流浪，就与小俊父亲成了亲，并生下了小俊，周围人都担心这个孩子能否长大，能否正常。说来也怪，这个孩子长得很好，还聪明可爱。周围邻居都讲，这可是个好孩子，他父母的全部希望都在他身上，看来是老天安排他来照顾父母的。

2005年9月12日　小贺

到这个学生家时，只有奶奶在家，小贺趁"五一"放假帮助组里人去扯秧干活。奶奶把他叫了回来，他哥哥在木口中学补课，准备考高中。他的父亲因车祸于三年前去世，母亲患癌症于次年去世。我和同去的同事心情很沉重，老奶奶一边流泪，一边讲着心酸的家事。她说，老天不公，留下她这条老命做什么，要是她去了，两个孙子哪有人管。离开时，我嘱咐小贺好好学习，我会想办法帮他找到资助。要是他哥哥考上了高中也告诉我一声，想办法让他哥哥上高中。

2005年9月12日　小平

小平是我年前慰问倒闭企业贫困职工，去他家认识的。他母亲从广东打工回来，只存下1000多元，父亲去世两年了。小平很懂事，给我们递水，哥哥学习成绩好，因家里穷，上高中一个学期就要2000多元，读完高中也很难，母亲叫小平不要上学了，最多只能供一个。小平眼中含满了泪水，我叫小平将学生手册给我看，他的学习成绩也很好。我告诉他尽量给他找个资助人，先要上完初中，他表示一定会好好学习，将来有所作为，以此回报资助人。这个孩子是县城人，不知有没有人愿意资助，我实在没有把握，现在一些下岗工人生活实在是太苦了，像小平这样的家庭，一个女人要支持两个孩子上学实在是好难好难。

2005年9月13日　小静

走进小静的家，看不到一件像样的家具，土坯墙上贴了不少奖状，是对他们三姐弟学习的肯定。她的妈妈于三年前因病去世，家里还欠着2万多元的债务。妹妹小淑13岁上初一，父亲是个老实忠厚的农民，在家里种地，由于要照顾家里三个小孩，不能外出务工，几乎没有经济来源，两姐妹放学和假期帮着父亲干农活。弟弟珂嘉是个非常可爱的孩子，很活泼，今年6岁，在牌楼小学读一年级。

2005年9月14日　小丽

小丽是个被亲生父母遗弃的孩子，养父有点痴呆，前年精神病发作出走，至今没有音信。小丽是爷爷奶奶养大的，可爷爷奶奶分别于2001年、2003年去世，家里没有任何亲人了。小丽是个好孩子，很懂事，自己放学回家做饭，周围乡亲帮助她种地，能收一点粮食吃，可是没有其他收入。真是个苦命的孩子，但这个孩子有上进心，学习成绩较好。

2005年9月15日　小美

小美是个被亲生父母遗弃的孩子，被一个单身的老汉捡到养大的，养父刘纯和今年63岁了，多病。因下雨路实在不好走，我在去她家路上返回了。据老师介绍，小美家是两间要倒的土砖房。这个孩子懂事有礼貌，我离开学校，她流着泪说好想读书，求我帮她，她的学习成绩中上。

2005年9月16日　小威

小威学习努力，在班里担任学习委员。老师对他评价较高，是个保苗生，中考发挥正常可以进入全县前400名。只要他继续努力，学习是可以改变他的命运的！

2005年9月16日　小卫

幸福的孩子大都一样，不幸的孩子各有各的不幸。小卫是个孤儿，其父三年前因病去世，其母因此患精神病，不久也去世。好在他还有个忠厚的伯父，伯父一家三口人，伯母是个心地好的农村弱妇，还有个言语障碍儿子，全家靠伯父种田打零工生存，经济条件也不好，东挪西借砌了红砖房子，是为了让20多岁的儿子也能成家。他们表示，不会让小卫挨饿挨冻，只要孩子能努力读书，一定要像对待亲生儿子一样对他，哪怕讨饭都要送他上学！我想有这样好心的伯父一家，也是小卫这孩子不幸之中的万幸了。

2005年9月17日　小花

这是我和应海家访的一个完整家庭。家里贫困的原因就是超生，没有什么值钱的东西，但很整洁，三个孩子学习成绩都比较好。小花被录取到县三中，拿着录取通知书家人也没有高兴的情绪，小花很想去上，但家人特别是她妈想让她放弃读书外出打工。听说我们是来帮助她寻找资助人，一家人很高兴，她妈说只要有人资助学费，生活费家里再苦也会想办法，以后有出息了，一定要好好报答资助人！

2005年9月17日　小月

小月还不到2岁，生父就离世了。因治病家里欠了1万多元债。后来母亲再婚，继父是个忠厚老实的农民，家里很穷，32岁才上门与小月妈妈成家。目前家里生活勉强可以度过，供孩子读书上中学家里有困难。小月学习认真，成绩优秀，聪明能干，一到她家，就主动搬凳倒水，听说我是来帮助她上中学的，她很高兴！

2005年9月18日　小呈

小呈的母亲听人介绍，到单位来找我帮助她的孩子上学，她讲家里如何如何困难，我都不敢相信。到了这个家，我感到震惊，虽是生活在城镇，却远远比不上普通的农家。小呈的父亲躺在床上，大热天垫着破棉被，55岁的人看上去有70岁，家里没有一件像样的家具。小呈的哥哥被录取到新疆塔里木大学，还没有筹到一分钱。现在两个孩子上学，靠母亲给人补衣服是没有办法的。家里又没有拿到低保。小呈讲实在没法，他只有去打工，让已经考上大学的哥哥去学习，自己的大学梦就算了，按理他考上二本不成问题。在省属重点中学一中，前40名大都能上本科。我离开他家时叮嘱小呈一定好好学习，我会找到好心人来帮助他完成学业。

2005年10月7日　小海

这是个特殊的家庭，在小海还只有1岁多时，其父外出，就再没有回来过，至今没有消息。家里就靠他母亲撑着。一个农村妇女实在不容易，为了两个孩子和婆婆，这个女人默默地承受着。为了减轻家里负担，哥哥初二就辍学在家帮助母亲干活。小海学习成绩优秀，家里借钱让他住校，希望他安心学习，能有好出息。

2005年10月7日　小香

小香只有14岁，而她的父亲已57岁了，母亲52岁。通过家访才知，她母亲是再婚，父亲是个在农村能力不强的人，40多岁才结婚。家里最现代的东西是台21英寸的黑白电视机。父母均在家种地，这二年收成好，家里不愁吃了，承包了别人5亩水田，除去费用一年下来能有1000多元的收入，可一家生活开支后所剩无几。尽管父母没有文化，但对孩子的学习很支持，希望孩子通过学习能有出息。孩子要住校，是借钱交的搭餐费和生活费。生活费每月40元。在农村学校其实也只是不让学生挨饿，一天不到两块钱的生活费，其艰苦可想而知。

2005年10月7日　小冲

到小冲家，见到他的爷爷和奶奶，我的心情很沉重，不知孩子的父亲到底是什么原因，外出十二年没有音信，两位老人在盼儿子，他们没有什么办法知道儿子的下落。多方打听没有消息，母亲在几年前也离家再婚了，孩子跟爷爷和奶奶生活。家里没有什么经济收入，种2.5亩水稻，能有饭吃。母亲每年给300来元钱，伯伯和叔叔砌了一栋红砖房，孩子就住在伯伯家。今年上初中，他住进了学校。米就从家里拿，生活费用靠爷爷给，而爷爷年纪大了，也没有挣钱的能力了，还得靠儿子给钱，伯伯和叔叔给孩子办点衣服，也拿不出更多的钱让孩子上学。

2006年1月5日　小泉

小泉是个聪明懂事的孩子，到他家能搬凳子倒水给我。孩子的父亲是个老实本分的农民，没有什么特长，30来岁才找到个有脑膜炎后遗症的女人为妻。家里实在是太贫困。自然生存环境也差，住在一个十分偏僻的村子，山多田少，人均只有2分地，每年要买六个月粮食。姐姐汤娟初中只上了一年就辍学了，2005年秋季去广东一家制衣厂当学徒。

2006年1月6日　小志

小志家住在离县城35公里的山冲，人多田少，人均只有5分来地。据邻居介绍，小志的父亲生前是个比较能干的庄稼人，农忙时在家种地，农闲时在周围打短工，完全可以建好房子，有能力供孩子上学，谁知老天不长眼，一个好端端的家就这样垮了。小志学习成绩好，当时家里送他上职高，想让他学一个有一技之长，可孩子到学校后，看到有普通高中班，可以考大学，老师看他成绩好也支持他读普高班。墙上贴满了奖状，给这个几乎一无所有的家庭添了一点生机。

2006年1月17日　小涛

小涛同学的家距离县城8公里，是个土地肥沃的好地方，在全县算是个耕地多的地方，人均达1亩以上。家里砌了红砖房，要不是他妈妈患病，这是一个多么好的家庭，父亲忙里忙外，靠打短工一年能挣3000多元，给孩子上学，还要给妈妈吃药治病，家里的贫困可想而知。小涛生活节俭，学习认真，是个有理想的孩子。

2006年1月15日　小蒋

小蒋是个被亲生父母遗弃的女孩，在她出生不到一个月时，被狠心的父母送到了现在的左才英家门口。左妈妈心地善良，收养了这个苦命的孩子，把她带大成人。小蒋学习认真，成绩很好，中考本来考上了省重点中学县一中。可她选择了职高。在老师的劝说下，她还是上了普通班，没有选专业。眼看这一学期就要参加高考了，养父在几年前去世，母亲实在拿不出钱供她上学了，上学期还欠了学校1200元，班主任担保，要她坚持读下去。希望能有好心人资助她上完高中，她表示只要考上了大学就会申请贷款，然后一边打工一边上学，争取成为一个有出息的人。

2006年1月16日　小纯

小纯出生在西渡镇清亭村一个勤劳的农民家庭。1997年，不幸降临到她家。父亲从英陂卖蛋返回，在315省道樟树乡大桥铺地段，被一辆奔驰而来的面的车撞伤，虽捡回了一条性命，但落得个终身残疾，双腿折断，靠拄着

两根拐杖勉强行动，生活全赖别人照料。母亲不能接受这个现实，1998年农历正月不辞而别，至今音信全无，从此她失去了母爱。生活的重担压在了年迈的爷爷和奶奶（均70多岁）的身上，他们不但要照顾小孙女，还要照料生活无法自理的儿子。就是在这样的情况下，一次，小纯不慎摔伤，由于未得到及时救治，左膝盖骨错位至今还没有得到矫正。家徒四壁，唯一的生活来源就是镇政府给父亲的五保补助：每年500元现金、600多斤口粮。1999年9月，小纯已经到了上学年龄，为了不耽误孩子前程，动了恻隐之心的三舅把可怜的小纯接到自己家，先后送她到西渡镇振兴小学和衡南县工联小学念书，现在西渡镇秋塘中学读初中，勤奋好学的小纯学习成绩在班上一直处于中上水平。但她三舅家也是一个有两个小孩的普通农家，家庭负担不轻，小纯能否继续把书读下去，我们深为担忧。

2006年1月17日　小延

这是一个特殊的家庭，小延的父母均是残疾人，是个真正的弱势家庭。

前后左右都是漂亮的红砖房，只有他家两间土砖房夹在中间，显得格外破旧。父母为人老实忠厚，没有多少话语，贫困对他们而言好像就是天生的一样，无法改变。令人高兴的是他们的儿子小延聪明懂事，长得也可爱，五官端正，学习成绩中上，给这个家带来了希望。

2006年1月18日　小磊

大年前一天，去小磊家家访。他家离县城尽管只有9公里路，但是生存环境之差出乎我的意料，周围的山全是紫色页岩，不长树木和庄稼，连茅草都是稀稀拉拉，村里人多地少。村民的主要收入是靠外出务工，能砌红砖房的人家大都是外出务工的家庭。小磊家还是住在简陋的土砖房，但妈妈汤九英是个坚强的农村妇女，尽管家贫，加之自己遇车祸且丧夫，但教育的三个孩子都聪明懂事有礼，家里也收拾得干干净净。小磊妈说两个姐姐因为同时考上高中，都没有办法供，无论如何，哪怕去讨米都要送儿子上学，免得他长大怨做娘的没有本事送他上学。小磊成绩属上等，只要保持下去，可以考上一个好大学。

2006年1月19日　小燕

正月初六我去小燕家家访，她家四个人坐在煤炉边烤着火，奶奶病卧在床，家里没有一点过年的味道。我在学校见过小燕，她还认得我。见我去，一家人显得很激动，我估计家里难得有客人去，他们好像有点不知所措。她父亲是个残疾人，右腿不能伸直，走路不太方便，40来岁才结婚。母亲是个间歇性精神病人，离婚后又与小燕父亲结婚，生下了小燕两姐弟。这两姐弟聪明懂事，听到我是去帮助他们上学的，高兴极了。小燕的父亲原来是住在乡下，1986年西渡镇办了个福利伞厂，是个收留残疾人的集体企业，他就在厂里守夜，住在棚子房里。后来伞厂倒闭了，他失去了生活来源，回乡种地腿又不方便，厂里人看他可怜就让出了一间半棚子给他。他就靠拾垃圾为生，每月有200元左右的收入。小燕学习认真，还担任了班干部，上学期被评为优秀学生干部。墙上的优秀学生干部奖状让我看到了这个家庭的希望!

2006年2月21日　小胜

小胜家住衡阳县金溪镇洞上村，金溪镇是该县一个偏远的小镇，洞上村是该镇一个偏远的小村，自然生存环境很差，人均耕地只有0.4亩，而且大部分是高岸田，靠天吃饭。小胜本有一个幸福的家庭，父亲彭国文很能干，母亲李美祝也是比较能干的女人，1990年父母结婚，1991年、1993年分别生下他和妹妹，是当地一个令人羡慕的家庭。父母从1994年开始前往广东打工赚钱，每年都能结余几千元钱，1997年家里建起了红砖房。然而，天有不测风云，1998年父亲在广东一个建筑工地摔伤，头部严重受伤，造成一级残疾，变成了植物人，直到2004年才能坐起说话，至今还不能行走，更不能干活。屋漏偏遭连夜雨，2000年母亲李美祝在广东遭遇车祸，造成右腿受伤，不能行走，2001年转为骨髓炎，先后在湖南湘雅医院、衡阳南华大学附属第一医院治疗，没有治好，现在要保住性命，就得锯断右腿。而家里没有任何经济来源，父母俩花去医药费70多万元，现在家庭负债46万元。金溪镇2004年、2005年在干部、党员队伍中为这个家庭搞过捐款，募集了3万多元资金，然而，也只是杯水车薪。小胜家距学校5公里，是该校唯一一个没有住校和搭餐的学生。学校初一学生搭餐，家里交粮外，包括学费共计要920元每学期，他家实在拿不出钱，学校看他学习成绩较好，只要发挥得好，继续保持下去，考上高中不成问题，就特别允许他读通校，他和妹妹早晨从家里吃点饭赶到学校上课，天黑才回家吃晚饭。就是在这样的艰难条件下，他没有怨言，学习刻苦认真，与同学关系融洽，受到老师的称赞和同学们的佩服。

2006年3月7日　小瑶

小瑶长得聪明可爱，她本有一个幸福的家庭，父母都是农村比较能干的青年。1995年，他们在广东打工结识，1996年结婚。靠着勤劳的双手，他们白手起家，建起了红砖房。1996年10月，生下了小瑶。正当他们憧憬着美好的未来时，2003年，母亲怀孕生弟弟的时候，没有及时送医院，造成大出血难产死亡。可怜的弟弟一生下来就没有了母亲，靠外婆抚养，现已3岁，也长得聪明可爱。好在小瑶外婆外公心地善良，尽管家里也比较贫寒，仍然节衣缩食抚养小瑶姐弟。2005年父亲从丧妻的悲痛中振作起来，借钱买了一辆摩托，在城乡接合地载客，不幸摔断右腿，花去医药费1.3万元，至今尚未取出钢钉。好在保险公司赔偿了8000元，现家里负债5000元。希望能有好心人资助小瑶上学。

2006年3月7日　小春

小春是个可爱的小女孩，很懂事。我到她家时，她总是怯生生地望着我，圆脸蛋红扑扑的。我了解到，这是个典型的农村贫困家庭，前几年，建房花光了所有积蓄，后来三个孩子相继读书，家里就更难维持了。在万般无奈的情况下，父亲将大姐送给了别人带养，现在在衡阳市八中读高中。二姐也由于家里经济困难，初中没读完就辍学到外面打工，每月赚取400元。小女孩很讲孝道，每月给家里寄点钱，让母亲买药吃。父亲由于个子矮小、身体单薄，加之又患有支气管炎，干不得重活，无法外出打工，只好守着3亩薄田；母亲患有心脏病，长期需要服药，现在家里的油盐开支全靠8只母鸡下蛋来维持。小春这个学期的学费还没有交，上学年还欠着400多元的学杂费。尽管如此，小春上学的愿望还是很强烈，她希望能有书读，多学一点知识，将来出去打工也能多赚一点钱。

2006年3月7日　小浩

小浩同学原本有一个幸福的家，父母都是老实而勤劳的农民，靠着自己的双手建起了两层红砖房，生活虽然清苦，但姐弟俩都是父母心中的宝。然而，2003年父亲在帮别人建房时，不幸从架板上摔下，当场死亡。从此家庭的重担全部落到柔弱的母亲肩上，母亲靠种田每年收入2000斤左右的谷子，外加每年养一头猪，来负担全家的生活和姐弟俩上学，目前家里已负债4000多元。过重的负担，让这个30多岁的母亲显得格外苍老。好在姐弟俩很懂事，在学习上从不要母亲操心。姐姐人穷志坚，学习勤奋，于2005年考上了衡阳县一中（省属重点中学），每学期学费加食宿费要3000多元。小浩在学校表现也很好，成绩一直排在班上前几名，每学期都被评为“三好学生”。他告诉我，他也要像姐姐一样发奋学习，将来以优异的成绩进入县一中学习，争取考上大学，让母亲过上好日子。

2006年3月26日　小全

今天的家访小全写了份本人自述，我觉得写得很好，就让其作为我的家访记，我相信好心的资助人看到了一定会伸出关爱之手：

我是一个农村的小伙子，虽然家里贫穷，但一家四口还是过得非常幸福。可是在2001年2月28日那一天，我们这种安静祥和的生活被打破了。父亲为了卖点小菜挣点钱供我和哥哥上学，凌晨三点多钟就起床担上一担榨菜走了几里山路，再乘车去市里卖。可是就在那天清晨，父亲与本队的堂哥一起在横马路乘车时，一辆“东风牌”车子无情地将他们兄弟俩轧在地上，父亲与堂哥就再也没醒过来。任凭母亲怎样敲打父亲的身体，任凭母亲哭个昏天黑地，都无济于事。料理了父亲的后事，家庭支柱走了，这个家庭重担就落到了体虚的母亲身上。她强忍着悲痛南下广东打工，为我和哥哥挣学费，但毕竟一个人的力量有限，哥哥和我都在读高中，这笔巨额学费怎么凑也凑不到。母亲经常为此事发呆流泪。

我知道母亲在广东打工不容易，每天都要工作到凌晨一两点，这巨大的工作量使她提早衰老，现在已面黄肌瘦了。这几年她都没回家与我们团聚过，有时跟我们兄弟俩打电话时，说着说着电话那一头便传来一阵阵哭泣声。我跟哥哥都还太小，曾经为上学的钱想过辍学，可是母亲不同意，她说：“母亲再苦点、再累点、再多加点班，多挣点钱就可以了，最重要的是你们要好好读书，把书读好了我再苦再累也没关系。”听到这话，我暗自下决心一定要把书读好，考个好大学，不然怎么对得起日夜工作的母亲和已去世的父亲呢？

母亲已为我付出了太多太多，我真的怕过这样的生活，她总有一天会垮下来，所以在这里，想请社会上的好心人士帮助我们一把，帮我把学业完成，我与我的家人将感激不尽，待有出息了，我将不会忘记恩人，我先在这里代表全家向您说声：谢谢了！谢谢了！

2006年4月8日　小婷

小婷是个内向的女孩，言语不多，家庭的不幸对孩子的打击很大，这也可能是造成她沉默寡言的原因。她的家在三湖镇彭丰村，三间土砖房破烂不堪，几乎不能居住。母亲在2004年9月去世，她住院医药费及后事共花了6万多元，家里负债3万多元。父亲情绪低落，外出打工也不顺，几乎没有挣到钱，对两个孩子也不太关心。

小婷是在乡下上学，吃饭都成问题。在县城工作的舅舅看她实在可怜，把她接到县城上学。舅舅在县城公路所工作，舅舅一家四口人（外公、舅舅、舅妈、弟弟），只有舅舅一人有1000来元工资，舅妈没有工作，一家人在县城也是处于中下生活水平。

小婷同学成绩中上，希望有好心人资助她完成学业，她自己想学点知识，将来出去打工，好找工作一些。

2006年4月11日　小城

小城本有个幸福的家庭，2003年父亲在广东打工，一场车祸夺去了他年轻的生命。母亲后来也外出了，三年中，总共只给家里寄过1000元钱，没有其他消息，至今未回家看望过孩子。小城失去了父爱，而母爱也是在遥远的期盼中。好在小城的爷爷、奶奶还能照看他。爷爷、奶奶是忠厚老实的农民，儿子的去世、儿媳的出走对两位老人的打击很大，家里经济很困难，靠种3亩水田糊口，爷爷农闲时在附近打短工赚点油盐钱。不幸的是爷爷患有胃病，去年胃出血还住院治疗过，平时要吃养胃药，一年药费要2000余元。小城所在的石狮村小学，中午为学生开餐。正餐（指提供菜）180元每学期，白餐（自己带米，不提供菜）40元每学期。由于没有钱交正餐搭餐费，他中午在学校就吃点白饭。

2006年4月11日　小凤

我去集兵镇调研，镇委书记向我介绍了一个特殊的家庭。三年前，从衡南县迁来一家六口人，住在印发村，没有住房，借住在别人家空弃的破土砖房里，祖孙三代。奶奶的娘家是印发村邓老屋的，嫁到衡南一个边远的山村，生活环境差，娘家的乡亲看她可怜，同意她带着丈夫、儿子、儿媳和两个孙女迁回到老家居住。去年儿子在广东打工，由于没有技术，在建筑工地做苦力，一年到头，回来竟两手空空。

小凤就是这个家庭的大孙女，现在集兵中心小学上一年级。她的父母今年都去广东打工了，父亲在家具厂打杂，母亲在家具厂做清洁工，两人工资加起来还不到1000元，估计今年回家可以结余2000来元。对于一个家里要建房、日常还要开支的贫困家庭来说，小康之路是那样漫长！学校要求学生中餐在校搭餐，150元每学期，另交32斤大米。由于困难，小凤没有搭餐，早晨到校，一直到傍晚才回家吃中饭。

2006年4月16日　小丹

按照常理来讲，小丹这个家庭在农村应该还算过得去，听老师介绍这个同学的困难时，我有些不太相信。小丹的母亲在溪江乡政府工作，父亲身体好时还能打点零工，支持小丹读书应该能过得去。但是当我真正与小丹交谈后，才得知，这个家庭确实困难，孩子读书也难以支撑。小丹的爸爸是个热心人，几年前，在帮别人劝架时，被人误伤，伤得很严重，连肠子都被打断了，在医院做了手术，花了几千元的医药费。因为受过伤所以干不了重活，不能像其他人一样外出务工，没有什么经济来源。小丹上高中后，为了支付孩子的学费和生活费，他不得不趁着身体舒服一点的时候，到周围打点零工，挣点钱。小丹的母亲其实是在乡政府打杂工，乡政府现在财政困难，正式干部工资都难以到位，她也只能每月领一点生活费。再加上体弱多病的爷爷、奶奶，日子过得很艰难。小丹很懂事，在学校也是省吃俭用，生怕再给父母增加负担。小丹跟我讲，爸爸为了自己上高中，不顾惜身体出去打工，爷爷、奶奶这么大的年纪还得下地干活，想起这些，真的很难过。只有努力学习才能报答他们，才能让他们过上好日子！

2006年4月16日　小彪

小彪出生在一个农村大家庭，爷爷2002年患癌症去世了，欠下了几千元医药费，如今奶奶也有70多岁了，经常生病。还有两个叔叔也在一起生活，一个叔叔患有精神病，需要他家照顾，一个叔叔前几年下岗在家，也没有经济来源。全家的生计全靠他父母包田和养猪支撑。以前还可以勉强维持，现在小彪上了高中，每期学费和生活费需要两三千元，一家人一筹莫展。由于种田过度劳累，小彪爸爸看上去显得十分衰老，但看到小彪和妹妹听话懂事，特别是小彪几乎每期都得奖状，又觉得很欣慰。他跟我讲，自己太没本事了，但不能委屈孩子，总得让他像别的孩子一样，上完高中。如果有哪位好心人能帮助一下小彪，他们全家都会记得大恩大德的。

2006年4月16日　小勇

这个地道的贫困家庭位于衡阳县一个偏僻的小山村，交通十分不便，自然条件也很差，在家务农的农民没什么其他经济收入，只能靠几亩薄田维持基本生活。小勇出生在一个七口人的大家庭，父母能力不强，都在家务农。几年前，一场山洪冲垮了他家的房屋，在亲戚朋友的帮助下，加上父母从信用社借了1万多元钱，建起了现在的红砖房。三个书包的压力，使得这个家庭的债务非但没有逐年减少，而且越积越重，目前还欠外债1.5万元。在这种情况下，成绩优异的姐姐敏不得不在初中一毕业就南下广东打工，换取每月500多元的工资支持家里。去年大姐组成了新的家庭，已没有多余的钱来资助家里。但小勇人穷志高，一直努力学习，成绩十分优异，去年中考进入了全县前100名，被省重点高中县一中录取，并获得了1000元的奖励。他希望我能给他找到好心的资助人，帮助他完成高中的学业，改写他人生的道路。以后他也会为家庭、为社会、为国家尽到自己的责任，作出自己的贡献。

2006年4月20日　小娟

小娟是个从没过过生日的孩子，生下来就被亲生父母遗弃，却被一个很苦的家庭带养。小娟长得很可爱，与我交谈显得很胆怯，我问她什么时候过生日，她告诉我今年6岁，从没有过生日，不知是哪月哪日生的。我跟她讲，那就跟叔叔一天生日，我是九月初六生日，你也就九月初六过生日好了，到时我会过来给你过生日。小女孩很高兴。养父是个老实的泥水工，养母患尿毒症已进入晚期。哥哥一只眼睛摔失明了，只有一只眼睛是好的，初中未毕业就辍学了，他要打工赚钱帮妈妈治病，可年纪小，至今在周围也没有谁要他。姐姐一双眼睛全摔瞎了，没有上过一天学，邻居告诉我，小娟的爷爷生前是木工，把墨斗（木工用具）丢到水塘里去了，造成了后代眼睛失明。尽管有迷信色彩，可讲得很神秘，令我生出不少怜惜。

2006年4月20日　小灿

小灿的父亲是位市厂矿倒闭企业的下岗工人，因右脚砸断，不能干重活。母亲患有支气管炎。上有姐姐上初三，下有弟弟上学前班。小灿一家是非农业人口，在城里生活不下去了，回到了老家，盖了两层四间砖木结构房子居住。家里没有耕地，吃粮都要买，日子过得十分艰苦。所有财产就是从市里带回的一台陈旧的黑白电视机。

2006年4月20日　小希

小希的父亲于2004年因肝癌去世，家里两间土砖房倒塌了，现借住在叔叔家。他的叔叔原来在广东放鸭子，风餐露宿，现在上肢变形，腿脚不便，成了一个不能干活的残疾人，靠民政救济生活。母亲是个老实的农村妇女，在广东建筑工地做饭，每月300元工资，除去开支，所剩无几。由于父亲生病住院去世办丧事，花去6万多元，现在家里欠债4万多元。去年14岁的姐姐初中未毕业就辍学了。校长告诉我，小希原来是在外婆所在的村小上学，外婆家也穷，让他回家跟叔叔过。现在又回到阳古小学上学，本来他这种情况可以享受“两免一补”，至少可以减免90元每学期，但由于他是转校生，没有被列入进去。叔叔是个吃救济的，小希同学在学校交搭餐费的钱都没有，中午要饿一餐。

2006年4月20日　小添

小添本来有个幸福的家庭，父亲比较能干，农忙时在家种地，农闲时就在周围打短工。几年前，家里盖起了三层红砖房。去年母亲检查患了乳腺癌，治病花去医药费4万多元。现在家里负债3万余元。母亲癌细胞扩散，已进入晚期，医院不收治了，二十多天水米未进，靠乡村医生打点滴维持生命，看来在人世也没有几天了。小添同学很悲戚，他是个聪明懂事的孩子，学习认真，他明白，他很快将失去母爱。看到我去他家，他母亲已不能言语，但明白我是去帮助他孩子寻找资助人解决上学的。她感到欣慰，用眼神向我表示感谢！

2006年4月24日　小斌

小斌家靠父亲在广东做钟点工、卖苦力换取全家人的生活开支。几年前，家里借钱将不能居住的土砖房改建成了红砖房，至今还有1万元债务没有还清。母亲患哮喘病，不能下地干农活，要长期服药。

2006年4月24日　小州

小州的家是另一个镇的，她是寄住在外婆家。父亲母亲是本分的老实农民，家里只有两间破旧的土砖房，没有什么值钱的东西。70多岁的爷爷留守家里。老爷爷抱怨儿子、儿媳都去广东打工，一年到头也没有挣什么钱回来，把孙子、孙女都寄养到外婆家。家里实在是太冷清了，其实这也是我地不少贫困家庭的普遍现象。本来小州同学按学校要求要住校，但一个学期生活费要800元、住校费150元，家里实在拿不出这么多钱，这个学期只能是走读。

2006年4月24日　小伍

小伍的家住在离学校3公里的金花村，这个村是个土地肥沃、便于发展农业的好地方。从这个村往上走，就是两个偏僻的狭长山冲，地少山多。小伍同学的家有四间红砖房，没有任何粉刷。全家五个人，靠母亲在广东一家鞋厂打工挣生活开支。父亲、爷爷、奶奶身体都不健康，父亲在家种地都困难，农忙时，要左邻右舍帮忙。特别是有个18岁的姐姐有病，但没有查出病因，在家里不能干活，靠乡村医生开草药治病，因为家里困难，也没有到大医院做系统检查。

2006年4月24日　小源

小源本来有个幸福的家庭，父亲、母亲原来都是比较能干的，夫妻在广东打工，积攒了点钱建起红砖房。几年前，父亲在广东遭遇歹徒抢劫，被捅了一刀，成了三级伤残，而母亲又得了肾结石病。从此，家庭走了下坡路，父亲已不能正常打工，原来的工厂看他可怜，还是好心收留他在厂里打扫卫生，一个月给几百元生活费。

2006年4月24日　小桥

小桥家与周围的邻居比较起来，实在是相差太大，三间破旧的土砖房就像一件古董摆设在村里。父亲患有眩晕症，不能外出打工。当地有人在山东办了一家家具厂，与小桥家里是世交，看到他家实在困难，加之小桥的父亲有木工技术，就让他去了山东打工，一年有3000元左右的收入。姐姐去年考上了高中，因为无钱，未能去上，含泪去了深圳一家超市打工。“小康之家”对小桥的家庭来说还是一个遥远的梦。

2006年5月1日　小舜

和谐的家庭对孩子的成长就是一份无可替代的动力。而不和谐的家庭，父母离异对孩子的成长就是一个打击，是不堪回首的痛苦。当我询问小舜的父母情况时，他眼含热泪，久久不能说话。还在他上小学时，父母就不和，最终分道扬镳。父亲是个极不负责任的人，离异后，从没有回来看望过孩子，也从没有给过学费和生活费。小舜靠母亲在外打工供他上学，而家里还没有房子，爷爷在世时，砌的房子未竣工，现在不能住。小舜学习努力，他表示要好好学习，长大了要有出息，好报答苦命的妈妈。

2006年5月1日　小花

小花的父母忠厚老实，从未出过远门，更别说外出打工挣钱了。家里没有一件像样的东西，只能从电灯泡看出这个家庭是生活在现代社会。贫穷对这个家庭已不是什么难题，他们只是能有饭吃就够了。小花还有弟弟和妹妹，好在现在没有到上学年龄。父亲靠种地生活，除了自家3亩，还承包了别人家6亩。因家里无钱，小花不能住校，中午在学校搭白餐。她学习成绩很好，从小学到初中，年年被评为“三好学生”。

2006年5月1日　小龙

俗话说“人穷志不短”，真是一点不假。小龙的母亲因为家庭困难，看到别人家住楼房，日子红火，而自家仍旧住在嫁过来时的一间土砖房，在与父亲一次争吵中，趁人不注意喝下了家里剩下的半瓶农药，了却了尘世的梦想。说起母亲，小龙显得很悲伤。父亲没有什么本事，在广东建筑工地做苦力，没有技术，一年到头结余2000来元。小龙学习努力，与同学相处融洽，每学期都被评为“三好学生”。

2006年5月1日　小锋

十三年前，父亲与人争吵，因家贫喝农药去世。母亲改嫁到邵阳。小锋无人管，现和舅舅生活，管吃住。本来按要求要住校，而舅舅家也不宽裕，交不起生活费和住校费，小锋只能读通校。小小年纪就要承担着人世的磨难！期望有好心人资助，让他拥有美好的未来！

2006年5月1日　小超

小超的父亲十分勤劳，农忙种地，农闲在周围打短工，家庭本来十分幸福，拆除了旧房，盖了一层四间的红砖房，可由于母亲患心脏病需住院治疗，房子没有竣工。去年母亲过世。小超还有个姐姐在县四中上高二,一个老实的农民要负担两个孩子上学，真的好难。

2006年5月1日　小禧

小禧家住在衡阳县六座中型水库之一的城坪冲水库下面，这是一个地势开阔的村子，比起山冲的村庄，这里的交通、水利条件都要优越，不少农户都过上了宽裕的日子，住上了楼房。由于小禧的父亲患有严重的哮喘病，不能外出打工赚钱，母亲是个忠厚的农家妇女，家里日子过得十分艰难，至今还住在破旧的土砖房里。小禧的哥哥初中毕业，没有钱上高中，现在跟匠人师傅学木工。

2006年5月2日　小麻

小麻父亲1999年去世，母亲后来改嫁到广东韶关，去年寄100元钱给孩子，随爷爷奶奶生活。小麻按要求要住校，但因无钱不能住校，姐姐本来前年考上了高中，没有钱交学费，只好外出打工，而至今也没有挣到什么钱。孩子不能选择家庭，他说只有上学，让知识改变自己的命运！

2006年5月4日　小玲花

人生最大的悲哀莫过于失去人性。小玲花的亲生父母如果没有特别的隐情，就是失去了人性。她出生几天后，就被亲生父母遗弃，被当时已是50多岁的单身汉捡回带养。养父很穷，一生未娶，患有严重的支气管炎，但他心地善良，一口水一口饭将小玲花养大成人。小玲花性格温和内向，学习认真，班主任老师对她评价较好。

2006年5月4日　小盼

小盼的父亲患有肝病，胃也不好经常服养胃药，有时在周围打零工，赚点零花钱。18岁的姐姐体弱多病，不能像其他青年人一样外出打工赚钱。母亲是家里的顶梁柱，在广东当保姆，每月有500元工资，但家里有两个病人，还要供小盼上学，一个农村弱女子，其肩上的重担是多么沉重。

2006年5月4日　小平

小平的家在贺市村新街组，距离学校不到2里路。家里三间土砖房，父亲是个油漆工，农闲外出做工。姐姐初中毕业没能上高中，今年跟乡亲去广东打工。由于家里底子薄，加之母亲患病，要经常服药，家庭状况很差。

2006年5月5日　小楚

金兰镇是全县26个乡镇中比较富裕的一个乡镇，这里的人们勤奋勇敢，很有经济头脑，相当一部分农民在20世纪80年代末就走出家门做生意，成为先富起来的新型农民。小楚家的四间土砖房与村里绝大部分漂亮的红砖房比起来，显得很不协调。父亲因为患乙肝，又有严重的肺结核病，身体非常差，重体力活干不了，没法做生意或是打工挣钱，只得守着家里的几亩水田。母亲是一个典型的农村中年妇女，没有什么文化，为了支持两个儿子上学，她也只得跟同村人到广东打工，每月除去吃住，才300来元的收入。小楚是个聪明懂事的孩子，刻苦好学。尽管去年因为腿严重摔伤休学一年，但成绩仍然排在班上前10名。因为父亲和年近80岁的奶奶长年服药，再加上他去年摔断腿花去的医疗费，家里现在已负债7000多元。小楚非常希望能够继续学习，将来找到一个好的工作来改善家里的处境。

2006年5月6日　小宇

小宇跟母亲和上高二的哥哥生活在一起，而他们的父亲——本来应该承担家庭重担的男人，在与母亲离婚后，就外出打工，两年间没有回来过一次，也没有尽自己的责任负担孩子的学费和生活费用，两个读书需要大笔钱的儿子只得跟着柔弱的母亲。小宇妈妈是个坚强而勤劳的女人，一个人在家里种田，喂猪，打点短工。可是不幸却接二连三地“光顾”她，去年她又查出患子宫瘤，向亲戚借了几千元做手术。为了还债和负担两个孩子的上学费用，这个坚强的女人今年不得不到广东打零工，和男人一样地干重体力活。小宇是一个非常懂事且体贴母亲的孩子。母亲不在家，哥哥上高中住在学校，家里的一些零活全是他在干。他学习刻苦认真，成绩排在班上前几名，去年还代表全镇参加县的语、数、外三科联赛，并获得了优胜奖。希望能有好心人帮助这个懂事的孩子！

2006年5月10日　小玺

我在小玺的外婆家见到这个乖巧的女孩。因为自己家里的土砖房在一场大雨中倒塌，这个家庭的成员现在无处栖身。父亲、母亲只得外出求生路，现在广东一个菜场卖小菜。父亲因为在进菜的过程中出车祸，把脖子扭坏，现在也干不了重活，靠母亲支撑着小摊位，赚不到多少钱。奶奶眼睛失明，哥哥在县四中读高一，而她则寄居在外婆家，由外婆照看。小玺的老师告诉我，小玺在学校很听话，学习成绩好，特别是语文学得出色。我想可能是因为生活历练使得这个女孩过早地尝到了生活的艰辛，希望在她困难的时候能有热心人伸出温暖的手，帮助她完成学业。

2006年5月11日　小露

小露生活在四口之家的小家庭里，父母负担两姐弟上学。按照常理，在国家的惠农政策下，勉强还是可以支持一个初中生和一个小学生的上学费用。但是由于父亲患有风湿病，没法干重农活，还需要常年服药。靠母亲一个人从事农业生产，经济就显得捉襟见肘了。为了让两个小孩读书，能干的母亲除了种地外，又喂养了10多只山羊，到年底，应该可以卖2000来元。因为丈夫要服药，小露上初中每学期住校、学费等要开支上千元，这么点收入确实很难维持。我看到这里大部分都是红砖房，而她家却仍然一家人挤在两间破旧的土砖房里。面对贫寒的家境，小露对未来仍然充满信心，希望能在好心人的帮助下，完成学业，姐弟俩考取理想的学校，让父母过上好日子。

2006年5月12日　小萍香

“五一”期间，我们这里下起了雨，而小萍香家一层两间的红砖房到处漏雨，因为没有封缝和粉刷，一到雨天，地上就成了泥水潭。小萍香父母的年纪都比较大了，又没什么文化，所以并未到外地打工，父亲农闲的时候就在周围打点零工，一年赚1000多元。弟弟在陈町小学读四年级。我看到这个家里除了一台黑白电视机和一台小风扇外，没有其他现代化的家具。据小萍香讲，每学期开学，她都很难过，因为交不齐学费，每期都要拖欠。她学习刻苦，初一还被评上了“三好学生”，希望有热心人能帮帮她。

2006年6月6日　小凯

小凯是个非常聪明的孩子，老师很喜欢他，与同学相处很融洽。父亲去世后，母亲于2005年初出走，至今无音信。在无人照看的情况下，仅有的亲人伯父将他带到了县城春晖小学上学。伯父是个乡干部，伯母没有工作，爷爷胃癌晚期，在医院住院，伯父也不堪重负。小凯从乡下小学到城里小学，学习当时有点赶不上，但他刻苦努力，现在已是班里的优等生，两个学期都被评为“三好学生”。孩子性格温和，与人交谈，有点胆怯。班主任老师介绍，好好引导，按目前状态发展下去，是个有前途的孩子。

2006年8月6日　小瑶

小瑶家住在偏僻的金溪镇磻湖村，其实她的家已不成家了，由于穷，父亲能力不强，母亲还在她只有1岁时，就离家出走，后来与父亲办理了离婚手续。父亲长年在外闯荡，家里两间土砖房也倒塌了，好在奶奶、爷爷一边种地一边带大她三兄妹。没有房子住就住在叔叔家，叔叔家也只有三间土砖房，已经快不能住了。小瑶聪明勤快，见我们去她忙着倒茶，是个很懂事的孩子。小瑶学习成绩优秀，考高中不成问题。新学期升入初三，除交学杂费外，还要交生活费，爷爷、奶奶实在是负担不起。

2006年8月6日　小媚

小媚本来有个十分幸福的家庭，爷爷生前在江西萍乡矿务局开货车，退休后回到老家，砌了一栋在当地农村比较壮观的三层楼房。爸爸也会驾驶，十分勤劳。奶奶是个能干的农村妇女，妈妈也聪明贤惠，这是个在当地令人羡慕的家庭。然天有不测风云。2004年爷爷突患脑出血，60岁出头就告别了人世。更令人心痛的是小媚的父亲借钱与人合伙买了一辆货车，在广东货运站开车，2005年7月，合伙人贺某在广东汕头出车祸身亡，小媚的父亲为贺某办理丧事，抚恤贺某家人花去了8万多元。这时，一个好端端的家庭已经负债11万多元。货车修好后，小媚的父亲又请了一个司机，重整旗鼓，继续跑货运，准备还清债务。谁知就像是冥冥之中注定的一样，时隔一年，今年7月，在去年出车祸的不远处，悲剧重演，小媚的父亲被前后两辆车挤压致死。车祸猛于虎，小媚失去了父亲，奶奶急疯，母亲昏迷，至今还在医院住院。小媚考上职业高中，面对家庭的变故，这个女孩是多么的悲痛和无奈，她多么希望能有好心人资助她进入职业高中学习一门实用技术，多拥有一点知识，立足于这个充满竞争的社会。

2006年8月6日　小春、小成

小春和小成是两姐弟，到他们家时，发现这两间土砖房已经开裂，很担心这样的危房会经不起山洪和大风大雨。小成今年才5岁，在他2岁的时候，父亲就因脑出血去世了。母亲38岁，去年改嫁了，现在小成和姐姐跟着60多岁的爷爷、奶奶，生活的艰苦可想而知。小成总是怯生生地看着我，希望能有好心人来帮帮他。

2006年8月7日　小念

走进小念的家，地上用蛇皮袋装着两大袋中草药，桌上也放着一簸箕的药。听他奶奶讲，这全是小念父母要服的药，是按乡里土方找来的。此时，小念的母亲李孝兰病在床上，不停地呕吐，身体非常虚弱，医生讲可能在人世的时间只有四个月左右了，由于无钱医治，这个只有36岁的农村妇女只得治一治，停一停，现在家里实在拿不出钱了，靠在家里吃点中草药维持。更令人痛心的是小念的爸爸，这个年仅37岁的男子，2002年就得了胃癌，现在已到了晚期，正在县人民医院做最后的治疗。我们刚到小念家时，看到房子盖得挺漂亮，外墙还贴上了瓷砖，这在当地比较突出，说明这是一户勤劳、能干的人家，如果不是家中主劳力双双患绝症的话，依靠他们勤劳的双手一定能把日子过得红红火火。小念奶奶讲，自从2001年家里盖了新房子后，第二年儿子就得病了，第三年，小念又出车祸，粉碎性骨折，在医院住了几个月，前年儿媳又得了肺癌，这几年时间，这个家庭都是在病痛和灾害中度过的。花费医药费7万多元，目前家里负债达9万元之多，全靠亲戚朋友帮助才支撑到现在。小念看到家里这种情况，非常伤心，既担心父母的病，又担心下学期就将离开学校，当我们问他想不想读书时，他伤心地擦拭着泪花，说："非常想，也非常希望爸爸妈妈的病能够好起来！"

2006年8月13日　小元

小元今年10岁，但是还不太懂事，这个3岁就失去母爱的小男孩显得比较活泼，目前他还没有体会到父亲的死将对他的学习和生活带来的影响，只是看到姐姐哭的时候他才抹眼泪。我问他还读不读书，他说想读，要读到初中毕业再出去打工。这个孩子长得比较清秀，但很瘦，头大大的，以前检查出缺锌，爸爸在的时候给他买补锌的药。现在他爸爸走了，也没钱买了，他姐姐今年初中毕业以较好的成绩考上了高中，姐姐想去读中专，早点毕业帮助弟弟读书。希望好心人能帮助这个可爱的小男孩。

2006年8月13日　小花

今天，我们冒着37度的高温，来到了岘山乡燕子村，这里有两个特别需要帮助的孩子——小花和她的弟弟。小花是个身世非常可怜的女孩，9岁时，她的母亲患病去世，她和年仅3岁的弟弟依靠父亲龙显辉生活。为了让两个孩子有饭吃有书读，父亲毅然南下广东打工，由于没有什么文化，年龄也比较大了，只好在外面打零工，挣取少得可怜的工钱。然而，不幸再次袭击了这个家庭，为了尽快凑齐学费，她父亲顶着高温，连续在工地上背了九天水泥，之后休息了两天，没想到今年8月8日突然发病死亡，昨天骨灰刚刚下葬。据她伯父讲，她父亲平时没有什么病，只是因为在外面打工，营养不好，长期劳累过度，身体比较瘦，本来讲好过几天送学费给女儿读书，没想到夜里12时突然发病，第二天早上才被住同一工棚的人发现已经死亡，法医鉴定为急性心肌梗死，非常惨。身上仅有700多元钱，收别人欠他的钱，才收到1000多元。火化和安葬费都是亲戚朋友凑的。小花是个懂事的孩子，学习比较自觉，特别是数学学得好，这次考上了县六中，是市重点中学，为了减轻父亲的负担，爸爸出事前，一直在帮别人拉花（收棉花种子），从早到晚，赚取一天10元钱的工钱，晒得黑黑的。说到读书，小女孩非常渴望，她想多读点书，不像父亲一样辛苦一世。考虑到自己上学，加上弟弟也要读书的情况，她讲想读一个中等专科学校，学点技术，早一点工作，以后资助弟弟读书。因为有个堂姐在湘潭一家私立医院工作，所以她很想到湘潭卫生学校读中专，毕业后到那里做护士或检验士。可能这种选择对于无父无母的小花来说，是一个比较实际的办法，希望好心人能够帮帮这个懂事的小女孩，让她早日自立，并帮助弟弟完成学业。

2006年8月19日　小玲

小玲是一个长得十分清秀的女孩，她跟父母和妹妹住在两间破旧的土砖房里，房子已经有点倾斜，为了防止倒塌，用几根木头柱子撑着屋顶，让人心惊胆战。她的父亲今年50岁，患有胃病，干不了重活，只能在家里种田糊口。母亲45岁，患有乙肝，需要长期服药，每年要花费三四千元的医药费。这样的家境没办法让孩子好好读书，哥哥初中一毕业就只得到广东跟别人学点手艺，没什么工资。尽管如此，小玲却是一个十分争气的孩子，成绩非常优秀，今年中考得了4个A、1个B，排在全县500名以内，考上了市示范性高中——衡阳县三中。小玲很渴望读书，希望通过多学知识来改变命运。因为还有一个妹妹在泗水中学读初一，每学期共计3000多元的学费，让这个16岁的女孩显得十分忧虑，请好心人帮帮这个成绩优秀的女孩。

2006年8月19日　小享

小享寄住在外婆家，学习成绩优秀，上学期考试在班里排第七名。老师讲，他是一个聪明而有上进心的孩子，按照他的成绩，明年初中毕业应该能考上省重点高中。弟弟小康今年7岁，平时住在奶奶家，长得很可爱，我在家访他哥哥时，他也到外婆家来了。小康讲，他很喜欢学校生活，喜欢和同学们在一起学习。只是哥哥现在在外婆家，他跟奶奶生活，隔得较远不能常见面，还有妈妈，只有过年或其他重要节日才回来，很希望妈妈和哥哥能回到他身边来。他们的父亲2003年因患鼻咽癌去世，父亲患病期间花了8万多元的医药费，再加之前砌房子欠债2万多元，现在家里共欠债10万余元。为了让兄弟俩有书读，他们的母亲现在在广东给别人做清洁工，每月工资400元。外婆看到小享没人照料，就将他接到家中，在附近的英陂中学就读。小享外婆家也是贫困的农村家庭，看到外孙学习成绩好，无人管教，担心学习退步，只好接到附近学校。小享向我表达了他想读书的强烈愿望，他希望能够继续学习，考上理想的学校，将来能够减轻家庭的负担，并回报帮助他的人。

2006年8月26日　小兰

小兰的家显得很破旧，三间土砖房，没有任何值钱的东西，母亲身体不太好，非常单薄，父亲患有间歇性精神病，干不了农活，还需要长期服药，家里的地现在全靠小兰和她妈妈两个人种。两个姐姐初中毕业后，为了减轻家庭负担都到广东打工，现在每月的收入刚好维持自己的生活，没有多余的钱寄回来。小兰在学校多次被评为优秀团员，上进心强。她希望多学点知识，将来可以多赚点钱帮助父亲治病。

2006年8月26日　小辉

小辉家是个典型的超生家庭，父母生他之前，生了三个姐姐。为了支撑这个家，父母现在都在广东打工，因为父亲腿有毛病，进不了厂，只能打点零工，挣不到什么钱；母亲在一家鞋厂打工，每月五六百元工资。大姐、二姐初中毕业也出去打工，由于刚去，现在只能糊口。三姐和他的学费、生活费全靠母亲打工收入，很难维持。小辉的成绩很好，现在全年级排前两名，每次月考都获奖，是一个深得老师喜欢的孩子。他很渴望通过多读点书来改变目前的状况，请好心人帮帮他。

2006年8月26日　小昆

小昆是我这次家访中见到的最有灵气的孩子，浓浓的眉毛，国字脸，五官端正，很惹人喜爱。小昆的父母均在广东打零工，夫妇一年到头赚3000来元的工钱。小昆带着读小学的弟弟在家。三间土砖房下雨就漏，砌了一间红砖房，因为无钱，还没有竣工。但是值得骄傲的是，尽管家境贫困，但小昆学习刻苦，成绩优秀，现在全年级排前两名，每学期都被评为“三好学生”。他说想考入衡阳县一中，将来读大学，多学知识，帮家庭减轻负担，为社会作贡献。希望热心人帮他完成学业。

2006年8月26日　小琼

走进小琼的家感觉很昏暗，因为夹在邻居家的红砖房中间，光线很差，大白天还亮着一盏5瓦的节能灯，房子很潮湿，有一股刺鼻的霉味。小琼的父亲患肺结核，长期服药，家里种地的一点收入主要供父亲服药。小琼的哥哥去年考上了高中，由于没有钱，只好辍学，现在在衡阳市帮人看店，基本上没什么工资，只是糊口。小琼成绩一般，但他讲有信心把学习搞上去，希望有热心的人来帮助他。

2006年8月26日　小敏

在去小敏家的路上，我看到两个晒得黑黑的、瘦瘦的男孩正在稻田里钓青蛙，他们各自提着一个蛇皮袋，大概已钓到10多只青蛙。青蛙是应该受到保护的益虫，但小男孩并不管这些。到小敏寄居的姨外婆家，才得知刚才钓青蛙的其中一个就是小敏。派人把小敏找来时，他提着刚钓到的青蛙气喘吁吁。我问他钓青蛙干什么，他说：“卖点钱做生活费。”我了解到小敏的妈妈早几年离家出走，从此音讯全无。他父亲到外面打点工，赚不到多少钱，只过年才回家。现在他和弟弟寄养在姨外婆家，象征性给点钱。他讲他想把书读完，再去找妈妈。希望好心人能帮助这个顽强的小男孩。

2006年8月26日　小杰

小杰的妈妈是湖北人，在小杰同学8岁时，妈妈突然离家出走，从此再没有联系。小杰的父亲在外面打工，赚不到什么钱，只过年才回家。小杰和哥哥就一直轮流寄居在亲戚家，现在住在姨外婆家中。小杰长得黑黑的、瘦瘦的，但胆子较大，问他问题敢于回答，显得很可爱。因为之前从没照过照片，我给他照照片时，他还摆了几个姿势。他说想读书，希望爸爸能回来带他和哥哥回家。

2006年8月26日　小青

小青的父亲在他6岁时就去世了。母亲一个人把他三姐弟拉扯大，现在大姐、二姐都去了广东打工，大姐每年能寄回500多元钱，二姐刚去不久，基本上是糊自己的口。母亲是个忠厚的农村妇女，在家种地，因为劳累，这个中年妇女显得比同龄人苍老许多。小青很懂事，平时帮助母亲干些农活。他的学习成绩较好，在班上排前十名。他讲很有信心能考上重点中学，希望有好心人来帮助他读书。

2006年8月27日　小段

在小段家做家访时听到一个心酸的故事。小段的姐姐今年16岁，在广东一家工厂打工，由于身体虚弱晕倒在厂房里，狠心的老板因此辞退了姐姐，至今还没有找到工作。讲起姐姐的遭遇小段显得很悲伤，担心自己以后也和姐姐一样过早离开学校。小段的父母都是老实的农民。母亲身体不好，曾因胃病住院开刀，现在还经常服药。父亲广东打工赚的钱还供不了母亲的药钱，家里砌房子时欠下几千元，加上母亲治病，家里还欠债5000多元。小段的爷爷、奶奶都年过六旬，但儿子在外打工，二老不得不下地干活。小段希望自己和弟弟都能多学点知识，早日自立。

2006年8月27日　小芳

小芳是一个非常懂事的女孩，虽然家境不好，但并没有影响她努力学习，现在她在班上排在前五名，每学期都能获奖状。小芳的妈妈患有青光眼，怕见光，根本干不了农活。父亲是个老实巴交的农民，平时在家种地，农闲时到广东打点零工，小芳的弟弟读小学六年级。为负担两个孩子读书，这个中年男子只有在家与广东两地奔波。小芳很想多读书，希望上重点高中，将来读大学，以此来改变人生。

2006年8月27日　小燕

小燕的家虽然砌着一层红砖房，但是预制板日晒夜露，开了许多缝，下雨天家里到处是水，其实比好一点的土砖房还不如。小燕的父亲是个老实的农民，没有文化，现在在广东打零工，一个月只有300来元。她母亲患有头疼病，干不了重活，她和弟弟读书成了家里最大的负担。小燕讲她很希望多读书，有了知识将来出去打工也能找到好一点的工作，希望能有热心人帮助她。

2006年8月27日　小翠

小翠现在和弟弟寄居在外婆家，因为父亲在她6岁时就去世了，妈妈现在一个人在深圳打工，供他们姐弟俩读书和吃饭。我发现小翠是个感情丰富的小女孩，谈起她的父母，眼睛里充满了泪花。可能因为家庭变故，小女孩比起同龄人更懂事，在作文中也常常流露自己的真情实感，作文比赛多次获奖，现在她在古峰中学的奥赛班成绩排在前几名。她说很有信心考上好的高中，希望有好心人能帮助她和弟弟。

2006年8月27日　晓芳

晓芳是个懂事的孩子，我去她家时，她正在做家务。这个家除了红砖砌起来的几面墙外，没有什么值钱的东西。因为家中的主要劳力父亲患肺结核，长期吃药，再支撑她和哥哥读书根本不可能。哥哥去年考上县五中，因为拿不出钱，没有去读，现在哥哥已跟别人到郴州一家电瓶店打工，糊自己口。母亲是个老实的农民，带着晓芳在家种3亩多水稻，她很希望有热心人能帮女儿读书，让女儿跳出农村。

2006年8月27日　小银

看到小银的家，我的心情比较沉重，五间土砖房已经裂缝，不知道哪一天会倒塌。小银的亲生父亲在他很小的时候就去世了，为了生存，母亲带着他和哥哥改嫁。继父是个忠厚的农民，没有手艺，在家种地，没有什么收入。哥哥在县五中读高三，为了让孩子读书，母亲每年喂一头肥猪。这个逆境中的孩子没有被贫困吓倒，他的成绩总在班上前几名，上学期全镇三科联赛，他获得三等奖，照这样下去，考上重点高中是不成问题的。小银表示，一定会努力学习，将来报答父母和帮助他的人。

2006年8月27日　小雷

我在走访贫困学生时，突然有一个青年带小雷来了，请求我到小雷家看看，给他找一点帮助。小雷自己家没有房子，现在住在奶奶家（父亲兄弟的公共财产）。爸爸、妈妈都在广东，爸爸没有什么文化，就买了一辆旧摩托车搞出租，因为没有执照，要躲警察，经常被抓，被罚款；妈妈身体单薄，目前没有找到工作。父亲赚的钱还不够两个人的生活费。小雷是个懂事的孩子，在班里担任班干部，多次被评为优秀班干部，很有上进心，他很想继续读书，多学点知识，希望好心人能帮助他。

2006年8月28日　小莎

小莎的家庭状况让人心酸，因为父母感情不和，这个小女孩担负起了弟弟监护人的角色。据小莎讲，她妈妈生下弟弟不久就离家出走了，一直没有跟爸爸联系。现在有时打电话到邻居家，让她姐弟接，但从没有寄过钱。

爸爸迫于生计现在在株洲给别人装电，只有过年才回来，现在可能组建了新的家庭，只剩她与弟弟两人在家相依为命。小女孩学习成绩排在班上前十名，她希望爸爸、妈妈能和好，共同抚养她和弟弟。希望能有热心人帮助她。

2006年8月28日　小英

小英是个乖巧而胆怯的女孩，自家没有住房，一直跟奶奶住。爸爸五年前为自家打地基时发生意外，被土墙压死，从此小英和妹妹全靠妈妈一个人抚养，这个没多少文化的妇女现在在广东做洗碗工，每月赚取三四百元的工资。为了节约开支，这个懂事的孩子没有在学校搭午餐，中午下课就跑到奶奶家吃饭，孩子的学习成绩一般，但她有上进心，希望多学点知识。

2006年8月28日　小珍

小珍的家是一个典型的因病致贫的家庭。父亲患肺结核，长期服药，母亲患胆结石、胃病，也是经常服药，家里欠了几千元债。由于身体不好，父母都没有出去打工，为了支持全家生活，他们除了种自家3亩地外，还租种了别人家5亩地，除去农药化肥，每亩可以赚200多元。小珍的两个哥哥都已成家，都在农村，没有什么能力支持父母。小珍很担心下学期没有书读，一再表示会努力学习，并且讲，下学期为节省住校费和搭餐费（一个学期要七八百元），她准备跟几个女同学一起在学校附近租一间民房，叫奶奶来做饭。请好心人来帮助这个懂事的孩子。

2006年8月28日　小倦

小倦比起同龄孩子显得更懂事。就在十多天前，他的父亲患癌病去世了，花了1万多元的医药费，目前还欠亲戚5000多元。他的母亲是一个没有多少文化的农村妇女，一直在家种田。而弟弟今年才3岁。还有一个情况就是，小倦的叔叔找了一个外地老婆，早几年离家出走，再无音讯，堂弟就一直由他家带养。父亲患病后，懂事的小倦就担负起了照料两个弟弟的责任，给他们洗衣、喂饭。小倦说他很想读书，妈妈出去打工的话，他就读走学，放学回家就照顾两个弟弟，希望有好心人能帮助这个坚强的孩子。

2006年8月28日　小昭

据邻居介绍，小昭家是他们这个村最贫困的一户，因为小倦的妈妈患病已经瘫痪十多年了。父亲是个老实的农民，能力不强，种自己家3亩地，除了收点口粮外基本上没有什么收入，租种的地收成不太好，除去开支赚不到什么钱。今年哥哥考上了省重点中学县一中，一学期的学费和生活费就需要3000多元，家里拿不出这么多的钱，靠亲戚朋友借。小倦是一个勤快的孩子，平常一边读书一边照顾母亲，农忙季节就和哥哥一道帮父亲种田。他目前成绩良好，希望自己能像哥哥一样考入省重点高中，多学点知识。请好心人帮帮这个男孩。

2006年8月28日　小婷

小婷家是一个因突遭变故而陷入贫困的家庭。父亲生前比较能干，也非常勤劳，农闲季节在外面打工赚钱，能够支撑全家简单的生活和负担起三个孩子读书费用。然而天有不测风云，小婷的父亲2003年因病突然离开人世，家中的房屋倒塌，现在三姐弟寄住在叔叔家。而母亲不得不到广东惠州打工，赚钱负担三个小孩生活读书费用和偿还债务。小婷是一个懂事而惹人喜爱的女孩，在学校表现很好，有一定的组织才能，现在在班里担任班长，每年都被评为“三好学生”，与我交谈也看不出因家庭不幸而产生的自卑心理，笑起来很灿烂，对于未来信心十足，希望能有热心人拉她一把。

2006年8月31日　小应

小应家在金兰镇檀桥的元头村，属于典型的丘陵地区，山多地少，只有一条泥路与外界相通。他和父母就住在两间破旧的土砖房里，房顶上有多处瓦破掉了，阳光照在满是苔藓的地上，我想下雨的时候肯定会到处漏雨。家里没有任何家具，只是书籍整整齐齐放在木板上，墙壁上贴着小应上初中时的奖状。小应出生在一个不幸的家庭，父亲先天残疾，右手的手指粘连在一起，不能干重活，去年患上老年痴呆症后，生活都不能自理。母亲小时候患脑膜炎，由于治疗不及时，留下了后遗症，勉强能料理家务。哥哥上初一时，由于交不起学费，13岁就跟别人到广东一工地上打零工，天天背水泥上高楼，压得个子现在只有一米五多一点。因为吃不消，今年又跟人学修理，每月只有二三百元的工资，勉强糊口。小应今年中考成绩较好，考了3个A、2个B，排在全县前1000名，超过省重点中学录取线。现在小应同学家为了他读书和父亲治病已欠下6000多元的账，要支撑下去很困难，母亲要他别读了，跟哥哥一起外出打工。但这个孩子很渴望读书，想好好读完高中，多学点知识，将来赚点钱改变全家的生存状态。请好心人帮帮这个顽强而好学的男孩。

2006年9月8日　小辉

小辉生活在一个特殊的家庭，因为家庭的特殊，使得这个孩子比起同龄人更乖巧、懂事。六年前，小辉的父亲盖好住房后，突然发病，到医院检查，医生诊断为间歇性精神病。从此，不断服药治疗，父亲的病也时好时坏，现在夏天的时候还可以干点活儿，一到天气转凉，父亲的病就发作，干不了任何事，到处乱走，十分可怜。母亲由于不堪精神压力，三年前也患上了和父亲一样的病。小辉就在担惊受怕中慢慢长大，但他非常自强，除了搞好学习外，还帮奶奶干农活，照顾父母。他的学习成绩非常好，是我目前家访调查中最好的一位，中考是5个A，排在全县200名以内，是一个很有潜力的孩子。希望热心人帮帮他。

2006年9月8日　小科

小科是一个活泼可爱的孩子，学习成绩优秀，中考得了3个A、2个B，居全县前800名，现在衡阳县一中（省重点）就读。正如小科自己所言，他原本有一个幸福美满的家，父母勤劳善良，盖起了一幢两层的红砖房，可是因为母亲六年前不幸去世的变故，使得这个家庭失去了欢笑，经济状况每况愈下，天很冷的时候，兄弟俩都是穿着单薄的衣服。小科两兄弟都是勤奋好学的孩子，哥哥考上了华南理工大学，他考上了省重点高中，两兄弟新学期开学就需要1万多元，这对于打零工赚钱的父亲来说，无疑是天文数字。小科很有志向，他渴望读书，渴望像哥哥一样上重点大学，将来学有所成，来报答关心帮助过他的人。希望好心人来帮帮他。

2006年9月8日　小琼

小琼出生在一个不幸的家庭，父亲很早就病逝了，现在母亲也因精神病而离家出去，这个从小没有享受过父爱和母爱的孩子，一直跟外公、外婆相依为命。小琼同学今年考上了县一中，成绩中等偏上，对于这样的家境，要想读完高中是不可能的，但小琼很想上学，很想多学点知识，将来赚钱给母亲治病。希望好心人能帮助她。

2006年9月24日　小彦、小文

经受家庭变故的孩子，一般都更加懂事坚强。姐姐小彦和弟弟小文也不例外，给人的感觉就是虽然父亲离世了，家庭贫困，但他们却充满一股与命运抗争的力量。说起去世的父亲，小彦和小文泪流满面。他们原本有一个幸福的家。父亲生前在县岣嵝林场工作，有一份稳定的收入，母亲在家种地，一家四口，其乐融融。一年前，父亲被检查出患原生性肝癌，住院治疗花了近8万元的医药费，然而并没有挽回生命，父亲于今年2月去世，留下年逾六旬的爷爷、奶奶和4万元债务。小彦的母亲患有类风湿性关节炎，干不了重农活，迫于生计，经好心人介绍在县城一家种发厂给模具插

头发，每月300元左右的收入。父亲死时林场给予每月430元的抚恤金，这点钱刚够一家五口人的生活费。现在农村大部分都已经盖起了红砖房，我看到小彦家还住在破旧的土砖房里，墙体已经开裂，用几根树枝支撑着，不知道哪天会倒塌。小彦成绩很好，在班上排第四名，按此发展下去，考一所好一点的大学是不成问题的，小文现在县城一所小学读六年级。希望好心人来帮帮他们姐弟。

2006年9月29日　小赟

小赟的家是三间简陋的土砖房，周围的人家都是漂亮的红砖房小洋楼，不少的人家还贴了墙砖。小赟的父亲是忠厚的农民，没有手艺，只有在农闲时到周边的人家做小工，一年可以收入2000元左右，除去全家生活开支和人情开支，所剩无几。母亲也只能干家务活，喂了20来只鸡生蛋，换点油盐。小赟性情开朗，面对家庭的困难，他没有悲观失望。他学习努力，成绩优秀，在班里当班长。他现在住校，一个学期的生活费、住宿费、学杂费共计1000多元，学校免去了他100多元杂费，自己还要交900多元。他有信心在明年的中考中取得好成绩。

2006年9月29日　小辉

小辉出生在一个超生家庭，下面还有一个弟弟、一个妹妹，因为孩子多，家庭经济状况不好，父母亲由于文化素质不高，平时在家种点田，农闲就到广东打零工，每年收入4000元左右，负担不起三个小孩的读书费用。小辉成绩优秀，每学期都被评为“三好学生”，她有强烈的求学欲望，希望有热心人能帮助她。

2006年9月29日　小冻

小冻是一个乖巧的孩子。父亲三年前在北京一家铝合金厂做工时，一天傍晚骑自行车出去后失踪，至今没有任何音信，从此小冻就与弟弟、妈妈相依为命，现在就靠种2亩多田、喂10多只鸡维持生活，平时上学，就靠大娘寄点钱。现在小冻上初三，弟弟读小学，每学期共需要学费和生活费1500多元，对这样一个缺少男主人的家庭来说，显得很艰难。小冻很想上学读书，多学点知识，将来挑起家庭重担。希望好心人来帮帮他。

2006年9月29日　小志

小志跟爷爷、奶奶住在狭窄的红砖房里，因为家里的土砖房倒塌，迫于无奈，父亲才借钱砌了一间简陋的红砖房。还在小志只有1岁时，母亲离家出走，至今下落不明。父亲是个忠厚本分的农民，一直没有再娶，跟家乡人在广东建筑工地打工，主要做挑砖等重体力活，还不能固定在某个工地，差不多只是糊口。爷爷、奶奶年事已高，身体器官老化，小病不断，常常叹息儿子能力差，苦了孙子。

2006年9月29日　小翠

小翠一家住在一间半红砖房中，家里很简陋，唯一值钱的就是十多年前买的一台17英寸彩色电视机。小翠从小就失去了母爱，父亲今年46岁，能力不强，现在在外面做苦力，勉强糊口。小翠现在在班上成绩偏上，学习态度很好，只要她坚持下去，我想考上高中是不成问题的。贫困的家境锻炼了小翠的顽强意志和较强的生活能力。除了学习外，小翠还做饭、洗衣服、照顾爷爷，是一个懂事的孩子。希望热心人来帮帮她。

2006年9月29日　小雯

小雯家里的房子只有一层，水泥板经不起风吹雨淋，下雨时裂开的缝到处漏雨，小雯只得寄居在外婆家。小雯的家庭是个分裂的家庭，父母离异，她跟母亲生活，但父亲是个极不负责任的男人，在外游荡，没有负担小雯的生活费和读书费用。小雯的母亲文化不高，现在在广东打工勉强糊口。家庭的不幸让小雯变得成熟而坚强。她学习刻苦，成绩排在班级第二名，与同学关系融洽。我与她交谈时她很担心辍学，希望能有好心人帮助她。对自己的未来小雯充满信心，表示一定要勤奋学习，将来考上好的高中，通过读书来改变自己的命运。

2006年9月29日　小洋

小洋出生在一个不幸的家庭，父亲很早以前就患上了类风湿病，关节变形，不能下地干重体力活，家里农活靠母亲一个人支撑。然而更不幸的是小洋的母亲也因积劳成疾，患上了肝癌，就在今年9月份去世，留下患病的丈夫和年幼的小洋。母亲治病花了不少钱，家里现在负债6万多元。这个风雨飘摇的家让人觉得一阵阵心酸。小洋很渴望上学，希望多学点知识，将来多赚点钱给父亲治病。

2006年9月30日　小勇

小勇是一个性格开朗的孩子，交谈时他很能说，家庭的不幸给孩子伤害很大。父亲原来有七姊妹，因生病和灾祸，先后有六个去世。现在只有一个姑伯娘。他的爷爷、奶奶都是80多岁的老人，身体也不好。小勇的哥哥今年才17岁，父亲2003年查出患癌病，家里没有钱，只能简单治疗。哥哥在2005年初中没毕业就辍学了，现在广东打零工，没有固定的工作，由于年纪小，身体也不强壮，只能自己糊口，对家里也不能负担多少。母亲患有癫痫病，发作时，口吐白沫，很吓人。父亲于今年9月6日去世，周围的乡亲凑了3000余元办了丧事。小勇小学毕业，村支部书记找学校校长商量，先让他上学。小勇很想上学，至少有个初中文化，将来走上社会少吃一点没文化的苦。

2006年10月5日　小芳

小芳家里以前的两间土砖房倒塌，因为没有钱重建，无奈下只能租住在县城边不到70平方米的房子。小芳的父亲1996年因出车祸，腿被轧断，至今行走还有困难，不能下地干重活。全家收入主要靠母亲农闲时到县城擦皮鞋，每月赚取约200元的收入。小芳还有个弟弟在读初中，两姐弟一学期大约需要4000元学杂费，这需要她母亲擦上二十个月的鞋才能凑够，事实上，在小县城擦一双皮鞋收费才一两元钱，夏天生意差，一天擦不上一双鞋，冬天生意好点还要被城管赶，实在赚不到什么钱。小芳现在县四中读书，这里农村孩子居多，其实更有利于她发奋学习。小芳表示一定好好读书，勤俭自强，用知识改变自己的命运。

2006年10月5日　小琼

小琼家的两间土砖房夹在周围高大的红砖房中间，显得更加矮小破旧，父母都是老实巴交的农民，没有多少文化，之前一家四口生活还过得去，虽然没有多余的钱，但也其乐融融。这几年接二连三的打击，让这个家庭失去了欢笑。小琼爸爸共有四兄弟，前几年有两个兄弟均因患严重的伤寒相继去世，这就意味着，小琼爸爸不仅要负担自己的家庭，还要抚养侄儿、侄女。为了赚钱，现在夫妇俩都远赴广东东莞打工，在吸塑厂做事，每月工资400元，小琼妈妈就在厂里帮工人做饭，每月300元工资，这点钱很难支撑家里的开支。小琼学习成绩很好，中考4个A、1个B，初中时每学期都获奖，按这样发展下去，考一所理想的大学应该不成问题，希望好心人帮帮她。

2006年10月5日　小琴

小琴是个很乖巧的女孩。家里经济条件很不好，但她学习很努力，成绩特别优秀，中考以五门全优的成绩进入省重点中学衡阳县一中。初三毕业这学期她没有按时去学校，是石口中学的王少毅校长与班主任去家访劝学才去学校的。这么优秀的孩子不上学，实在可惜。她也不负众望，为石口中学中考争得了荣誉。希望有好心人来帮助她完成学业。

2006年10月5日　小培

小培长得文静可爱，我和海外中国教育基金会的黄海旭一起到她家家访。她很懂事，搬桌倒茶，显得成熟热情，真是穷人的孩子早当家。小培学习成绩特优，我叫她写自述，她的自述写得很好。

2006年10月7日　小景

小景有个幸福的家庭，勤劳的父母把这个家操持得虽不富裕，但一家人其乐融融。三年前，首先是爷爷病重去世，接着是母亲被检查出患有子宫癌，使得这个幸福的家庭一下陷入了困境，小景两姐弟的学费、生活费以及母亲的医药费和2万多元外债的重担一下子全压在父亲一个人的身上。为便于照顾母亲，父亲没有外出，只是在农闲时在周围地区打点零工。小景的学习成绩一直都很好，在初中就曾获英语能力竞赛（初中）国家级二等奖，初二数学竞赛市级一等奖，今年中考他又以5个A的好成绩考入了省重点中学——衡阳县一中。中考是全县前200名学生。现在这个家里的经济状况要负担两个孩子上高中非常困难。小景的求知欲非常强，他非常想通过自己的努力为这个家撑起一片天，希望有好心能帮助他完成学业。

2006年10月15日　小磊、小意

小磊和小意是兄弟，小磊今年上高三，是一个沉稳懂事的孩子，小意今年上初三。父亲患白血病，花了大量的医药费，但最终还是在2003年去世了。这个家没有任何值钱的东西。兄弟俩面临高中和初中毕业，所需的学杂费用更多。因为母亲患有骨质增生病，身体不好，不能外出打工，平时小磊和小意除读书外还要帮妈妈种田。他家共2.4亩田，收获的稻子刚够母子仨吃，希望能有热心人帮助他们兄弟俩顺利读完高中和初中。

2006年10月17日　小刚、小梦

小刚、小梦兄妹俩的家原住在金兰镇，1998年他们的父亲因肝癌去世后，母亲就改嫁了，改嫁后的母亲几乎不来看他和妹妹，他们兄妹只能跟爷爷、奶奶住。奶奶患有痴呆症，全部的家庭负担都由爷爷一个人承担。不幸的事再次发生了，爷爷于去年去世，他们兄妹俩再次陷入了困境。幸运的是，远在大安的外公、外婆把他们俩接到了身边，同时还安排兄妹俩在大安中学读书。兄妹俩的成绩都很好，都是进的同年级的实验班（重点班）。因外公、外婆年事已高，且身体多病，在学校给减免了150元的学杂费后，小刚还欠了学校100元学费。希望有好心人帮助他完成学业。

2006年10月17日　小林

小林在我们采访他的过程中很少开口说话，有些关于他的家庭的问话他好像压力很大似的不愿说出口，对于他爷爷姓蒋而他姓刘的原因，在我们多次询问下才说出。原来小林的父亲在他很小的时候就出车祸去世了，母亲因此而改嫁不管他了，他与奶奶相依为命。为维持生计，奶奶嫁给了老实本分的农民蒋老汉，现在的爷爷对小林很好，但终因年龄太大心有余而力不足。小林只有通过学习来找出路，只有通过学习才能报答他的奶奶和养育他的爷爷。

2006年10月17日　小腾

小腾看上去很机灵，生活的苦难又在他身上留下了老成的痕迹，原来幸福的家，在小腾的父亲得了淋巴癌后，一切都变了。父亲的病花了20多万元，最终也没能挽回生命，于今年7月去世，所欠的巨额医药费成了这个家庭最大的负担。鉴于这种情况，学校减免了他200多元学杂费用。小腾学习成绩好，他所在的班是学校里的实验班（重点班），他在班上排前十名左右，他非常想通过学习来改变家里的现状。

2006年10月17日　小高

小高的童年非常不幸，他的母亲有精神病，十多年来一直瘫痪在床，全家的生计只有靠父亲种田来维持。更不幸的是50多岁的父亲前不久在劳作中从树上摔下，现在在住院治疗，所有费用都是借的。小高学习成绩中上，因无钱，他没有住校，每天往返学校都要走很远的路，对此他没有怨言，他只想通过努力，在完成学业后能帮助父亲一起撑起这个家。

2006年10月18日　小艳

小艳家三间破旧的土砖房与周围高大的红砖房相比，显得很不协调，并不是因为小艳家人不勤劳，而是疾病让这个家庭无法走出贫困。父亲前几年查出患肝癌，住院、吃药花费了3万多元，还欠下了1万多元债务，今年上半年还是去世了。而爷爷、奶奶都是八旬老人，没有劳动能力，全家负担依靠母亲在广东一基建工地上打工，由于力气小，赚到的工钱也少得可怜。小艳很希望能和其他同学一样，快乐地学习，将来多赚点钱，让爷爷、奶奶、妈妈过上好日子，希望好心人能帮帮她。

2006年10月18日　小如

小如家盖有三间红砖房，没有做任何粉刷，房子里除了一些简陋的生活用品外，没有任何值钱的东西，而这三间房子也是在爷爷、父亲未去世时盖的。现在小如跟着60多岁的奶奶生活。母亲在父亲去世后，外出打工就再也没回来，从来没有写信、打电话关心一下婆孙俩，也没有寄过钱。奶奶年纪大了，不能下地干活，家里现在没有任何经济来源，粮食是亲戚、邻居们凑的。问到小女孩的爸爸、妈妈时，她的眼泪不停地掉，我鼓励她不要自卑，要勇敢地面对未来，小女孩表示一定战胜困难，好好读书。希望好心人能帮帮她。

2006年10月18日　小芳

见到我们，小芳显得有点怕生，一双眼睛盯着我看，回答问题声音很小。我了解到小芳的父亲三年前生病去世了，花了大量的医药费，家里也因此欠了5000多元债。母亲并不是本地人，是广东某个县的，在父亲死后，因为不堪家庭重负，一个人回广东打工，之后就没有了音讯，再也没有管过孩子和这个家。现在小芳与年迈的爷爷、奶奶生活，家里没有任何经济来源，靠养几只鸡换油盐。请热心人帮帮这个可怜的孩子。

2006年10月18日　小灿

到小灿家，我有些责怪他无知的父亲，自己的能力不强，还生了三个孩子，但又同情无辜的孩子。小灿有两个姐姐，一个上初中，一个上小学，父亲身体单薄，没有文化，无法外出打工赚钱，可怜的母亲在生小灿时就难产过世了。目前三个孩子上学，不用说他这样的家庭无法维持，就是父母都在的农村家庭也是很难支撑的。小灿很活泼，显得很天真可爱，希望有好心人来帮帮他。

2006年10月19日　小蓓

小蓓是个很可爱的女孩，大大的眼睛透着机灵。父亲因开车轧死了人去蹲监狱了，母亲在这事后也改了嫁。改嫁后的母亲在广东打工，每年只给孩子一点生活费。小蓓现在跟着外婆住，外婆带了大大小小五个小孩，有些事实在是照顾不过来。小蓓的学习成绩很好，现在任班上的文体委员。

2006年10月19日　小佳

小佳的父亲因吸毒进了监狱，母亲也因此而改嫁，小佳也就无人管了，以前跟着姑姑，但姑姑在外以拾破烂为生，没有能力带她，这个学期就被大安的堂叔伯伯带来了，进了大安中心小学读书。堂叔伯伯家有三个小孩，有些事情也照顾不过来。小佳的学习成绩中等，读书的愿望强。

2006年10月19日　小恒

小恒的母亲在他很小的时候就去世了，父亲身体不好，身上长了个瘤子，但为了生计，只有到广东去打点零工以维持全家的生活。小恒自己患有白化病，皮肤发白，头发、眉毛是黄色的，眼睛视力不太好，总是一眨一眨的。小恒学习成绩中上，他很想读书。

2006年10月19日　小瑛

小瑛原来有个幸福的家庭，父亲在家种田，母亲在外打点工以贴补家用。但这一切都在父亲得病后被打破了。小瑛的父亲于2005年因脑炎医治无效而去世，母亲为了照顾家庭回到家中，用柔弱的肩膀挑起了这个家庭重担。小瑛的成绩中上，学习上进心强。

2006年10月19日　小琴

小琴的母亲在她很小的时候就去世了，随即她的父亲就招郎出去给别人当女婿了。现在小琴跟爷爷奶奶住。爷爷奶奶年事已高，身体又不好，爷孙三人的生活都很成问题。我们去家访时，小琴的两只小手上长满了脓疮，无钱治疗，现在连作业都无法做，一说起这事，小女孩就眼泪直流。小琴的成绩中上，虽然家里离学校有七八里的路，但她一直坚持上学，也许她认为只有读书才有出路吧。

2006年10月20日　小霞

小霞目前跟奶奶租住在乡政府一所土砖房里，里面摆满花圈等祭祀用品，而出售这些东西，就是她们祖孙俩唯一的生活来源，因为小霞的父母相继病逝，这个可怜的孩子只能依靠68岁的奶奶生活。家里没有房子，没有任何财产，为了生计，奶奶带孙女糊花圈换点钱买粮食。小霞很聪明能干，经常和奶奶糊花圈到深夜。想想小霞的处境，再想想城里的孩子，真让人心有百般滋味。小霞学习成绩中等偏上，但她很渴望读书，希望有热心人帮帮她。

2006年10月20日　小莎

小莎的父亲在她刚出生不久就患精神病，力气特别大，打人，母亲离家出走了，至今下落不明。小莎是她爷爷把她从血盆中带大的。她很懂事，学习很认真，在班里担任班长，学习成绩在班上排前三名。她家里的房屋被她父亲砸坏了，现在借住在别人的牛栏中。

2006年10月20日　小涛

见到我时小涛小圆脸红扑扑的，尽管是农村孩子，但比起其他小朋友来，却显得大胆而活泼，还不时笑眯眯地看我的照相机，充满了好奇。因为小涛的爸爸去年患脑出血去世，这个家庭就陷入了困境，妈妈租种了2亩田地，加上自家2亩，一共4亩田，全靠卖稻子换钱。因为没有男劳力，只能种一季稻，收获3000斤左右的谷子，虽然国家出台了很多惠农政策，但我们这里谷子仍卖不起价，顶好的晚稻一般是60元每百斤，一季稻只有50元每百斤，娘俩就是把粮食全卖掉，一年收入也只有1500来元钱，支撑小涛上学的确很困难，希望有热心人帮助小涛上学。

2006年10月20日　小威

小威的家虽是红砖房，但因为只有一层，下雨的时候雨就会从预制板的缝隙中渗进来，比起土砖房实在好不了多少，而盖这个房子，家里目前还负债8000元，现在家中只有他和上初二的姐姐。小威的父亲2005年在广东打工时不幸在建筑工地上摔死，为了维持生计母亲现在也到外面打工，由于没有技术，年龄偏大，每月工资只有400多元。希望热心人能帮助这个小男孩上学。

2006年10月20日　小宝

小宝原本有个和睦的家庭，父亲患脑癌后，这个家庭就失去了欢笑。父亲患病前盖了三间红砖房，治疗期间花了大量的医药费，这个家目前可以用一贫如洗来形容。让人觉得心寒的是，小宝的母亲在丈夫死后就去了广东打工，再也没回来，也没给孩子寄过衣物和钱，把小宝丢给了单身的伯伯管。伯伯能力弱，没有外出打工的能力，就靠种2亩水田生活。希望热心人来帮帮他。

2006年10月20日　小凤

小凤与奶奶住在破旧的土砖房里，窗户用塑料纸糊着，墙体已经开裂，真担心她们婆孙的安全。听说我们是来帮助小凤上学时，奶奶激动得眼泪直流，直说："菩萨保佑你们发财、走运。"小凤的母亲1999年患心脏病去世，父亲第二年外出打工赚钱，出外后至今音讯全无，不知是生是死。小凤爷爷已过世，她从小跟奶奶生活，因为缺少父爱、母爱，显得很胆怯。问她爸爸的去向，她只是摇头，问她想不想读书，小女孩才小声回答："想。"据老师介绍，小凤在学校表现很好，成绩排在前十名，热爱劳动，很有集体荣誉感，是一个懂事的孩子。请好心人帮帮这个可怜的小女孩。

2006年10月21日　小玉

小玉虎头虎脑，看上去很可爱，家庭的不幸他也许还不知是怎么回事。小玉的父亲因妻子的去世打击很大，一直还无法从这个现实中走出来，非常难过，因此他在外打工一直不回家，怕回到这个伤心地。小玉与妹妹住在爷爷、奶奶家，爷爷、奶奶的身体也因年事已高，常常会有个三病二痛的，兄妹俩一天天见长，爷爷、奶奶的负担也在一天天加重。

2006年10月21日　小飞

原来幸福的家，在小飞的父亲得了淋巴癌后，一切都变了。父亲的病花了20多万元，最终也没有挽回生命，于今年7月去世，所欠的巨额医药费成了这个家庭最大的负担。加上小飞兄弟两人读书，这个家庭不堪重负。

2006年10月21日　小飞

5岁的小飞有很多事还不懂，只知道父亲出车祸去世了。听老师介绍，小飞的父亲因出车祸去世，肇事者逃走了，一直没找到，所以也没得到一分钱的赔偿，他父亲的后事还是乡亲们捐款给办的。小飞的母亲一直在外打工，一般是不回来的，家中还欠了好几万元的债，不知什么时候才能还完。小飞现在与哥哥两人同外婆住在一起，老人家也只是尽自己的一点力量能帮多久是多久了。

2006年10月22日　小梅

小梅长得很清秀，一对酒窝显得很甜美，我们都不愿将贫困、灾难与她联系在一起，然而这个小女孩却在3岁时失去了父亲，母亲两年后也弃她而去，至今没有看过她一次。爷爷两年前也去世了，现在唯一可依靠的人就是70岁的奶奶。这个学期学费没有交，现在担惊受怕地坐在教室里。这个女孩很希望能读完高中，将来打工也可以多赚一点钱。希望有热心人帮帮她。

2006年10月22日　小菊

小菊的父亲是个十分瘦小的男子，能力弱，只能在家种田养家。但对于小菊，父亲寄予了较高的期望："希望她跳出农村。"小菊目前的成绩较好，在班上排前几名，父亲才这样说。这个家庭之所以贫困，是因为小菊亲生妈妈在她3岁时就离家出走，再无音讯，后妈又因为生弟弟难产死亡。爷爷、奶奶都快80岁，弟弟也上学了，一家四口吃饭穿衣、姐弟俩上学全靠父亲一个人，显然是负担不来。我见到他们家吃饭时就是一碗青菜加一点咸菜。希望能有好心人帮帮她。

2006年10月22日　小姣

在大安乡走访贫困学生，让我的心情最为沉重，别的地方可能因为自然条件不好而造成贫困，而这个交通相对方便的山村，却有不少孩子因为失去亲人而无所依靠，有的父亲去世，有的母亲去世，而小姣却是父母双亡，现在跟着奶奶生活，唯一的叔叔是个老实的农民，自己也有三个孩子要抚养，现在在广东卖苦力。小姣渴望通过读书来改变悲苦的命运，希望能有热心人帮帮这个无父无母的孩子。

2006年10月22日　小欢

小欢长得很可爱，有农村孩子特有的朴实，他家除了三间破土砖房外，没有任何财产，造成一贫如洗的原因是五年前父亲患癌症去世，可以依靠的母亲受不了沉重打击，精神失常离家出走，现在没有人知道她在哪里。虽然贫困，但小欢勤奋好学，成绩优秀。今年的学费和住校费都没有交，唯一的伯伯能力不强，只给学校送了点米。小欢对我讲："现在最担心的是没有交钱，不知道哪天会让学校叫出教室。"这样的话真让人心酸。希望有热心人帮帮他。

2006年10月22日　小财

小财是一个超龄的初二学生，今年已经17岁，在他读小学四年级时，因家庭负担不起，曾经辍学三年。提起那段时光，小财显得很伤心。然而就在前不久，他患精神病的母亲从楼上摔下来死了，他家一贫如洗，妈妈的安葬费都是好心的邻居凑的，对于突来的变故，小财没有悲观，对未来依然是充满信心，他对我说，目前成绩排在班上二十几名，会争取再往前赶，不辜负大家对他的关爱，也希望有好心人能帮帮这个懂事的孩子顺利完成学业。

2006年10月25日　小志

不幸的家庭各有各的不幸。小志原本有一个幸福的家，但去年父亲因心脏病去世后，这个家就被笼罩上了愁云，13岁的小志带着上学前班的弟弟在家生活，母亲因为要帮兄弟俩赚学费和偿还父亲的医药费，现在在县城的一家早餐店打工，每月350元工资。相比于其他失去父亲的孩子来说，小志兄弟又是幸运的，毕竟母亲并没有撒手而去。问到上学，小志讲希望能上完初中，多学点知识，将来帮助母亲减轻负担，支持弟弟上学，真是个懂事的孩子，希望有好心人来帮帮他。

2006年10月25日　小健

小健与年过六旬的奶奶相依为命，住在一间破旧的土砖房里，这个可爱的小男孩从没见过父亲的面，在他出生的那一年父亲就在基建工地上出意外去世了。生下他后，母亲就离开了这个家，这十多年来仅仅来看过小健一次。没有享受过父爱与母爱的小健显得比较沉默，但比同龄人成熟、懂事，知道照顾奶奶。小健渴望读书，希望能够多学点知识，小健的奶奶一再请我们帮忙，找一个热心人来帮助他完成学业。

2006年11月14日　小凯

小凯自述：我非常热爱学习，但我的家庭状况可能会阻挡我对学习的执着追求，因此暂时需要别人的帮助。

我出生在一个偏僻而落后的村子，我的父母都是朴朴实实的庄稼人。我还有个被迫放弃学业的姐姐。我一家人挤在不足四十平方米的土屋房，吃饭睡觉全在此。我家最值钱的物品是个过时而破旧的衣柜，我虽然处在这样的环境，但我没有怪我的命运，反而以此为动力，尽我的能力帮助父母和自己。

我的父亲已五十多岁，身体清瘦清瘦的，两眼陷进很深很深，手掌布满老茧，皮肤乌黑而干燥，背已弯很多，这一定是过多下田下土所致。他的脾气很倔强，每次生病总是硬拖着，我和母亲经常劝他，有时还要强拉他，他才勉强去买一点药吃。

我的姐姐初中毕业就被迫放弃了学习南下去了，她本是学习很好，最终因经济原因而放弃了。她每次打电话回家，总是告诫我要好好学习，刻苦努力，她的教导变成了我学习的动力，也是我的责任。在我姐姐影响下，我的学习也算不错，入学考试时，我名列第二。第一次月考虽难了一些，但取了个第三。我相信，经过我的努力，我一定还会进步。我坚信，您的帮助一定不会白费，它一定会成为我的又一动力。

我的妈妈只算得半个劳动力，因为一年有一半的时间是病倒着。我母亲患有支气管病，每天都会咳，因此每年的医药费就是很大的数目，也就做不了重体力的活儿，这不但折磨了她也折磨了父亲和我。因此我有一个愿望，就是能够帮母亲把病彻底治好，而这个愿望的实现，要靠知识、要靠读书。而目前我家无法长久供我完成学业，因此我需要您的帮助。

2006年11月14日　小静

小静自述：我是一个出生在贫困家庭的农村孩子。自小家里就清苦，生活一直非常拮据。原来，爸爸是家里的生活支柱，然而在我两岁的时候，父亲却因患上了胆结石而在家务农，妈妈也无奈一个人在外打工。当时，我非常小，哥哥、姐姐也都不过六七岁，虽然当时有奶奶照顾我们，但总是吃了上顿就愁下顿。就在我小学快毕业的时候，疼爱我的奶奶走了。奶奶的去世又让家里雪上加霜，爸爸妈妈的负担更重了。为了还债，爸爸在家便没日没夜地劳苦干活，姐姐已因缺钱而放弃了上高中在外打工。即便如此，爸爸的病情日趋加重，我和哥哥的学费越来越多，妈妈和姐姐的微薄工资依然不够用。在前年的新春里，爸爸终于撑不住累倒了。在佳节时期，被病痛整整折磨了一年后的爸爸还是逃离不了死亡的魔爪，他离开了我们。生活中，最疼爱我的是爸爸，从小到大一直教导我的也是爸爸，他的离去曾几度让我产生辍学的念头，因为我觉得爸爸走了，生活便没有意义了，一切都变得灰暗。但是，望着为了照顾父亲和我们心力交瘁的母亲，我咬牙坚持下来。妈妈回家照顾父亲，就只剩下姐姐一人能赚钱维持生活了，那一点点工资对这样一个家庭而言简直微不足道，所以家里的债务便越积越多。妈妈为此愁白了头，身体也变得愈来愈虚弱了。家里那几间土屋已成危房，即将倒塌，我便寄居在外婆家里。可祸不单行，爸爸走后才两三个月，姐姐又因思想包袱过重，被医生诊断为轻微脑分裂症，回家调养，经受不住爸爸死去的打击的妈妈也病倒了。庆幸的是，姐姐的病情有所好转，但给她治疗又让债务增多。初入社会的哥哥肩上的担子挑得让人难以想象，是那么重。所以，我更应该好好学习，让他们能在我身上重新找回希望和信心。

我想读书，我希望通过自己的努力来改变爱我的和我爱的家庭。我诚恳地希望得到好心人的帮助，谢谢。

2006年11月14日　小菲

小菲自述：八年前，我的母亲突然患上了精神分裂症，虽经治疗，可病情仍时好时坏。现在我家四人，母亲不能做事，弟尚读小学，我读高中，一家生活重担全压在枯瘦如柴的父亲肩上。家中已债台高筑。看着家中现状，我总忍不住鼻子发酸，想放下书包，减轻家中的负担，但我只有15岁，我想读书啊！

今年中考，依靠我的努力，我考出了优异的成绩，被县一中录取，但面对沉重的学费，父亲有些为难，更让我想不通的是父亲坚持认为我读书是没用的，我不甘心这样放弃学习的机会。实践的班主任老师知道我这个情况后就告诉我到职业中专可有些补助，于是，就帮我联系校领导，实践的学校领导也帮助我凑了点学费，最后缺一点是由班主任代我凑的。当时，我是冒着家人的反对而出来的，他们都一致不赞成我读书。我知道，没有家人的支持，我这条求学路是很困难的。但我相信，只要有恒心，我一定能攻破难关，以优异的成绩考上理想的学校，将来让父母过上好日子，更能为社会做出一份贡献。为了实现目标，就算再苦再累，我也会坚持到底。现在，父亲看见我的辛苦求学，也对我好了。

我希望能有好心人帮帮我，帮助我完成学业，我会以实际行动、良好的成绩向您报告。

2006年11月14日　小利

小利自述：我出生不到两个月，爸爸妈妈就相继离世，我是年过花甲的奶奶抚养大的，我爷爷在我奶奶三十二岁时就离开人世了。

还记得六岁那年，我看见同龄的人都背着书包上学，于是我对奶奶说我想读书。当时奶奶一脸迷茫，后来她微笑地点点头，我高兴地跳了起来。进入学校已有一个多月了，可我还没能领到新书，于是我又对奶奶说我想要课本，当时正值黄昏，奶奶放下手中锄头，轻轻地回答我："我会想办法的。"到了夜里，我蒙眬中听到有哭泣的声音，很熟悉，我也情不自禁地在跟着哭了起来，我叫着"爸爸、妈妈"，后来奶奶又过来安慰我。那一晚，我们未眠。过了好几个星期，奶奶拿着几张皱巴巴的钱让我交给老师，我终于拥有了新书。

还记得五月二十一日，奶奶到外面去卖东西，在路上被一只狗咬伤了，腿上的肉都绽开了。当时，我见奶奶用毛巾捂着伤口，肩上压着担子，勾着腰，一跛一跛地走回来，我的心都碎了。奶奶见了我，她强带着微笑道："没什么。"可我分明看到她眼中的泪水，看到那染红的毛巾，我不知说些什么，因为我知道，她是不会去看医生的。奶奶强忍了数个月，她的腿上留下了一个深深的伤疤。

永远记得那一次，奶奶像变了一个人似的，她一边哭一边用自己的头撞墙，我急得叫来邻居，他们都过来看奶奶，医生说她因为操劳过度胡思乱想精神有了点问题，需休息几天。奶奶吃了些药，之后的几天依旧早出晚归，晚上靠吃安眠药来定神。

值得高兴的是学校里知道我家情况后，为我减免了学杂费，再加上国家的两免一补政策和同学们的帮助，奶奶终于勉强地让我念完了初中。可现在到了高中，学杂费比以前增加了几倍，奶奶再也供不起我读书了。

我知道只有自己才能改变一切，可我又想减少奶奶的劳累，这十几年来奶奶的脸上早已爬满了皱纹。岁月染白了她的头发，看着憔悴的奶奶，我陷入了沉思。

我希望有好心人帮助我，现在我会以最好的成绩来回报您，将来，我相信我会成功，然后回报社会。

2006年11月21日　小俊

我们去家访时，小俊整个家庭还沉浸在失去亲人的悲痛中。这原本是个幸福的家庭，小俊的父亲在外打工维持家里日常开支，母亲在家操持家务，一家人其乐融融。在父母的辛勤操持下，家里砌了一栋红砖房，买了一台彩电，小俊学习努力，成绩优异；一切都越来越好。可就在这个月初，在县城经济开发区建筑工地打工的父亲摔死在工地，基建老板没有多少资金，赔偿不起。家中的顶梁柱没了，一家人的生活也没了着落。小俊一说起父亲，眼泪就不由自主地流个不停，让人看着就心痛。我们只有安慰他，要他不要因此耽误了学习，希望能有好心人帮助他完成学业。

2006年11月25日　小伟

小伟的父亲在2004年因患肾结石转为肾功能衰竭去世，当时就因父亲住院和去世就已负债累累。两年来一家人的生活重担全落在了母亲身上，母亲在外打工的收入只有300元每月，勉强能糊个口，更不幸的是，母亲也患上了肝病，这个家庭就更难了。小伟的姐姐今年又考上了县三中，两姐弟的学费、生活费以及全家的生活开支的重担，体弱多病的妈妈已无法再担起。希望能有好心人帮帮他。

2006年11月30日　小桂、小龙

小桂和小龙是两兄妹，他们的家处于偏僻的关市乡，家里两间破旧的土砖房，什么值钱的东西也没有。父亲已64岁，患有肾病，能力弱，直到40多岁才结婚。母亲是一个眼睛、耳朵都有问题的残疾人，全家就靠家里1亩多地生活，真是一贫如洗。小桂学习成绩中等偏上，性格活泼，是一个惹人喜爱的孩子。问他还读不读书，他说想读书，长大当一名工程师。小龙是个勤快的孩子，她希望多读点书，将来走出大山，有了知识，就可以到外面打工多赚点钱。希望好心人能帮帮他们。

2006年12月9日　小瑶

小瑶家距离县城10公里左右。天下着小雨，阴雨数天，村道泥泞不堪，小面的车几次差点滑到塝边。距小瑶家还有2公里路，车子开不过去了，我和同行只能步行，想不到县城边还有个这么偏僻的村。路两边长满了茅草杂木，北风吹得厉害，今天是入冬以来气温最低的一天。到了小瑶家，看到他父亲凶狠的样子，我不敢在他家坐下。一贫如洗的家也没有整理。小瑶家的房子倒塌了，现在是借住在邻居家，邻居举家在外打工，几年也难回一趟。小瑶的父亲原来是个忠厚老实的农民，勤劳好学，1990年他家养蝎子，不但没有致富，反而血本无归，家里负债，小瑶的父亲就得了精神病，砸坏了家里的东西，时不时还打人。小瑶的母亲是个贤惠的农妇，尽管家贫，丈夫有病，但她一直坚守这个家，为孩子为丈夫撑起了一片天。她一边在县城擦皮鞋、帮居民打扫卫生，一边种家里3.6亩水田，打零工挣的钱给丈夫买药治病。小瑶父亲除了吃，就是睡，不干一点活，好在病情稳定，现在不到外面乱走了。小瑶母亲流着泪说："我把全部希望都寄托在孩子身上了。"

小瑶考上了普高，但他选择了职高，学习电子专业。他说他要学一门技术，毕业后就去找工作，然后到县城买套小房子，接父亲到县城，母亲就照顾父亲，再不让母亲上街擦皮鞋。

2006年12月21日　小翠

小翠是个腼腆的女孩，父亲在早几年就去世了，瘦弱的母亲为了生活，嫁给了她现在的父亲。继父能力弱，没有什么手艺，与母亲双双在广东打工，都只能干些苦力，赚不到什么钱，要维持小翠与两个异姓弟妹的生活都很困难。小翠的成绩较好，曾被评为“三好学生”，她知道只有通过努力学习才能改变自己以及一家人的生活状况。她希望能多读点书，学会一技之长，将来能为社会、为家庭尽自己的一份力。希望能有人帮助她完成学业，走向社会。

2006年12月21日　小珍、小细

小珍、小细原本有个幸福的家，从她家的六间红砖房就能看出来，但是一切在突然之间就不存在了。自从父亲因得癌症于今年3月份去世后，巨大的悲痛和巨额的债务让母亲无法承受，最终母亲选择了逃避，离家出走后一直不知去向。年幼的两姐妹只有依靠年迈的爷爷、奶奶生活。年迈的爷爷、奶奶在经历这些痛苦后，更加力不从心。我见到爷爷、奶奶时，他们泪流满面，向我诉说着老年丧子的不幸，两位老人身体也不好，他们担心孙子的学业，希望能有好心人帮帮她。

2006年12月21日　小强

我曾走访过200多个学生的家庭，到小强家是我最痛心的。小强家在偏僻的山冲，本来有个好的家庭。2001年父亲在广东佛山打工，却走上了吸毒之路，被抓强制戒毒一年。出来后好了一段时间，就又吸起来了。2004年母亲与父亲离婚，负气离家，再没有回来过，而父亲也在外漂泊，根本不管儿子。好在小强有个奶奶，对孙子很关爱。奶奶请人耕种家里2亩多水田，小强不至于挨饿，家里一贫如洗。

2007年1月14日　小滔

小滔性格开朗，学习用功，可家庭的不幸使他的心灵受到创伤。在他4岁时，母亲因病去世，遭受了少年失母的痛苦。其父能力不是很强，好不容易将两个孩子养大，可是在小滔进入高中学习阶段时，其父却检查出患了癌症。高一第一学期开学没多久，父亲就撒手人寰，小滔也面临辍学。其兄小林今年19岁，准备外出打工，可现在也没有门路。希望好心人帮助这个孩子完成学业。

2007年1月14日　小瑶

小瑶的家距县城并不是很远，坐车只有20分钟的路程，居住的村子生产条件、自然环境很好，要不是父亲突遭飞来横祸，不幸去世，小瑶会有一个十分美好的家庭，父亲勤劳，母亲操持家务。2006年10月，小瑶的父亲在县城郊外的一家正在建设中的工厂做临时工，刚去十天，下班乘坐同村工友的摩托车回家，由于摩托车违章，与一辆大货车相撞，小瑶的父亲在送去医院的途中死亡，摩托车主是本村的乡亲，家庭十分困难，在出了几千元安葬费后，也无力赔偿，一个好端端的家庭失去了顶梁柱。小瑶的两个姐姐均在上大学，家里为了支付两个姐姐上大学的费用已经负债了2万多元。小瑶聪明温顺，是个十分可爱的女孩子，她学习成绩优秀，在班里排在前十名。星期天我去家访，小瑶的母亲流着泪向我叙述家庭的不幸，小瑶在一旁写作业，也默默地哭泣。希望能有好心人帮助这个女孩完成学业梦。她表示：凭她的基础，只要中考发挥正常，是可以考上重点高中，她会用好的成绩回报资助人。

2007年1月22日　小锋

小锋是个性格温和的男孩，学习认真，在60多人的班里排前20名左右。小锋的父亲在他只有6岁时受到刺激，患上了精神病，见人就打，母亲不堪忍受，离家出走，至今不知在何处。他父亲在2001年去世，可怜的小锋由爷爷带养，而在2003年爷爷也撒手人寰。小锋的住房是爷爷在世时砌的两间红砖房，现已破旧不堪，电灯泡是这个家庭的财产。小锋的叔叔是镇中学的教员，参加工作只有四年，结婚不久，父亲、兄长去世使家里负债3万多元，他现在带小锋在镇中学学习。小锋对叔叔感情很深，讲到叔叔的艰辛，眼中含着泪水。希望好心人帮助小锋完成学业。

2007年1月28日　小双

小双很懂事，有礼貌。我们去家访端茶搬凳，灵活主动，口头表达能力较强，把家里的情况介绍得清清楚楚，有条理。我叫她写个自述，十多分钟就写完了，而且写得很流利，文字表达能力很强。穷人的孩子早当家，她对父母很尊重礼貌。在学校从不乱花钱，几个学期几乎没有用过零用钱。父亲患有肝胆结石，母亲坐别人的摩托车摔伤了头部不能干活，家里越来越贫困。小双学习成绩很好，如不出意外，可以考上一所好的大学。希望好心人帮助她完成学业。

2007年2月3日　小灿

小灿的家住在镇食品站的平房，自家没有房子，家里几乎没有一点生气，父亲结婚时买的那台旧彩电已不能用了。食品站已是个名存实亡的单位，几年前父亲出车祸被撞，现在不能从事体力劳动，母亲在居委会的帮助下，打扫一段街道卫生，每月有200元的收入，全家就靠母亲一个人支撑。小灿成绩中上，脑子灵活，家里经济状况差，看起来有点自卑心理，他表示，要好好学习，多学点知识，有一个好的未来。

2007年2月6日　小朝

小朝一家现在住在乡下奶奶家，尽管父亲曾是县日杂公司职工，但日杂公司倒闭多年，全家在县城并没有住房，公司一间旧办公房给她家住，因为考虑县城生活消费相对较高，全家只好住到乡下奶奶家。她父亲今年48岁，患有胃病，不能干重活，也没有手艺，没有什么收入，全家依靠的就是父亲100多元的生活低保，外加租一点地种菜糊口。小朝的母亲是位残疾人，没有左手，外出打不了工，农活也不能干。因为小朝读书家里已借几千元的外债。小朝对读书很有决心，尽管现在基础不是太好，她表示一定加倍努力，把学习搞上去，不辜负好心人的帮助。

2007年2月13日　小丽

小丽是个聪慧漂亮的女孩，我们去家访，她主动和我们打招呼，显得文静有礼貌。因为母亲常年生病服药，使得家里变得很贫困。小丽学习刻苦，成绩中上，她表示要努力学习，争取多拥有点知识，将来走上社会能少吃苦，能为改变家里的困难局面出点力。

2007年2月27日　小青

小青是个活泼大方的孩子，没有农村一般小孩那么害羞，我向她了解学习、生活情况，她都能响亮、详细地回答。小青学习成绩非常好，家里有许多奖状，上个学期还被评为学校的“学习标兵”。农村的孩子往往英语学得不好，我特意询问了她的英语学习情况，她讲每次测验都是“A”。小青家庭贫困的主要原因是父母身体不好，父亲有肺病，经常服药，母亲患有子宫瘤，去年在衡阳市南华附一医院花费了1万多元医药费，现在家里还负债3000多元，再加上孩子多，现在是父亲一个人在广东打零工养活全家5口人，负担两个书包，其艰难可想而知。小青有强烈的上学愿望，希望好心人帮助这个品学兼优的女孩。

2007年3月6日　小衡

小衡一家在当地本来生活得还算可以。两年前，父亲出车祸住院，花了大量的医药费，加之留下后遗症，身体一直不好，干不了重活，只好在家种地，解决全家的吃饭问题。小衡现在上高二，是一个出众的孩子，问他问题，回答得响亮而干脆。他很担心不能毕业，因为弟弟也上学了，而家里现在还欠了几千元外债，要支持他到毕业确实有很大的困难。小衡现在的成绩属中等，但对学习很渴望，想多学点知识。希望好心人来帮帮他。

2007年3月6日　小师

小师是一个活泼开朗的孩子，丝毫看不出家庭贫困给她带来的任何阴影，因为胆子大，现在在班里担任副班长，协助老师管理班级事务。小师学习成绩较好，在班里排前十名。她家里贫困的主要原因是有三姐妹，一个姐姐读高三，一个妹妹读初二，而父母都是老实的农民，母亲身体不好，现在全靠父亲摆一个水果摊维持。小师这个学期还没有交学费，班主任老师给她担保，让她先到学校上课，对学习小师充满信心，希望有热心人来帮助她。

2007年3月6日　小荣

小荣的家破破烂烂，没有一件像样的家具，因为无大人照顾，一切都显得凌乱、冷清，完全没有留下春节的一点喜庆。小荣的父亲因为不遵纪守法，被判刑入狱，母亲随后改嫁，至今没有与家里联系。小荣沉默少言，一门心思用在学习上，上学期期中测试是全校的第一名，期末测试是全校的第二名。因为没有钱，上学期欠了学费，这学期还没有缴费。按小荣自己的讲法是：因为想读书，所以赖在学校里。希望有热心人来帮帮他。

2007年3月6日　小娟

小娟是一个能干勤奋的女孩，母亲在她9岁时就服农药自尽了，之后老实的父亲带着她和哥哥艰难地生活。父亲身体不好，也没有文化，农闲时就在周围打点零工，种2亩水田糊口。平时家里做饭、洗衣都是小娟承担，邻居们都夸小娟是一个勤劳的孩子，放假回来就忙着干家务活，干完活儿就抓紧时间学习，很少出来玩。小娟渴望多学点知识，将来打工也能找到一份好一点的工作。希望有热心人帮助她。

2007年3月6日　小伟

小伟是一个成绩优异的学生，上学期期末测试是班里第一名，排全校第四名，获得了500元的奖学金。开学时，他迟迟没有到学校报到，因为家里拿不出一分钱。小伟家住在城郊，交通便利，但这并没有给他家带来致富机遇。小伟的父亲才37岁，但从小患肝病，久治不愈，现在已经发展为肝硬化，身体不好，现在靠摩托车出租赚点生活费，过年时生意好一点，赚了几百元，但是年前到医院买了治肝病的药，一次就全部花光了。现在他父亲的病没有一点好转，需要经常买药治疗。小伟的母亲在他只有3岁时就去世了，父亲因为有病，家里穷，也一直没有再婚。学校1700元的学杂费外加900元的食宿费对小伟来说，无疑是承受不起的。小伟是一个懂事的孩子，学习上从不要父亲担心，生活自理能力很强，对未来充满信心。希望有热心人来帮帮这个孩子。

2007年3月12日　小丽

小丽长得聪明伶俐，学习成绩中上，有信心考取一所好的高中。父亲患有风湿关节炎，不能干重体力活，在周围打点零工。母亲在县城的一家超市打工，每月400元，只用于家庭的生活开支都要节俭才能度日。家里两年前旧房倒塌，不得已借钱砌了六间红砖房。家里没有一点值钱的东西，简单的日用家具已是很陈旧。据班主任熊老师介绍，小丽学习刻苦，有礼貌，是个听话的孩子。

2007年3月19日　小蓉

小蓉出生才三个月，父亲就因病去世了。后来，母亲带着她改嫁给一个忠厚老实的农民，继父靠卖苦力在广东一些建筑工地打工，没有固定场所，好的时候一年有3000多元的收入，除去往来车旅费，一年能给家里的收入也就是2000多元。四年前家里砌了一层三间红砖房，由于缺钱，第二层一直未砌。小蓉学习认真，长得聪明伶俐，每学期都被评为“三好学生”。希望有好心人帮助她完成学业。

2007年3月22日　小艳

小艳家住在关市乡偏僻的观音山半山腰，由于前几天下过春雨，车子开到山脚下便不能往上开了。小艳指着半山腰一幢简陋的土砖屋，那就是她的家。我看应该没有几里路，她说至少有7里路，步行要一个多小时。观音村的居民大都住在山上，这里真要落后几十年呀！据说，这里的男人好多是打单身，因为地方偏僻，经济落后，男的找不到女人很普遍。小艳的身世很特殊，她刚出生时，就被亲生父母遗弃，把她丢在车家的屋檐下。第二天一大早，车家的猎狗身边有个布包袱，车家很惊奇，仔细一看是一个女婴，猎狗竟没有伤害她。好心的车家人看到她可怜就收养了这女婴。车家很穷，至今都是土砖房。小艳的养父有两个儿子。大儿子已成家，与妻子相守在这四间土砖房中的一间；二儿子成亲后，妻子不堪贫穷，离家出走了，至今不知在何处。尽管贫穷，但车家对小艳视同己出，据周围人介绍，车家对她比对亲闺女还亲。小艳也长得聪明伶俐，学习努力，以优异的中考成绩考入了市重点中学——县六中。她懂礼貌，我和她的老师费了很大的劲儿爬山到达她的家，她父母在半山腰的田里春耕，她老远就叫爹妈。看到女儿从学校回来了，二老连忙放下活儿回家，见到才上学十多天的女儿的那股高兴、亲热劲儿，令我和老师都很感动。小艳一回家就搬凳倒水，很是能干勤快。回校时，小艳在车上对我们说，她要好好读书，争取走出大山，以后要孝敬父母，让二老也去外面观光，见见世界。

2007年3月22日　小静

小静家住偏僻闭塞的山村，去家访从大公路到村道有3公里，下车还要走好几里路。小静父亲曾经在部队当过兵，回乡后，勤劳苦干，可由于自然环境差，耕地少，加之患了眼病，视力很差，几乎到看不见东西的程度，因此不能外出打工。村外大都是红砖房、小洋楼，只有小静家还挤在一间破旧的土砖房里，十分贫困。小静母亲还是比较能干的，要带养三个孩子，还要种地，但她没有怨言，把希望都寄托在了孩子身上。小静是乖巧的女孩，小小年纪，就能帮妈妈做些家务，见到生人有点胆小，显得很腼腆。

2007年3月24日　小瑶

小瑶的家里仅有一层三间红砖房，由于贫困，第二层一直未砌，天晴还好，一下雨，家里就像筛子一样漏。由于父亲总想要生个儿子，家里四朵金花，违反了计生政策，政府征收了社会抚养费。这个家庭几乎没有什么财产，结婚时那台黑白电视机已不能正常显示图像。小瑶的父母很勤劳，除了种自家的4亩地，还租种了8亩地，农忙时在家耕种，农闲时父亲就凭泥水工技术在周围砌房，一年有3000多元的收入。无奈四个"书包"（二姐高中无钱已辍学）使这个农村家庭不堪重负。小瑶学习努力，成绩优异，每学期均被评为"三好学生"。她渴望读书，渴望拥有更多的知识，如果不出意外，考重点高中是不成问题的。

2007年3月27日　小涛

小涛的父亲是入赘到吴家做上门女婿的，所以小涛随母亲姓。小涛的父亲在2004年患肝癌，在花去了5万多元医药费后，那年底还是去世了，这使本来就贫困的家庭背上了几万元的债务。年迈的外公患哮喘病多年，还要常年服药。小涛的母亲很坚强，把家里的2亩地包给了他人耕种，每年收取的400斤谷子基本能解决吃饭问题。她自己在广州打工，没有固定场所，有时在建筑工地做饭，有时在公司厂矿打扫卫生，月收入400元左右。小涛含着眼泪向我们叙述母亲的艰辛、家庭的不幸。小涛学习努力，成绩优秀，每学期都被评为"三好学生"。他表示要好好学习，将来有出息，力争改变贫困命运。

2007年4月1日　小涵、小艳

我们选择周末去小涵、小艳家做家访，尽管还只是阳历三月底，但气温已像夏天那样高，达到了33摄氏度。小涵因为上初三，周六并没有放假。在邻居的带领下，我们来到了小涵的家，说是家，但已全部倒塌了，上面种着几株南瓜，只能说是小涵家的宅基地。小涵家现在已没有常住人口，母亲在她还只有1岁半时就去世了。父亲现在广东打工，没有文化，能力不强，一年赚不到2000元。姐姐小艳在县四中上高二，姐妹俩只有在放假的时候才回来，寄居在当乡村小学老师的伯父家。伯母也是老实的农民，还有一个堂哥正在上大学，所以伯父也很难支持。我们再次赶到衡阳县四中，小艳在这个学校上高二，我们发现两姐妹长相很相像，都是圆脸蛋。

我们在家访时，听到乡亲们一边感叹小涵和小艳姐妹俩的不幸，一边又不断称赞姐妹学习勤奋刻苦，乖巧懂事。

真希望能有热心人来帮助帮助这个女孩。

2007年4月2日　小艳

小艳成长在一个组合家庭，亲生父亲很早就去世了，母亲带着她嫁给了现在的继父。继父原先已有两个女儿，后来又生下了弟弟，所以小艳现在一共是四姐弟。现在的红砖房，是继父以前砌的，没有做任何粉刷，也没有什么值钱的家当。因为四姐弟都在上学，继父前几天住院开刀，目前已负债1万多元，无奈之下，母亲同继父一道远赴甘肃打工。目前在一家建筑工地上担泥浆，做小工，一年赚到的钱远不够姐弟上学。大姐在长沙上大学，每年需要1万多元学费和生活费，二姐和她上高中，每年也要七八千元，还有正在读初中的弟弟。小艳因为自己身份的特殊，所以特别担心辍学。她的成绩良好，有信心考上理想的大学，希望有热心人来帮帮她。

2007年4月2日　小坡

小坡和姐姐都在上高中，父母没办法，双双南下去打工，没有文化、没有技术的中年农民，到广东打工不外乎是打零工、卖苦力，并没有固定的收入，一年下来，就只有三四千元，而姐弟俩的学费、生活费、各类杂费一个学期保守估计就要5200元。因为拿不出钱，小坡只好暂时欠着，没有就餐卡，每天都是靠同学们给卡吃饭。然而，就是在这样艰苦的环境中，小坡并没有放松学习。他现在重点班就读，期末测试是全班第一名。老师对他的评价很高，讲他是一个很能吃苦的孩子，学习刻苦，成绩优异。小坡很渴望上学，梦想通过学习来改变命运。希望有好心人来帮帮他。

2007年4月2日　小康

小康的家从前面看，还会被误以为是一层红砖房，其实只有前面一扇墙是红砖，里面全是泥砖砌的，家里没有任何值钱的东西，唯一“值钱”的是小康的十来张荣誉证书。这个家最大的财富就是有一个勤奋好学的儿子。小康的父亲因为2002年出车祸，留下后遗症，腿脚不灵便，干不了农活，现在帮一个亲戚看店。母亲则在家种田，尽管家庭贫寒，但小康却很阳光，很有活力和朝气，学习成绩很好，在班里排前几名。对于未来，小康很有信心，希望自己能考上名校，来改变全家人的命运。

2007年4月2日　小梅

小梅生活在一个典型的丘陵小山村，土质非常不好，水田少得可怜，旱地只能用来种高粱，用高粱酿酒是这个小山村的传统手艺，几乎每家都会，但酒一般不是拿来卖的，因为每家收获的高粱也就几十斤，酿出的酒主要是过年过节招待客人的。小梅的家也不例外。父母是土生土长的农民，守着田地饱不了肚子。她父亲一直在广西一家建筑工地上打工，母亲则在家照顾她和弟妹三人，主要经济来源靠父亲打工两三千元收入，有时还不能按时拿到工资。从小家庭拮据让这个小女孩有着不同于同龄人的成熟、懂事。对于学习和未来，小梅也有很多的希望，她最大的愿望就是自己能早日完成学业，参加工作，然后赚钱帮助弟弟、妹妹上学。

这是一个坚强的孩子，正如她所说：“经过少年磨难的洗礼，我更感谢上帝的苦心安排，内心产生了一种由衷的幸福。”

这是一个满怀希望的孩子，正如她所说：“我崇拜太阳花，给点阳光就灿烂。我希望我的未来如阳光般灿烂，同时，我也将为之奋斗不息。”

2007年4月2日　小欢

小欢今年18岁，高高、黑黑的，是一个很要强的孩子。父亲患肝癌，花费了大量的医药费，不幸在去年去世了；母亲在家种田，身体并不好，患有胆结石，经常犯病。小欢的哥哥现在长沙大学上大二，两兄妹每学期要6000多元的学费，对于孱弱的母亲来说是无法支持的。因为家庭的缘故，使得小欢比其他人更勤奋，更吃苦耐劳，她的学习在班里排前十名左右。我问她其他问题时，小女孩答的声音很小，不愿意提及，问她对学习有什么打算时，却坚定而大声地说："我要努力考上重点本科。"希望有好心人来帮助她。

2007年4月2日　小仁

小仁生活在一个比较特殊的家庭，父亲是一个老实巴交的农民，能力弱，以至于近40岁才结婚，娶了一个患有间歇性精神病的妻子。小仁家非常清贫，可以用"一贫如洗"来形容。一家三口住在一间破旧的土砖房里，家里没有任何形式的财产。上初中时，因为实在拿不出钱，曾经辍过个多月的学，小仁求学愿望强烈，最后还是东借西凑借了学费，让他继续上学。经过苦读，小仁如愿以偿考上了省重点中学——县一中。现在在班里成绩较好，小仁很想通过读书来改变自己的命运，尽管生活艰苦，身体单薄，但他对未来却充满信心。他的理想是考上一所好大学，找一份好工作，多赚钱帮家庭摆脱困境。希望能有好心人来帮助这个孩子。

2007年4月9日　小欢

小欢的家十分简陋，一间半土砖房，父母结婚时购置的一台黑白电视机是家里唯一的现代化产品，可惜已不能正常显示图像。父亲作为家里的主要劳动力得了胃溃疡，不能外出打工，只有在家拖着病体靠种自家的1.8亩地来养家糊口，而小欢的母亲既要照顾父亲又要带只有1岁的弟弟，也没外出打工，这就是这个家族致贫的原因。小欢在小时候与小朋友一起玩耍时，被不小心用小棍刺伤，导致左眼残疾，几乎没有视力。尽管这样，小欢学习却很努力，成绩优秀，在班上排前十名，而且他也非常渴望读书，希望有热心人能帮助他。

2007年4月9日　小平

小平的家很简陋，是一层三间未竣工的红砖房，家里没有什么像样的家具，父亲能力弱，近40岁才结婚生子。受传统观念的影响，小平共有三姐弟，上面两个是姐姐，直到生下了小贫。小平的母亲身体一直不好，长期服药，2000年终因肝癌去世，留下了三姐弟和沉重的债务。小平的家很清贫，就靠父亲一个人种地养家糊口，因此没有钱供小孩读书。小平的两个姐姐就连校门都没进过，因没有文化，不能外出打工，只能在家帮父亲做点农活、喂点鸡来换油盐钱，一家人的希望都放在了小平的身上。小平的成绩中等，对学习很有信心，想通过学习改变家庭的命运。希望有好心人来帮帮他。

2007年4月9日　小延

小延是个苦命的孩子，还在她1岁的时候，她那患有精神病的母亲就外出了，而且一直下落不明，而她的父亲又是一个极不负责的人，成天在外游荡，根本就不管她。我叫她把父母的名字写给我看，她流着泪很伤心。她说她都好几年没有见父亲了，小延从1岁起就一直跟着外婆，是外婆把她拉扯大的，并送她读书认字。然而随着小延一天天地长大，外婆也渐渐地老了，力不从心了。小延从小就很听话、懂事，学习努力，学习成绩中上，她想多读书，多学点知识，将来找个好工作，来报答养育她的外婆。

2007年4月10日　小龙

小龙的父亲几年前在帮邻居拆土砖房时，被倒塌的墙压坏了身体，至今没有全部恢复，不能干重体力活；母亲患有精神病。叔伯两家在祖屋地基上帮助小龙家砌了一层两间红砖房。小龙学习成绩优秀，每期都被评为“三好学生”，写得一手比较漂亮的字。班主任老师介绍，小龙懂礼貌，守纪律，学习努力，是个可塑性很强的孩子。

2007年4月16日　小伟

小伟是个文静但坚强的女孩。家访时，她的话虽不多，但脸上透出一股上进与自信的神情。小伟的父亲是个老实的农民，自己虽然身体不好，为了能给孩子赚点学费，还是外出打工，但因没有文化，又无技术，只能打点零工，赚点辛苦钱；小伟的母亲是个勤劳的农村妇女，自己身体不好，但是为了孩子能多学点文化，宁愿自己辛苦也要让孩子上学，只有在孩子们捧回奖状时，脸上才会露出欣慰的笑容，这样的回报，辛苦也值得。小伟的成绩很优秀，中考时，因为没有申请到免费的指标，差点失学，后来在老师的帮助下，来到了职业中专读书，她非常珍惜这个学习机会，学习非常努力，在月考和期中、期末考试中都是全年级第一名。她渴望读书，希望能有好心人帮助她。

2007年4月16日　小萍

小萍是个单瘦的女孩，生活的苦难使她的话语不是很多。父亲1997年出车祸去世，家庭失去了主要劳动力，不仅生活难以维持，更加重了家庭的负担。家庭债务的加重，最终导致姐姐被迫辍学。小萍的姐姐为了能减轻家中的负担，现已出嫁。小萍的经历使她特别珍惜学习的机会，学习非常努力、刻苦，成绩良好。她说她想通过学习，使自己多一份走入社会后的本领，想通过自己的努力来改变家庭的命运。同时，将来如果有一份收入了，在自己力所能及的情况下，她将尽力回报社会，将爱心传递下去。希望能有热心人帮助她。

2007年4月19日　小伟

小伟的家在偏僻的关市乡，两间土砖房十分破旧，几乎不能居住。

小伟的父亲是个忠厚老实的农民，农闲时随同村的打工人员在广东的建筑工地卖苦力，没有固定的老板，经常要靠同村的“能人”介绍才能有事做。除去车旅、伙食等费用，一年到头拿回家里的纯收入只有2000来元，养家糊口、人情开支后几乎没有结余。母亲的能力很差，在家带妹妹，操持家务。小伟学习认真，中考成绩是全县前800名，被录取到了市重点中学。他希望能多学点知识，将来用自己的能力改变家庭的贫穷状况。

2007年4月22日　小馥

小馥是个有特殊身世的孩子。在她还只有1岁的时候，亲生父亲就去世了，生母把她送给了现在的养母。她的养母患有多种疾病，没有结婚，但她有宽广、仁慈的胸怀，视小馥为己出。小馥是个聪明、懂事的孩子，待人有礼，学习认真，在学校担任广播室播音员。她的自述把家庭的情况介绍得很清楚。要不是有外公微薄的工资支撑，她的养母也许早不在人世了。小馥很想完成高中学业，这样出去打工好找工作一些，她想多拥有点知识，将来走上社会能少吃点苦。希望有好心人帮助她圆上求学梦。

2007年4月27日　小婷

小婷是一个十分清秀而乖巧的孩子，架着一副近视眼镜，让人感到像一个文弱的小书生。小婷现在与弟弟相依为命，家里既没有住房，也没有任何经济来源，暂时住在伯伯家。十年前小婷的父亲在海南打工时，意外死亡。两年后，母亲由于不堪家庭重负，离家出走了，据说是去了上海打工，但多年来未跟家里联系，也未给姐弟俩寄过生活费。不幸的遭遇让小婷更加珍惜来之不易的学习机会，在学习上她是一个发奋刻苦的孩子，成绩优秀。小婷还有一定的组织才能，在班里担任宣传委员，活泼大方，工作负责。小婷希望自己和弟弟都有一个美好的未来，希望通过读书来彻底改变命运。请热心人士来帮帮这个可爱又可怜的孩子。

2007年4月27日　小康

小康家现在的房子显得很破烂，是由村里搞集体时旧保管室改造而成的，现在只有小康和哥哥在家，妈妈为挣钱给兄弟俩上学，远赴广东打工。小康的父亲1998年患癌去世，这个家从此陷入了困境。虽然母亲不在身边，但小康兄弟俩把家料理得井井有条，不幸的遭遇让小康比其他孩子更懂事。我了解到小康是一个学习非常自觉的孩子，平时在家一有空就看书、做作业，自觉性很强，正因为如此，她的学习成绩一直名列前茅，多次被评为“三好学生”和优秀学生干部。小康告诉我她现在最大的心愿就是把书念好，考上理想的高中，将来能成为一个有出息的人，让母亲过上好日子。希望有好心人来帮助她。

2007年4月27日　小妙

小妙是一个非常懂事的孩子，脸上有一种与年龄不相称的成熟，或许是因为家庭的变故，这个孩子比较内向，问她基本情况，小女孩总是小声地回答，泪水不时在眼眶里打转。小妙原本有一个十分幸福的家，父亲、母亲加上她和弟弟，一家四口尽管生活简朴，但也其乐融融。2000年灾祸突然降临，肝癌夺去了父亲年轻的生命，母亲不久后改嫁，一个美满的家庭由此破碎。现在小妙和弟弟跟着年迈的爷爷、奶奶生活，尽管家庭不幸，但小妙却是一个要强的孩子，在学习上从不输给别人，成绩优秀，每学期都被评为“三好学生”，小妙对上学很渴望，希望能顺利完成学业，学到足够的知识和本领，改变全家人的命运。

2007年4月27日　小强

小强长得很单薄，五官清秀，是一个活泼自信的孩子。小强的父亲2001年不幸溺水身亡，母亲不久后改嫁，他家的财产就是父亲生前留下来的两间红砖房。母亲重新组合的家庭负担也很重，也有哥哥、姐姐要上学，全家主要的经济来源就是喂养了两头母猪，靠出卖猪仔维持生计。小强性格活泼，我问他话，有问有答，声音洪亮。据老师介绍，小强是一个很有礼貌的孩子，对同学很热心，愿意帮助人，与同学关系融洽，同时，学习上也比较自觉。希望有好心人能帮帮他。

2007年4月27日　小思

小思的家是一个典型的因病致贫的家庭，母亲几年前不幸患上了尿毒症，花了大量的医药费，因为缺钱现在只能在家吃药疗养，定期到医院做透析，这种停停走走的治疗，使得病情并没有好转。小思的父亲是一个老实的农民，因为要照顾妻子和女儿，只好在家种田。为多打点粮食，今年除自家2亩地外，还租种了别人3亩田，家里基本没有什么收入，还欠了亲戚朋友1万多元的债。小思是一个长相清秀而温和乖巧的孩子，她很希望母亲的病好起来，全家人像以前那样快乐地生活，也希望自己和妹妹都能顺利完成学业，学到一技之长，将来多赚些钱来帮父母还账。希望有好心人来帮助这个懂事的孩子。

2007年4月27日　小鹏

小鹏是一个清秀的男孩，长得与比他大两岁的姐姐一样高。因父亲于1997年在海南打工时意外去世，母亲不堪重负离家出走，一直不与小鹏姐弟俩联系，也不给他们姐弟生活费用。小鹏一直以来与姐姐相依为命，借住在伯伯家，姐弟俩感情很好。小鹏在姐姐的带动下，一直以姐姐为榜样，学习也很努力，成绩中上。希望能有好心人来帮助他完成学业。

2007年4月27日　小龙

小龙的家在一个十分闭塞的小山村，那里交通不方便，山高地少，自然条件十分恶劣，一般的青壮年都离开家，到外面打工，光靠在山村里种点地是养不活全家的。小龙的父亲因为前几年在村里架电时，不小心摔断了三根肋骨，至今不能干重体力活。母亲身体有残疾，一只眼睛看不见光，两个老实巴交的农民只好在家种地，生活过得十分清苦，小的时候，家里连饭都吃不饱。去年小龙考上了县三中，每期2600元的学杂费让这个家更陷入困境，家里能卖的都卖了，两间破土砖房已摇摇欲坠，全家现寄住在邻居家里。小龙很渴望上学，渴望通过读书。走出大山。希望有人帮帮他。

2007年4月29日　小文

小文是个瘦小的女孩，我去家访时看到她1.3米不到的个子，都有点不相信她有12岁，而且是个初一的学生。小文出生在一个特别的家庭，说特别首先是这个家庭是个典型的超生家庭，受传统观念影响，在有了两个女孩后，还生了第三胎。家住县城的他们，在二胎出生时就被罚了不少钱，更不要说是第三胎了。然而更不幸的是，父亲在1998年还没看到儿子的出世，就因车祸去世了，无奈的母亲只好带着三个孩子改嫁给了一个在县城里收破烂的刘姓男人。因此小文的家就出现了三个孩子三个姓的特殊情况——姐姐随生父姓王，小文随母亲姓李，而遗腹子弟弟随后来的父亲姓了刘。小文的家在县城的商业城内，还是父亲在世时买的一套商品房，家里值钱的东西都被超生罚得差不多了，只剩一台旧彩电。现在小文的母亲没有正式的工作，只是在县城里打点零工，顺便照顾三个孩子，继父只是个收破烂的，除了能在体力上给家庭一点帮助外，经济上帮不上什么忙，而三个小孩的学费与一年两三千元的收入相比，差距实在是太大了。正是以上的原因使得小文性格比较内向，我问她话时，声音很小，但是她的学习却非常好，是班里第三名，还是三好学生，现在班上担任组织委员。她知道，只有努力才能有出息，才能改变自己的命运。

2007年5月10日　小欢

小欢是个清瘦的女孩，9岁的她不能完全清楚地讲述她自己的身世，听周围的邻居介绍，才知她真是个苦命的孩子。小欢的爷爷共有两个儿子，通过努力，一家人的生活还可以，在20世纪80年代还砌了一层三间红砖房，但是随后一系列变故使得这个家庭越来越贫穷。首先是小欢的伯伯在没有成家时因病突然去世，而小欢的父亲在小欢1岁时到广东去打工，也突然病故了。小欢的母亲因不堪家庭重负，在小欢父亲去世后就外出打工，再也没有管过小欢。小欢的母亲于几年前又得了子宫癌，最终也于去年9月去世。苦命的小欢从小就是爷爷带大的，爷爷在家种点田，农闲时就到西渡街上捡破烂，换点油盐。随着年龄的增长，小欢爷爷的身体越来越差了，以前有的肺结核没钱治，现在又加上坐骨神经痛，连上街捡破烂都难了。小欢以前在老家的村办小学上学，但由于种种原因，村办的学校停办了，只好转校到了西渡来上学。小欢的学习成绩很好，转到新的学校在班上担任组长，并在上学期就得到了“三好学生”的奖状。她很渴望读书，希望自己能多学点知识。希望能有好心人来帮帮她。

2007年5月10日　小兰

小兰是个乖巧而腼腆的女孩，现在上初一，成绩中等。5岁时，父亲因肝硬化去世，欠下了几万元的巨额债务。姐姐在县职业中专读一年级，妹妹与她同读一个班。母亲在广东一个制衣厂打工，每月400元工资，除去车旅开支，年收入3000元左右。这是家里唯一的经济来源，可是相对于巨额债务和昂贵的学费来说，这只是杯水车薪呀！她家有三间两层红砖房，是父亲在世时建的，除内墙稍微粉刷一下之外，没搞任何装修，现已显得比较破旧，家里除了一台17英寸的彩电外，再也找不出任何值钱的东西。希望有好心人帮助她完成学业。

2007年5月10日　小胜

小胜原来有个幸福的家，父母勤劳，盖了三间两层的楼房，两个姐姐乖巧听话，一家五口其乐融融。可是天有不测风云，自1999年父亲因患肝硬化去世后，这个家就被笼罩上了愁云。因为父亲患病花费了大量的药费，欠下了几万元的巨额债务，家里现在一贫如洗，仅靠在广东制衣厂打工的母亲微薄的工资维持生计。大姐现在职业中专读一年级，二姐与她同班。三姐妹昂贵的学费对这个贫困的家庭来说无疑是雪上加霜。来到她家，三间两层楼房因无任何装修，已显得十分破旧，家里仅有的电器是一台17英寸的彩电。不知是家庭的变故造成的还是天生内向的性格，小胜除了一个劲儿地表示想读书外，言语很少。希望有好心人帮助她，让她一圆学习梦。

2007年5月10日　小红

小红家在离县城100来里的一个穷乡僻壤。父亲有严重的眼疾，近乎盲人，母亲患有间歇性精神病，基本丧失了劳动力，弟弟现在上小学五年级，刚出生时也有过癫痫病的症状，因无钱，父亲就拿母亲治病的药给他吃，老天有眼，居然好了，而且到现在再也没发过。“也不晓得以后会不会犯。”小大人似的小红如是叹息。目前家里仅靠父亲田间劳作维持生计，我们决定去她家采访。从学校出来，我们的车在一条凹凸不平的山间公路上颠簸了约二十分钟，进入了一条深深的山沟，再走两里左右的田间小道就来到了她家。眼前是三间摇摇欲坠的土砖房，小红说，这房子是叔叔家的，自己家的房子早已倒塌。走进家里，一贫如洗，仅有的一台14英寸黑白电视机是别人家淘汰了送的，她家属于典型的贫困人家。谈话中，我们了解到，小红的成绩优秀，以前一直是班长，上学期因无钱住校（学校要求住校），自己担心工作管理不到位，主动把班长的位子让给了同学，现是班上的学习委员。问她想不想住校，她说有钱当然想了。想象着她每天晚自习后独自一人在漆黑的山路上走五六里路的情景，我的眼睛有点模糊了。她还说，姐弟俩自出生以来从没穿过一件新衣服，都是人家送的。“这肯定是人家今天送的。”她指着旧柜子上的一双运动鞋和一袋衣物说。小红是个聪明伶俐、乐观自信的女孩，在与我们的交谈过程中她的眼神始终是坚定的，表情始终是微笑的。我们相信，她对生活充满了热情，对未来充满了信心，她一定在想着努力学习，将来走出大山。希望好心人帮助她，让她实现梦想。

2007年5月11日　小敏

小敏是个清瘦的男孩。他原本有个幸福的家庭，父母勤劳，砌了一间红砖房，姐弟俩学习认真，四口之家其乐融融。然而，不幸的事接踵而至。八年前，父亲在自家的农田里干活时，不幸被蛇咬死，家中失去主要劳动力，母亲只好将姐弟俩交由奶奶照看，只身一人去了广东打工以维持生计，但不幸的是七年前母亲在广东被人杀害，至今一直没有破案。现在小敏的姐姐通过努力考上了耒阳师范学校。弟弟一直跟着奶奶生活，现在奶奶也已70岁，身体越来越差了，种自家的0.8亩田已非常吃力。平时小敏在外拾废品的叔叔有时会给小敏奶奶点钱，但也是杯水车薪。小敏的学习成绩中等，但他读书欲望强，积极上进。希望有好心人来帮帮他。

2007年5月11日　小昌

小昌是一个品学兼优的孩子，现在正在读初二，期期都被评为“三好学生”，现任班上的学习委员，是老师的好帮手，平时主动热心帮助同学。可是上天对他似乎不公平，父亲在动了六次手术后，终因肝癌无治于2006年9月去世。之前，爷爷于2005年也因山火烧伤而亡，目前家庭负债近10万元。小昌的奶奶年近七旬，哥哥本来在广东一所职业学校读书，三年级时因实在无钱不得不辍学，现在在外地当学徒工，糊自己的口，全家的生活仅靠母亲在附近打零工维持。父亲在世时砌的三层两间红砖房未做任何装修，家里除了一台旧电扇外，再无任何值钱的东西。问小昌今后的打算，他坚定地回答：“我一定努力读书，将来出人头地，好好报答奶奶、妈妈。”希望热心人帮帮他。

2007年5月14日　小佳

小佳真的是个不幸的孩子，2002年父亲无缘无故精神失常，同年，母亲与父亲离婚，抛下他们远嫁他乡，从此杳无音信，这几年小佳就与76岁高龄有点背驼的爷爷相依为命。他家两间破旧的土砖房里，最显眼的就只有一台旧电扇了，平时仅靠亲戚朋友微薄的资助维持生计，没有任何经济来源。天气有点炎热，眼前的小佳外面仅穿着一件破旧而又短小的薄棉衣，这还是老师从希望工程拿来的。家庭的不幸和贫穷导致他性格内向，寡言少语。在采访过程中，他一直都用手摆弄着棉衣的衣角，没有抬头看我们一眼，声音低得像蚊子叫。老师告诉我们，小佳以前成绩一般，现在强烈的自卑感影响了他，成绩越来越不怎么样，真希望好心人帮帮他，让他找回自信。

2007年5月14日　小文

小文是个聪明伶俐、活泼可爱的女孩，曾被评为“三好学生”，成绩中等偏上，可是幸运之神却没有青睐她。小文4岁那年，年仅27岁的父亲在广东出车祸身亡，母亲长期在外打工，除2006年下学期给了她200元生活费外，一直没有在经济上帮助过她。爷爷已70岁高龄，曾患过肝炎、肺结核，左腿20世纪50年代被铳打伤过，明显短于右腿，右腿也曾摔断过，已基本丧失劳动力，因这些家庭变故，全家已负债4000多元。因自家房屋倒塌，小文跟爷爷住在姑姑家，姑姑家也是毛坯房，姑姑一直在外打工，自己还有一个小孩，家里也负债两三万元，除了能提供给小文和爷爷住的地方和勉强糊口外，不能给他们更多的帮助了。小文有学习愿望，希望能有热心人帮帮她。

2007年5月14日　小攀

小攀身上有着农村孩子特有的朴实，虎头虎脑的，特别可爱。小攀原本有个幸福的家庭，父母、姐姐加上奶奶，一家五口虽不算宽裕，却过得充实甜蜜。可是天有不测风云，人有旦夕祸福，2005年开始，厄运就一直伴随着这个家庭，先是父亲被查出患有肾结石，从此药不能停，接着母亲也感觉浑身不适，因无钱没查出病因，自己胡乱吃药，然后奶奶又患上了外风湿，出现了严重的头痛症状，也是药不离口。祸不单行，父母这几年在广东养鸭又亏本，目前已负债两三万元。小攀家早几年建的一层两间毛坯房，门窗已严重腐朽，家里除了一台17英寸的黑白电视机，再找不出任何值钱的东西。目前，小攀与奶奶寄居在叔叔家，姐姐在县四中读书，每学期需要2000多元的学杂费用。更让我们痛心的是小攀也于前天查出患有肾结石，这真是雪上加霜呀！希望好心人伸出援助之手，来帮助这个不幸的孩子，帮助这个苦难的家庭。

2007年5月15日　小雯

小雯性情温和，说话轻声细语，成绩优秀，一直是班上前五名，爱好广泛，喜欢参加各种有益的文体活动，曾在全校跳高比赛中荣获第六名。可是，家庭的不幸却让她忧心忡忡，在她还只有3岁时母亲狠心地抛下她和父亲，一直在广东打工，来往甚少。去年底小雯赖以生存的父亲因脑病撒手人寰，沉重的打击让年近花甲的奶奶多病缠身却无钱检查治疗。小雯家的两间破旧的砖房是20世纪90年代初爷爷在世时建的，没有任何装饰，家里几乎一无所有，仅有的一台电器是父母结婚时置办的21英寸彩电。经济本就不宽裕的伯伯在外打工的一点微薄收入在除去自己一家的贴用外，还要挤一点来资助小雯，这让过早懂事的她很是不安。小雯目前最大的心愿是好好读书，将来报答奶奶和伯伯一家。希望有好心人来帮帮她。

2007年5月15日　小帅

小帅家住一个偏僻的小山村，父亲患有严重的肝病，长期服药，几乎丧失劳动力，爷爷患有关节炎，奶奶的腿曾摔伤过，姐姐现在同校读初三，昂贵的学杂费和医药费让这个家庭不堪重负，目前仅靠母亲在株洲一木材厂打工挣点微薄的工资维持生计。家里四间红砖房还是十年前买的，现已显得很陈旧，家里除了一台21英寸的彩电，别无所有。贫困的家庭没有阻止他学习的决心，小帅的成绩优秀，期期被评为“三好学生”，期中测试全班第三名，但他似乎并不满意。“考第一是我的最大目标，我会努力的。”小帅说。希望好心人来帮帮他。

2007年5月15日　小斌

小斌的家住在离县城40来公里的一个山旮旯里，我们乘了近一个半小时的车，走了6里多坎坷不平的山路。来到他家，眼前是三间破旧的土砖房和两间低矮的小竹屋，家里有一台17英寸的彩电、一台DVD和一台小型的碾米机，因交通不便，碾米机是这个山区每家必备的。知道了我们的来意，小斌忽闪着机灵的大眼睛，向我们诉说了他的不幸：父亲是四川人，在广东打工与母亲认识，结婚生下了他。在他几个月大时，父母离异，从此父亲杳无音信，母亲随后嫁到了邻乡。他过继给舅舅做儿子，舅舅今年44岁，一直未成家，多年前，开拖拉机发生意外，造成一人死亡，自己也严重受伤，虽治愈却从此落下了腰痛的病根。屋漏偏逢连夜雨，早几年，在广东打工，舅舅的左手又被机器轧断了三个手指头，现在在长沙打工，由于身体的原因，月收入不高，每月400元左右，这是家里目前唯一的经济来源。外婆年事已高，长期生病，家里现在负债不少。值得庆幸的是，小斌是个懂事的孩子，成绩优秀，期中测试全班第五名，希望好心人帮帮他，让他完成学业，走出困境。

2007年5月15日　小芬

小芬无疑是个品学兼优的好女孩，学校老师提起她没有谁不知道，没有谁不赞不绝口。小芬综合素质相当不错，初一下学期开始一直任班长，班上各项活动均由她组织负责，是老师的得力助手，在学校举行的各项比赛中均获过奖，期期被评为“三好学生”，成绩在全乡前十名。原本她有一个幸福的五口之家，两层三间砖房，虽然未做任何装饰，也没有装内门窗，却足以遮风避雨，家境虽不宽裕却沐浴在父母无比的关怀中，可是一场飞来横祸彻底改变了她的家庭状况。2004年6月，父亲在广东驾车出事致死，家里倒了顶梁柱，母亲只得去外打工养家糊口，开始一两年母亲偶尔会回来看看姐弟俩，可近两年不知何故，对他们不闻不问，什么也不顾了。姐弟俩就一直靠一个堂姐夫接济学习、生活。去年夏天，爷爷高血压中风死亡后，小芬就多次产生了辍学的念头，想外出打工挣钱负担弟弟的学费，抚养弟弟长大成人，同学们哭着求她别离开班级，老师们苦苦劝说其别放弃学业，在此情况下，小芬才重返课堂。今年，把读二年级的弟弟托付给了隔壁一位80岁高龄的老太太照看，小芬又全身心投入到了学习当中。说这些情况时，小芬泣不成声，老师泪水满眶，我们的眼睛也湿湿的。“小芬真的是不错的孩子，如果把全部的精力放到学习上，她一定会大有出息。”几位老师一致表示。希望好心人伸出援助之手，让社会增添一位有用之才。

2007年5月15日　小梅

小梅长得聪明伶俐。父亲在20多岁时，在水利工地被一根树木打伤了脊椎骨，成了一个“罗锅”，直到40多岁才结婚，小梅的母亲是前夫因病去世后再婚的，父亲在48岁时才有了小梅这个乖巧的女儿。小梅的母亲于2002年因病去世。小梅家里几乎没有什么财产，唯一的一台黑白电视机是个远房亲戚送的。小梅的学习成绩优秀，是个懂事的孩子。小梅的哥哥是同母异父的，15岁时辍学，现在广东学习电脑，老板负责生活费用，还没有经济收入。小梅想多学习点知识，将来走上社会少吃点苦。

2007年5月15日　小圆

小圆是个苦命的孩子，在刚出生时就被亲生父母遗弃了，一直就没管过她。她从小就是爷爷带大的，后来，她的父母又先后去世了。小圆的爷爷今年已有83岁高龄，又体弱多病，家里根本就没有经济来源，懂事的小圆与爷爷一起在家里喂了几只鸡，靠卖鸡蛋换点油盐，现在住的房子还是父母在世时砌的，算是有个遮风避雨的地方，但是小圆的学费一直是家里最头痛的事。随着小圆渐渐长大，爷爷逐渐老去，也越来越力不从心。小圆现在学习成绩中等，在老师的劝说和同学的帮助下，她也认识到了只有努力读书才是出路。希望能有好心人来帮帮她。

2007年5月15日　小艳

小艳是一个活泼大方的女孩，与农村其他孩子比起来显得大胆而能干。小艳告诉我，她现在在班上担任班干部，除自己要表现好以身作则外，还要管理别的同学，因此胆量得到了锻炼。小艳成绩很好，期中考试是班里第一名，对于自己的学习，她显得很有信心，但忧虑的是家庭，因为父亲犯事入狱，妹妹和弟弟也都在读小学，妹妹马上要升初中，全家的生活全要靠母亲一个人种地来支撑。看着体弱多病的母亲这样劳累，小艳说："到时候，也许我也要跟妈妈一道去做事，支持弟弟、妹妹上学，那也是没办法的事。"真希望有热心人来帮帮这个懂事的女孩子。

2007年5月15日　小阳

小阳生活在一个四口之家，年迈的奶奶、受伤的父亲、读毕业班的哥哥，唯独缺少最亲爱的妈妈。我们了解到小阳的母亲十年前外出务工后一直未归，杳无音讯。父亲一个人将兄弟俩拉扯大，然而不幸的是去年父亲遭遇了车祸，被一辆卡车撞断了肩胛骨，造成重伤，车主也是当地农民，并不富裕，只负责了治疗期间的大部分医疗费，现在父亲的伤还未完全恢复，一干重活就疼痛不已。我们见到小阳家并没有财产，甚至一家老小四口还挤在一间旧土砖房里。小阳家贫，却酷爱学习，是班上的学习委员，期期被评为"三好学生"。对于上学小阳很渴望，他希望学有所获，成为有用人才，好心人帮帮他。

2007年5月15日　小广

小广是个孤儿，与姐姐相依为命，家里的红砖房是父亲在世时砌的，没有做任何粉刷，家里也没有任何家具。小广的父亲十一年前因病去世，母亲因受不了打击，终日忧郁，最终精神崩溃，去年10月份去世。姐姐虽已成年，但没有文化，外出打工只能勉强糊口。小广很想上学，想与其他同学一样顺利完成初中学业。希望有好心人来帮助他。

2007年5月15日　小怀

在老师的眼里，小怀是个活泼机灵、勤学好问的好学生，不懂就问，遇到难题从不退缩，曾多次被评为“三好学生”；在家长的眼里，小怀是个聪明懂事、勤劳善良的好孩子，9岁时开始帮忙做农活，插秧、割禾……什么都做。可是不幸却接踵而至：1岁时父亲因病去世，8岁时母亲在乡卫生院注射致死，奶奶因受一连串的打击而神经错乱，整天在外面乱走，69岁的爷爷身体也时感不适，因无钱而未做检查。小怀家那间土砖房因年久失修，已无法住人，目前跟爷爷、奶奶住在伯父家，主要靠母亲的赔偿费维持生计（注：医院因他母亲的医疗事故赔了2.3万元，安葬费用去一部分，加上这几年的开支，剩下的已不足1万元）。最后，我们问他今后的打算，小怀蜡黄的脸上露出一丝苦笑：“还能怎样？知识改变命运吧！”希望好心人帮助他。

2007年5月15日　小岚

因家庭的不幸，小岚的脸上写满了与年龄极不相称的忧愁。得知我们的来意，她就泣不成声了。在她断断续续的哭诉中，我们了解到：父亲1998年因车祸死亡，赔偿费共三四千元，安葬费都不够。第二年母亲因不堪家庭的重负带着妹妹改嫁了，甚少来往，爷爷患肺结核已有七八年了，意识有时不太清楚，奶奶因受打击，已失眠近十年，体弱，常头痛，但能干点轻松的农活。叔叔38岁了，却一直未婚，一直是靠喂猪养家糊口，目前家里负债1万多元。下午我们到小岚家，一家四口住在破烂不堪的土砖房里，家里实在是找不出一样值钱的东西，倒有点像废品站。可就在这样的环境里，小岚却自强不息，学习刻苦，多次被评为“三好学生”，现任班上的纪律委员，这次期中测试在班上排第七名，小岚现在最大的心愿有两个：一是目前能住上校，二是将来能考上大学。我们暂时没有给她肯定的承诺，只一个劲儿地对她说：“你要相信自己，你会实现愿望的。”临走时，奶奶和小岚满含热泪，送了我们一程又一程……

2007年5月16日　小花

小花实在是个不幸的女孩。1993年，现在的外婆在市汽车站等车时，一位怀抱婴儿的妇女要她帮忙抱下孩子，说是有事，谁知，从此一去不复返。于是，几个月大的小花稀里糊涂就成了这个外婆家的一员，至今不知道自己生身父母姓甚名谁。随后的几年，家里的日子虽不宽裕却还充实。不料一场飞来横祸使这个大家庭几乎陷入绝境。1999年2月4日，二姨和三姨在广东一间临时出租屋里被人蓄意纵火烧成一级伤残，完全丧失了劳动能力。罪犯虽已枪毙，二姨三姨却因治伤而使家庭负债累累，在广东一所医院治疗花10来万元，都是向亲朋好友借来的，还有几万斤谷。外公早在1974年因结扎手术失败致残（省卫生院有鉴定证书），外婆因伤心过度近乎失明，走路吃力，先后患上了糖尿病、心脏病，因实在借不到钱而从未治疗。如今，外婆、外公、三姨、二姨的两个孩子加上小花六人长期住在倒插门的舅舅家。舅舅有两个孩子，在广东打工的收入只能勉强负担自己一家四口。小花他们平时就靠有关部门一点微薄的支持和外借艰难度日，常常揭不开锅。看到别的同学基本都在学校住校搭餐，小花真是羡慕得不得了，她做梦都想着自己能住校搭餐。初一上学期，可能是因为平时饿坏了，有一天小花从家里带米和茶叶到校，中午饿得不行时，就吃起生米和茶叶，同学见了都以为她在吃老鼠药，老师还把她送到医院检查呢。现在，别的同学到外面吃饭就把餐票给她，有时老师们也给她餐票，没有人送的这一顿就只好空肚子了。所幸的是，小花是一个热爱生活、懂得感恩的人。她喜欢唱歌跳舞，梦想着将来能成为一名演员。她说她记得所有帮助过她的人，将来有机会一定好好报答他们、报答社会。学校刘主任告诉我们，他曾给过小花一次餐票，从那以后，她一见到他老远就行鞠躬礼。真希望有好心人来帮帮这个极度不幸却聪明懂事的女孩。

2007年5月17日　小盛

小盛家住在与双峰县交界的边远山冲。我们见到他时，小小年纪显得比同龄孩子成熟多了。小盛2岁时，父亲患了精神病。3岁时，妈妈就不堪父亲的精神病折磨和贫穷的困扰，离家出走了，十年了音信全无。自从母亲出走后，父亲的病更严重了。爷爷那时还只有60多岁，倾家荡产，东挪西借，为小盛的父亲治病，可病情一直没有好转，家里就更贫穷了，几乎没有一点像样的东西。为了家庭生计，爷爷和奶奶起早摸黑在地里干活，除了种自家2亩水田，还借种了别人家3亩耕地，除留足口粮，尚有一点结余出售，为家里换点油盐钱。爷爷、奶奶随着年纪增大，也感到力不从心了，两位老人最担心的是孙子，听说我们是为孙子上学提供帮助的，十分激动和高兴。小盛学习努力，成绩优秀，担任班干部。我们叮嘱他好好学习，争取为他找到好心的资助人来帮助他上学。他不停地点头，露出惊喜的眼神，久违的笑容写在脸上。

2007年7月30日　小娅

小娅是个乖巧听话的女孩，但或许因家庭的贫困，或许因平时很少与外人接触，她略显内敛，让人犹怜。小娅家在一个边远山区，交通不大便利。父亲有间歇性精神病，不发病时能在附近做泥工。母亲平时就在田间劳作，家庭收入微薄，姐姐今年春季辍学到广东打工。小娅家在亲戚朋友的资助下建了两层两间砖房，做了简单装修，还欠了不少债务。家里除一台24英寸旧彩电外，基本就是家徒四壁。小娅目前成绩比较优秀，希望好心人来帮帮她。

2007年7月30日　小俊

小俊家在衡阳与邵阳毗邻的金兰镇，驱车个把小时后我们来到了他家。出现在眼前的是两间陈旧的平房，已建十六年，墙上长满了绿苔。家里像样的就是一台17英寸黑白电视机，此外再也找不出什么值钱的东西。小俊的家庭本应幸福美满，父亲在家附近打零工，月收入300元左右，母亲在广东打工。但因其父亲老是酗酒，酒后就打人，妻儿老小谁都不顾，平时还是个瘾君子，消耗大，因此家里所剩无几。再加上奶奶今年2月底被摩托车轧断右脚，至今行走困难，花了不少医药费。幸好小俊非常争气，学习刻苦，成绩一直是班上前三名，是班上的纪律委员，期期都被评为"三好学生"。面对目前的家庭状况，想到即将走入高中校门的高昂学费，小俊眨着机灵的眼睛，言语中透露着坚定："怎么着我也得好好读书，将来考上理想的大学。"请爱心人士帮帮他，一圆他的学习梦。

2007年7月30日　小业

我到小岚家送钱时，村上的人都说我们这儿还有一户人家，那是苦不堪言啊！大家七嘴八舌地一说，我就来到了小业家。这也叫家吗？不是亲眼所见，打死我也不会相信这里还住着人。可小业一家五口就住在这儿，除了两张破旧的床，实在是再找不出什么别的东西了，完全与现代化社会脱离了。难怪邻居招呼我们千万要注意安全，他家房子随时可能倒塌，确实毫不夸张。

小业母亲哭哭啼啼地说个不休，那整个一个字：苦。除了像小业说的那样，从他母亲那儿我还了解到他69岁的伯父也有些疯癫，一直与他们住在一起。还有，小业妹妹的病是因为她亲生父母的关系造成的。她亲生父母之前丢了她，后来看到她成绩好，就偷偷摸摸找她，并让她知道了自己的身世，以至于小业妹妹受到了沉重的打击才导致精神错乱的，现在又不要了。她母亲如今整天基本是以泪洗面，显得非常瘦弱，可还得挑起这个家庭的重担。真不容易呀！不幸中的万幸是小业没有因为家庭的贫穷而丧失生活的信心，目前成绩很好，是老师眼中的佼佼者、得意门生。衷心祝愿小业能发愤图强，努力学习，考上大学，走出困境，创造辉煌！希望爱心人士伸出援助之手！

2007年8月23日　小娟

小娟家有四口人，父亲能力不强，在近40岁时才有了他们姐弟俩。父亲在家种田，农闲时就到县城周围捡点废品；母亲得了肝病，现在已是肝腹水，生命垂危；弟弟在读小学；她自己学习刻苦，初中时每学期都被评为“三好学生”，今年又以优异的成绩考上了省重点高中——衡阳县一中。现在一家人的生计、母亲的医药费再加上姐弟俩的学杂费等所有的开支全部都压在了父亲一个人的身上，母亲没生病时砌的三间红砖房更是无法竣工了。小娟渴望读书，渴望知识，希望能有好心人来帮帮她。

2007年8月23日　小剑

衡州大地久旱两个多月，很多稻田开拆，颗粒无收，受台风圣帕影响，这两天普降暴雨，河道涨水，田埂崩塌。我们要去的小剑家位于一个小山坡脚下，看着在眼前，走过去却要经过一座“小天桥”（悬在空中的过水渠）。由于“小天桥”上面没有架木板，两边槽只够一只脚宽，下面是湍急的河水，从这上面过去还真需要一点胆量，但这却是小剑每天上学的必经之路。小剑家是由红砖砌成的一间半矮房，房间里只有一铺床，连个黑白电视机也没有。小剑的奶奶是个80岁的老人，身体不好，但却非常支持小剑上学，希望我们帮帮忙。小剑的父亲是个十分老实的农民，只上过一年学，两只脚各长着一个囊肿，疼得连路都不能走，但他却很懂得多读书好，不读书又会像他一样。听小剑的父亲说，小剑一直在埋怨父亲送他上学迟了，早点读书可以早点毕业，早点找工作谋出路。这足可见小剑的懂事，希望自己能早日担起家庭的重担。小剑表示很有决心把书念好，以好的成绩回报关心帮助他的好心人。

2007年8月26日　小巧

小巧是一个清秀、聪明的女孩，一直以来，她的学习成绩都很好，每个学期都是“三好学生”。中考时，她以5个A的优异成绩被省重点高中——衡阳县一中录取。但是小巧又是一个非常不幸的孩子，以前，她也有一个幸福的家，她的母亲虽是一个下岗工人，但靠父亲跑运输维持一家的生计，一家人也生活得很快乐。可是2003年的一场车祸，不仅使父亲丧生，连车子都被作价赔给了另一方。母亲身体不好，不能外出打工，母女俩仅靠母亲的280元一个月的低保费生活。小巧很渴望读书，希望能通过知识来为家庭、为母亲撑起一片天，为社会作贡献。

2007年8月30日　小成

小成的家原本是一个幸福的家，但是母亲的病一直是这个家庭的重负。早在1985年，母亲就开始发病，腿部的肌肉萎缩，因无钱治疗，到了1993年，母亲已无法行走，一家人的生活重担都落在老实本分的父亲身上，父亲就靠着家里的2亩田不仅要维持生计、照顾病人，更要负担两个孩子的学习费用。所幸的是，两个孩子都很懂事，学习非常刻苦。在小成家那三间破旧的土砖房里，我们看到了一家人最大的财富—— 一大堆的奖状，小成在高一期间的多次测试中都是排全班第一名，还在全校排过第一名。与小成交谈时，他的话虽不多，但从他的眼神里能看到他对学习的渴望和坚定的信心。希望能有好心人来帮助他完成学业，就像他自己说的那样，能更好地回报祖国、回报社会。

2007年8月30日　小青、小秀

小青与小秀是一对孪生姐妹，长得十分可爱，要不是小秀个子矮那么一点点，连父亲也难以辨认她俩。现在小青在板市中学124班，妹妹在125班，两姐妹学习成绩优异，每学期都被评为“三好学生”。更令人高兴的是，哥哥以高分考入华中科技大学，一个普通的农村家庭要负担三个孩子的学习费用，其难度是很大的。父母想要姐妹二人在家帮助干农活，让哥哥完成学业，但姐妹俩实在渴望上学，父母看到孩子勤奋好学也不忍心让孩子过早失学，哪怕家里负再多债，也要让孩子多学知识，将来走上社会少吃点苦。

2007年9月2日　小灿

小灿居住在离县城很远的偏僻山村。母亲患有多种疑难病，父亲忠厚老实，都没有外出打工，居住在几间祖传的土砖房里，原来有六间，由于年代久远，破烂不堪，已经倒塌了三间，剩下的三间也是危房。家里没有一件像样的东西。小灿的学习成绩很好，他今年以4个A1个B的成绩考入市重点中学——县三中。父母要他别上高中了，让已上高三的姐姐完成高中学业，但小灿渴望上学，他表示要多学知识，将来改变家里贫困的面貌。

2007年9月5日　小兵

小兵是个苦命的孩子，还在他3岁时母亲就患重病撒手而去。父亲一个人艰辛地拉扯着姐弟三人，但不久父亲也患上了肺癌，在病魔与生活的双重压力下，最终在1999年11月那个霜气逼人的清晨，父亲也凄凉地走了，剩下姐弟三人相依为命，当时12岁的大姐挑起了一家人的重担。从母亲病逝到父亲病逝的那四年，从1999年父母双亡又到2002年，我们不知道姐弟三人经历了多么艰辛的七年。据我们所知，在村民们的帮助下，村里建了一间爱民房给姐弟三人住，从2002年起，民政部门给了三姐弟每人每年400元的生活补助。400元对城市的孩子来说，一个月花销可能都不够，但他们要过一年！而从2004年开始，那时17岁的大姐就已经得不到这个补助了，只有二姐和小兵还有，而且也只资助到17岁。世界上好人还是多，每年春节时，附近的派出所和别的单位会送来一些慰问品，平常还有好心的人们给他们送些衣服食物等。但这点补助和东西还是远远不够生存下来的基本需要。姐弟三人非常坚强，小小年纪自己下田，耕作水稻，用来解决自己吃的问题。七年来，泥田里留下了他们年幼的脚印，菜园里洒下了他们辛勤的汗水。他们用自己的劳动成果，勉勉强强填些肚子，但正常身体发育中必要的各种营养则完全没法谈。上学的费用，更是靠他们自己解决了。姐弟三人都知道知识的重要性，他们是没书就借别人的书看，欠了学费就坐在教室后面旁听。断断续续地，姐弟三人终于分别完成了初中、高中的学业，大姐在好心人的资助下进入了湘潭职业技术学院继续深造，二姐也在好心人的资助下在读高二。今年小兵也考上了县职业中专，他很想也学上一门技术，以后步入社会能为家庭减轻负担、为社会作一点贡献。希望有好心人来帮帮他。

2007年9月14日　小英

小英家在离县城30多公里的一个小山村里，那里交通闭塞，经济落后。母亲双腿残疾，不幸的是，小英在3岁时也遗传了母亲的这种双腿神经萎缩，行动极为不便。1996年，母亲在生弟弟时难产死亡，弟弟虽然当时保住了性命，但在一个多月之后也去世了。父亲是个老实巴交的农民，左眼有点问题，平时就在家种田种菜、喂些鸡艰难度日。小英现在和父亲住在已建了好几十年的两间旧土砖房里。家里除了一台黑白电视机之外，再也找不出什么像样的东西。我们感到欣慰的是，小英是个身残志坚的女孩，在采访过程中，她的眼神里始终透露出一种坚定的信念。老师也反复告诉我们，平时她是个坚强的学生，困难和不便她都会尽力克服，学习成绩良好，小学时曾多次获过“三好学生”奖状。希望有好心人伸出援助之手，帮她渡过目前的难关。

2007年9月14日　小佳

小佳是个口齿伶俐、思维敏捷、性格开朗的男孩。父亲2004年患肝癌去世，花掉了大量的治疗费用，让本就贫困的家庭更是雪上加霜。母亲三年前撇下他和妹妹离家出走，不知去向。现在兄妹俩与爷爷奶奶相依为命。爷爷奶奶都是年届花甲的老人，就靠种田种菜弄点收入，爷爷有时在附近赶集卖豆豉，这样勉强维持生计。兄妹俩读书费用对于这个家庭来说无疑是个不小的负担。站在我们面前的小佳个子不高，面色发黄，显然是营养不良造成的。但可喜的是，他目前学习刻苦，思想上进，成绩良好。希望爱心人士来帮帮他。

2007年9月18日　小兰

我在学校见到了小兰，向她了解情况。说起自家情况，她眼中含满了泪水，充满委屈。在老师的陪同下，我到她家，看到破烂不堪的家，我的心情很沉重。四间土坯房子是危房，与周围的漂亮小洋楼相比，小兰家的房子显得特别寒酸。小兰的父亲右眼失明，是个残疾人，快到30岁时，才与相差9岁的一个有智力障碍的女人结婚，生下了小兰。真是老天有眼，小兰长得聪明伶俐，是个可爱的孩子，学习成绩中上。她想多学点知识，争取考上高中，将来出去找一份好一点的工作，改变家庭现状，为可怜的父母尽孝心。

2007年9月24日　小鹏

小鹏是个略显内敛的男孩。因为乡下的土砖房已摇摇欲坠，怕有危险，再者为父亲看病方便，他家租住在县城一狭窄的房间里。到他家采访时是清晨，出租屋里光线很暗，第一感觉就是这个家确实穷，除了一台电视机比较显眼外，实在是再找不出什么像样的东西。原本小鹏的家庭也是非常幸福的，但自从2002年父亲患了尿毒症以后，贫困就与他们如影相随。其父得了此病后，开始还只靠普通药物治疗，2004年就必须靠做血透维持生命了，最初每四五天做一次，如今已经发展到两三天做一次了，光做血透月费用就得3000多元。母亲有轻微的风湿，手脚常常发痛，现在靠给人家带孩子的一点微薄收入维持生计，此外两个姐姐在外打工资助一点。但这些相比父亲高额的医药费来说只是杯水车薪啊！目前家庭负债近6万元。小鹏因这几年受家庭的影响，成绩一般，但可喜的是，他现在只想发奋学习，将来考上理想的大学，以帮助家庭走出困境。希望有好心人来帮帮他。

2007年10月12日　小强

小强长得虎头虎脑，学习成绩优秀，性格较内向，与同学相处得很好。由于家里贫困，两间土砖房几乎不能住人。父亲是个很勤劳诚实的农民，农忙时，在家种地，自家有2.4亩田，还承包同组的3亩田，不仅能解决全家人吃饭问题，一年下来还可以卖2000斤稻谷；农闲时，随邻居去广东打工，主要是在建筑工地打杂，除去往来车费和其他开支，一年纯收入2000元左右。由于小强母亲患骨质增生，不能从事体力劳动，还要经常服药，致使家里更加贫困。小强表示，要努力学习，将来有点出息，以改变家庭状况。

2007年10月12日　小照

幸福的家庭惊人相似，不幸的家庭各有不幸。小照本来拥有一个美好的家庭和快乐的童年。可就是一场车祸使他失去父亲。三年前，父亲从离家十来里路的另一个小镇上赶集回来，被一辆农用车轧死，几乎没有得到任何赔偿。家里原本砌好的红砖房还没有粉刷，小照父亲就离开了人世，小照的母亲带着小照和妹妹小佩艰难度日。小照学习成绩中等偏上。希望有好心人帮助小照完成学业。

2007年10月19日　小磊

小磊家里非常不幸，44岁的父亲1998年开始患病，住院花了不少钱，在乡亲和亲戚的帮助下，将病情控制了下来，然而身体状况一直欠佳。小磊的妈妈由于不堪家庭重负，狠心离家出走，至今音讯全无，丢下4岁的小磊跟患病的父亲和80多岁的老奶奶。然而今年上半年厄运再次降临到小磊家，父亲突然脊椎痛得不能动弹，不能下床活动，被好心的乡亲送到衡阳市附属第一医院检查，诊断为患肺结核和脊椎骨结核，做手术的话，需要4万多元。善良的村民再次伸出了援助之手，为他捐款1万多元，可是离高额的费用还差一大截。这几年由于父亲长期发病，小磊家已是一贫如洗。现在小磊上初二，由于家里拿不出钱，小磊没法在学校寄宿、搭餐，每天都是五点多起床，为父亲、奶奶做好饭，自己再吃点上学，中午不在学校搭餐，下午步行10多里路回家吃晚饭，一个正在长身体的孩子每天只吃两餐。然而饥饿和贫困并没有影响到小磊的学习热情。据老师和同学们介绍，小磊是一个十分刻苦的孩子，成绩优秀，每学期都名列班级前茅，与同学也能和睦相处。希望社会各界爱心人士向小磊伸出援助之手。

2007年10月20日　小婕

小婕是个懂事、聪明的孩子。父亲由于有严重的风湿病，不能干重体力活，还要经常服药，疾病是这个家庭致贫的主要原因。同时小婕也看到了没知识给生活带来的后果，因此她更能体会到读书的重要性，从她的自述中就能看到她强烈的求知欲，以及那颗上进的心。愿好心人能帮帮这个渴望知识的孩子。

2007年10月23日　小娟

幸福的家庭大都一样，不幸的家庭有各自的不幸。小娟原本有一个美满幸福的家庭，但自早几年父亲患上肺癌之后，贫困就一直围绕着这个家庭！见到她父亲时，这位老实巴交的中年汉子脸上满是无奈。因为做过手术，明显看得出走路有点吃力，憨厚纯朴的母亲只是一味地苦笑着。是啊，命运如此捉弄，他们又能怎样？明白我们是来帮助小娟的之后，他们除了连声感谢之外，似乎再也不会说别的话语。站在面前的小娟是个秀气可爱的女孩，对于目前的家庭状况，她一笑了之。谈及学习，她的眼神显得非常坚定，她说自己一定要好好学习，争取考上理想的学校，再大的困难也要克服。班主任也一个劲儿地说她是个聪明懂事的好孩子，成绩优秀，与同学之间能和睦相处，是老师的好助手。目睹他们窘迫的生活现状，看到他们一双双渴望的眼睛，我心里顿时有一些辛酸的感觉。孩子就是这个家庭的希望，真希望在大家的帮助下她能够出人头地。我相信，我们的点滴爱心会成为孩子成长中的一小片羽毛……

2007年11月16日　小艳

小艳的身世很特殊，还在她出生三天时，就被亲生父母遗弃，当时气息奄奄，好心的李奶奶（如今的养外婆）想到自家的女儿出嫁后只生有一个男孩，一直想要女孩，因政策不允许，因此就把小艳捡回家送给了女儿抚养。由于养父与养母家贫困，在小艳3岁时，与养父的又一次争吵中，养母喝下农药告别了尘世，可怜的小艳连养母也失去了，养父的脾气变得更加古怪、暴躁，对小艳也冷淡了很多。当时李奶奶也就是小艳的外婆就把小艳带回了自己家中。小艳的外公、外婆心地十分善良，为人忠厚老实，但是家境也不宽裕，一台旧彩电是家里最值钱的东西，但二老对小艳就像亲生的孙女一样疼爱有加。但是二老年事已高，加上养外公除了有眼疾外，还患有咽喉炎、坐骨神经痛和心脏病，他们都十分担心小艳以后学习生活无人照顾。小艳长得十分可爱，学习成绩十分优秀，在班上担任班长，这次期中考试在班上排名第二，英语成绩是全年级第一名，在学校公布栏中的学习标兵就有她的大幅照片。小艳乖巧懂事，她表示一定要努力学习，长大成为有出息的人。

2007年11月16日　小虎

站在面前的小虎个头不高，脸色蜡黄，这显然与他贫困的家庭息息相关。母亲在他3岁时患癌症不治而亡，父亲有肾结石，常服药。两间破旧的土砖房已经倒塌，现父子俩寄居在邻居家，父亲平时种田种菜，农闲时外出打零工，以此维持生计。小虎平时也是父亲的好帮手，家里的半个劳力，成绩中上。希望好心人士来帮助他。

2007年11月16日　小双

小双真是个不幸的孩子，母亲因严重的类风湿已瘫痪在床三十多年。屋漏偏逢连夜雨，2004年家里的顶梁柱父亲也因脑出血中风偏瘫在床，对原本贫困的这个家来说，这无疑是雪上加霜，致命的打击！面对这种窘况，当时年仅13岁在读初一的姐姐毅然辍学，担起了支撑家庭的艰巨任务，到附近的爆竹厂打零工，挣点微薄的收入艰难度日，还得照顾自己双瘫的父母，其中的艰辛旁人怎能体会啊！家里五间砖房是2001年在父亲的努力、亲朋好友的资助下建成的，未做任何装修，一台旧黑白电视机还能看出一点点现代气息。所幸的是小双聪明伶俐，成绩优秀，本学期期中考试全班第三名，但因为家庭的缘故，她略显内敛，有些自卑。我们鼓励了她好半天，并说明了要帮助她的来意后，她的脸上才露出一丝淡淡的勉强的笑意。真希望有好心人来帮帮她！

2007年11月16日　小金

小金是个内敛的女孩，这与她的家庭应该息息相关。她的家庭一直就不是很幸福，父亲部队复员后因家庭贫困40多岁才与患有精神病、生活不能自理的母亲结婚，44岁才有了她和妹妹。父亲现已57岁，患有腰疾，只能干点轻活。家里三间破旧的土砖房内实在是找不出一件像样的东西。小金和双胞胎妹妹小丽的学习费用及一家四口的生活费仅靠父亲在家种田种菜艰难维持，家里常常是揭不开锅。小金目前成绩不很理想，对读书却有极大的兴趣，希望有好心人来帮帮她。

2007年11月16日　小春

小春的家在离县城近20里路的一个偏僻的小山村里，他的家庭与普通的家庭有所不同。因家庭贫穷，父亲近50岁才娶上小自己25岁的聋哑人母亲，相继生下了两个姐姐和小春，全家沉重的负担一直压在年老体衰的父亲肩上。现因父亲年事太高，家里主要靠在柳州打工的姐姐艰难度日。三间摇摇欲坠的土砖房里，除了一台14英寸的黑白电视机之外，再也看不到一点现代化的东西。二姐初二未读完就辍学在家，所幸小春目前心态乐观，成绩优秀，多次被评为“三好学生”。希望有好心人来帮助他完成学业。

2007年11月16日　小灿

小灿家在一个偏僻的小山村，四间陈旧的砖房未做任何装修，一台14英寸的黑白电视机是这个家里最值钱的东西。父亲2005年因患脑病留下不少的债务撒手人寰。爷爷患有高血压，奶奶有神经官能症，都是70多岁的高龄。两个双胞胎弟弟在上小学五年级，一家人的生活及三兄弟的学习费用压在母亲一个人柔弱的肩上。母亲为照顾家里，再加上年纪偏大，就在附近的爆竹厂打零工，家里再种田种菜，挣点微薄的收入，常常是吃了上顿没下顿。所幸小灿人穷志坚，成绩相当优秀，综合素质高，现任班长，本学期期中测试全年级第二名，还是学校的"学习标兵"呢！希望爱心人士伸出援助之手，让小灿一圆学习梦！

2007年11月16日　小燕

小燕是个高挑、漂亮、懂事的女孩，命运对她似乎不公平。小燕生下来不多久，父母的感情就出现了危机，后来母亲外出，多年没有音讯，近两年取得了联系，得知在外地一超市打工，偶尔给小燕买点衣服，其他的一概不管。父亲原在外做保安，后不知何故触犯了刑法，现在服刑。小燕一直与年事已高的爷爷、奶奶相依为命。爷爷患有严重的眼疾，失明，能干点轻活；奶奶胆结石、肾结石等多病缠身，几乎丧失劳动力。家里四间平房未做任何装修，墙上满满的青苔在向我们诉说着这个家庭的贫困。屋内除了一台破旧的黑白电视机外，再找不出一样值钱的东西，现生活非常拮据。幸运的是小燕乖巧、听话，学习刻苦，成绩优秀，本学期期中考试排班上第五名，是老师的好助手，与同学也能和睦相处。在家访过程中，小燕虽然一直眼含泪花，但说到读书，她语气非常坚定："我一定要好好读书，考上理想的大学，报答爷爷、奶奶的恩情！"听了她的话，我差点潸然泪下，这是多么懂事的孩子啊！

2007年11月16日　小艳

站在面前的小艳是个乖巧懂事、招人疼爱的女孩。父亲早在很多年前就患上了严重的胆结石，常常痛不欲生，需长期服药，2006年还做了一次大手术。为减轻父亲的痛苦，为挣钱给父亲治病，父母一直带着12岁的弟弟在广东边打工边治疗，还得供弟弟上学，虽然打工能挣一些钱，但对于高昂的药费和弟弟的学费仅仅是杯水车薪呀！小艳跟外公、外婆寄居在舅舅家达九年之久，自己家里是一贫如洗，一块砖都没有。可喜的是小艳聪明伶俐，成绩优秀，本学期期中测试是全年级第一名，现任班上学习委员，是老师的得力助手。目前，小艳最大的心愿就是刻苦学习，考上理想的大学，以改变命运。希望好心人能伸出援助之手。

2007年11月18日　小丹

小丹是个眉清目秀、聪明懂事的男孩。小丹本有一个幸福的家庭，爸爸、妈妈、小丹、弟弟、奶奶及与奶奶再婚的继爷爷，一家六口生活艰难但很快乐。但自从奶奶去世、妈妈1995年患病去世后，小丹的父亲就外出了，至今下落不明，也再没关心过小丹和弟弟，好心的继爷爷一直带着小丹和弟弟靠种地艰难生活着。值得高兴的是小丹的学习成绩优秀，在班里总是排一二名，担任学习委员，在家里还帮着年迈的继爷爷照顾着弟弟。小丹渴望读书，希望能有好心人帮助他完成学业。

2007年11月19日　小缘

小缘是一个苦命的孩子，一出生就被亲生父母抛弃在路旁，幸被好心人屈余成收养。养父是一个单身汉，他全身心抚养小缘成长，省吃俭用供她读书。然而，天有不测风云，2006年10月，养父不幸病故，小缘又成了孤儿，只得与80多岁的奶奶和视力残疾的叔父相依为命。家里除了一间土砖房、一台黑白电视机，所有的经济来源就是1.2亩耕地的收入，可谓一贫如洗。

小缘是一个懂事的孩子，打从上学的那天起就立志读好书，将来有出息，报答养父的养育之恩。从小学、初中到高中，她都是勤奋好学、成绩优异的好学生。今年，她初中毕业，以超过分数线30多分的成绩考取了县二中，由于无钱上学，只得放弃。幸有村组好心人借钱相助，小缘读上了县职业中专。但由于家庭经济十分困难，很难顺利完成学业。

小缘是一个积极上进的好孩子，她有一个梦想：读完职业中专后再读大学。为此，我们吁请社会各界爱心人士，伸出热情的援助之手，共同帮助小缘来实现她的梦想吧！

2007年11月19日　小文

小文出生在一个贫苦的农民家庭。由于种种原因，父亲41岁才结婚，母亲患有先天性癫痫病，1994年5月，在小文1岁多的时候，可怜的母亲就离开了人世，留下父子俩相依为命，借住在远房叔叔（其客住长沙）的两间土房内艰难度日。父亲除种家里两亩责任田外，还在周围帮人打零工，供小文读书。2005年，父亲突患眼疾，幸得在外工作退休的伯父全力支持救治才没有双目失明，但从此疾病缠身，家里愈来愈困难。

小文是一个品学兼优的学生，今年初中毕业后以较好的成绩考入县六中，但因家境贫寒无法进入高中深造，在初中老师和伯父的全力支持下才读上县职业中专。我们希望社会爱心人士都来关爱小文，帮助他完成学业。小文说："既然选择了职专，我就立志成才，将来用自己的一技之长为社会创造财富，感恩于社会、感恩于亲人。"

2007年11月19日　小花

受重男轻女封建观念的影响，小花一生下来就被狠心的亲生父母抛弃，幸好被现在的父亲收养。养父终生未娶，他把小花当作心里的宝精心呵护。尽管家里十分困难，养父千方百计甚至把家里值钱的东西全部卖掉供孩子读书；家里房子倒了，他利用别人没有用完的土砖和邻居们捐赠的物品帮孩子重建一个家。由于长期劳累，养父身体每况愈下，现在几乎每天都在打针吃药，使这个贫寒的家庭雪上加霜。养父现在每天都为小花的读书费用问题而焦急，生怕因为自己无力承担而影响孩子的前程。

小花学习一直刻苦努力，学业成绩优秀，只是因为无力交付高昂的学杂费而待批读职专。她相信老师说的一句话："每个地方都有属于自己的天空，只要你有梦想，有创造能力。"因此，她决心把职专读好，争取以后考上一所重点大学。我们希望社会爱心人士来帮助她实现这个梦想。

2007年11月19日　小进

这又是一个令人心酸的故事。小进在不满1岁的时候，父亲帮生产队架电抽水时发生了悲剧，不幸触电身亡，还不会说话的小进没叫过一声"爸爸"就成了单亲孩子。我如今见到的小进个子长得高高的，有点黑，看起来非常憨厚和乖巧，也很有礼貌。我向他了解目前的状况，他回答得很响亮，小进家的土砖房已经倒塌，家中没有任何值钱的东西，无奈之下，母亲只得带他住到外婆家。回顾十六年来他和母亲的经历，小进沉默了很久，能看出一个农家妇女缺少文化、缺少劳力，拉扯一个上学孩子的艰难。现在，小进的妈妈四处打零工，最近经熟人介绍骑自行车帮一家报社送报纸，每月工资500元。面对高中生每学期近4000元的学杂费用，母亲非常希望能有好心人帮帮他们渡过难关。据老师介绍，小进在学习上比较刻苦，成绩逐渐进步。小进对学习很有信心，他希望能通过读书，来改变母亲和自己的命运。

2007年11月20日　小义

小义是个聪明懂事的孩子，脸上有一种不符合年龄的成熟和坚毅，在与他交谈的过程中，他的眼中始终饱含着泪水，默默地流泪。小义出生在一个非常不幸的家庭，父亲因得钩虫病使得身体矮小，不到一米五，而且还有严重的眼疾，东西要放到眼跟前才看得见；母亲患有痴呆病，在小义7岁时就去世了；80多岁的奶奶已双目失明四十多年了，一家人的生活重担全在父亲一个人身上，以前父亲除种田外，还到附近帮别人挑泥、挑砖，现在年龄大了，加上眼疾，别人也不敢请他帮工，怕他一不小心从高处掉下去，现在父亲只有种点田以供全家人的口粮，喂几只鸡换点油盐以维持全家人的生计。而11岁的小义已经学会了插秧，节假日就在田里帮助父亲做农活，平时在家除了读书，就是照顾双目失明的奶奶的生活起居。尽管这样，小义的学习非常优秀，被评为“三好学生”，还是班上的学习委员。他渴望读书，只有读书，多学知识，才能改变他的家庭，才能做一个对社会、对家庭有用的人。希望有热心人士来帮帮他。

2007年12月5日　小芝

在小芝的带领下，我们来到他的家。两间土砖房墙体已经开裂，并严重倾斜，稍微有一阵大风，就能将房屋吹倒，考虑到安全，小芝已跟爷爷住到了伯父家。小芝是一个非常可爱的孩子，见到我们笑眯眯的，他也是一个非常不幸的孩子，出生后几个月父亲就因患病不治身亡，而一年后母亲也改嫁他乡，至今音讯全无，逢年过节都没有来看过小芝，小芝只好跟着70多岁的爷爷相依为命，平时靠伯父补贴一点，生活过得非常艰苦。然而，爷爷告诉我们，小芝是个很懂事的孩子，小小年纪经常上山砍柴，帮助爷爷种菜浇水，学习上也很自觉，成绩优秀，被学校评为“示范生”。小芝穿着很朴素，衣服都是好心人送来的旧衣服，但小芝非常乐观，天真的脸上总是露出笑容。对学习他很有信心，他希望能考上大学，将来赚钱孝敬爷爷。请好心人来帮帮这个可爱的孩子。

2007年12月5日　小浩

小浩一家四口住在两间破旧的土砖房中。父亲虽然有多种疾病，但为了小浩和他姐姐的学杂费用，不得不外出打工。母亲也是多病缠身，姐弟俩除了上学，还要帮妈妈下地干活、照顾母亲。小浩长得虎头虎脑，很有点“小男子汉”气，但却没有同龄小孩的顽皮，在学习上从不马虎，学习成绩排在全校前列。虽然刚上初一，但对未来的构想，已让这个小男孩信心满怀而又充满忧虑。害怕筹不到钱而离开校园。请好心人帮帮这个孩子。

2007年12月5日　小清

这是一个靠奶奶抚养长大的孩子。小清不满2岁时父亲就患病去世了，随后母亲改嫁到邻村，对小清照顾很少，衣食住行全靠50多岁的奶奶。随着年龄增长，奶奶身体每况愈下，特别是小清进入初中学习后，奶奶已无力承担他的学习费用。小清是一个懂事的孩子，爱劳动，自己能照顾自己，也经常跟奶奶一同劳动。在学习上，小清很刻苦，成绩良好，他希望通过多读书来改变自己的命运，报答奶奶的养育之恩。希望有好心人来帮帮他。

2007年12月5日　小芳

小芳长着圆圆的脸蛋，穿着朴素而干净，因为父母都患有严重的疾病，使得她的家非常困难。一家四口住在两间破旧的土砖房中，家里唯一的家电就是亲戚送的一台旧彩电。然而，尽管家庭条件艰难，小芳仍然酷爱学习。她每天放学后，除了帮父母干家务活外，就是温习功课，每次考试都排在班上前几名。对于知识，小芳充满好奇和渴望。在学校期间，她从不跟其他同学比吃穿，穿的最好的衣服就是校服，还担任班干部协助老师进行班级管理。贫困并未让这个小女孩自卑，相反她比同龄人更自主、自强。小芳很希望能进入高中学习，将来圆自己的大学梦，请有爱心的人们帮帮这个孩子。

2007年12月11日　小伟

小伟的家原本是一个幸福的家，但是母亲的病一直是这个家庭的重负。早在1985年，母亲就开始发病，腿部的肌肉萎缩，因无钱治疗，到1993年，母亲已无法行走，一家人的生活重担都落在老实本分的父亲身上，父亲靠着家里的2亩田不仅要维持生计、照顾病人，还要负担两个孩子的学习费用。所幸的是，两个孩子都很懂事，学习非常刻苦，在小伟家那三间破旧的土砖房里，我们看到了一家人最大的财富—— 一大堆的奖状。小伟在高一期间的多次测试中都是排全班第一名，还在全校排过第一名。与小伟交谈时，他的话虽不多，但从他的眼神里能看到他对学习的渴望和坚定的信心。希望能有好心人来帮助他完成学业，就像他自己说的那样，能更好地回报祖国、回报社会。

2008年1月22日　小娟

小娟同学个头不高，长着一张娃娃脸，但是这个苦命的孩子从小就自立自强，学习刻苦。还在小娟出生才一个月时，她的母亲就离她而去，至今音信全无，没有母爱的小娟一直与长年生病的父亲相依为命。在亲朋及邻里的帮助下，小娟现在已经12岁，读初中一年级了，学习成绩一直很好，在班上名列前茅。但是厄运再次降临，小娟的父亲因病情加重，于2007年12月29日永远地离开了人世，留下了小娟一个人。我们去家访时，看到小娟家里那两间空空的破旧的土砖房，真的不知如何去安慰面前的小女孩。小娟十分渴望读书，她知道只有读书才能有出息，才能报答帮助过她家的人。

2008年1月22日　小梅

小梅长着一张圆脸，从脸上的表情就能看出她是一个十分坚强的孩子。小梅的父亲在她还不到1岁时在广东打工意外身亡，随后她的母亲也改嫁了，从此后，小梅就一直与奶奶相依为命。今年已71岁的奶奶一直靠着种田维持祖孙二人的基本生活，懂事的小梅从小就学会了做农活，在课余时总是帮助奶奶一起在田里忙活。好不容易小梅终于读完了小学和初中，2007年9月她以优异的成绩被市级重点高中——衡阳县六中录取了，但是高昂的学杂费及住校费用让她们不知如何是好。小梅渴望读书，她希望能通过学习更多的知识来改变自己的命运，能让奶奶的病得到治疗，能回报社会，同时她也想将来有能力了，也能帮助其他需要帮助的人。

2008年1月22日　小慧

去小慧家家访时，我们这里刚下了一场小雪，山村里的树上都结了一层冰。小慧的家单独在一个小山窝，到她家时正好也遇上了爷爷和刚从武汉回来的哥哥。因母亲的早逝，一家人的生活重担全压在了父亲一个人身上，没有专业技能的父亲一直在外做苦力，靠打零工来维持一家人的生活。所幸的是小慧和哥哥读书都很好，现在哥哥已上大二，加上小慧也上高中，家中的开支越来越大。小慧渴望读书，渴望能实现自己的理想，她说等她有能力了一定会回报社会，将爱心继续传递下去。

2008年1月22日　小勇

小勇是个瘦高、英俊的男孩，内向的他话虽不多，但是我们能体会到他心中的苦和梦想。小勇一家三口，母亲在小勇5岁时就因病去世了，这以后就一直是小勇父子俩相依为命；小勇父亲的右手在以前村里搞爆破时因不小心被炸断了，一直以来就是用残疾的手担起一家人生活的重担，懂事的小勇也是在课余时间常常帮着父亲忙田里的农活。2007年9月小勇升入高中读书，学杂费用等比读初中时多了很多，父亲已负担不起了。小勇目前的学习成绩中上，但是他很想读书，想通过读书来圆自己的梦想。希望有好心人来帮帮他。

2008年1月22日　小军

小军家里是因病而贫的。小军的父亲是个腿有残疾的人，走路不方便，看起来显得十分苍老，很大年纪才与小他17岁的母亲成家；母亲是个朴实的农村妇女，患有眩晕症，常常头昏，单是去年家中就因给父母治病花了8000多元；小军的哥哥、姐姐都已经20多岁了，因家中贫困都没上高中，现在都在外面打工，因没有多少文化知识，打工的钱除去自己的开支能寄回家的已很少。现在小军的家里因给父母看病已经负债了2万多元，靠父母在家种田，喂了1头猪和10多只鸡来换取家中的口粮及油盐，哥哥姐姐打工的一点钱已经无法维持父母看病及小军的学费。小军已上高中，开支越来越大，他现在的学习成绩中上。他想读书，一方面圆他和哥哥、姐姐的读书梦，另一方面也想通过读书来改变家中的状况。

2008年1月22日　小亚

小亚是个文静的女孩，家中有五口人，父亲是个老实的农民，几年前在收稻谷时因不小心被打稻机打断了右手食指，现在常常在周围帮别人打短工，一年大约有2000元的收入，用来换取家里的油盐；母亲是个朴实的农村妇女，在家种田并操持一家人的日常生活，还有一个在上小学二年级的妹妹和一个年幼的弟弟。小亚现在已是一名高二的学生，家中住的是两间土砖房，一台电视机是家中唯一能体现现代气息的电器。小亚现在的成绩中上，她很想读书，她想通过读书来获得更多的知识，以此来改变家中的状况，只有这样才能帮助父母，并将弟妹带大。希望能有好心人来帮她圆了求学梦。

2008年2月26日　小宋

小宋个子不高，清瘦，有着一双诚实、诚恳的眼睛，性格有点内向，较为羞涩，讲话声音很小。小宋的家是三间土坯房，家中没有任何像样的家具和电器。小宋的父亲是个残疾人，平时要拄拐杖才能行走。小宋还有个在读小学五年级的妹妹，一家人几乎没有经济来源，两个孩子读书让家庭的负担更重了。据小宋的班主任介绍，小宋担任班上的劳动委员，对工作认真负责，对自己要求严格，团结同学，尊敬师长，学习很刻苦。小宋小声回答着我提出的一个又一个问题，当问到他母亲的时候，他哽咽了。他母亲在他还只有三四岁的时候就外出打工，至今一直都没回家，也没有音讯。小宋告诉我他渴望读书，而且一定会将书读好，将来成为有出息的人回报社会。希望有好心人来帮助他。

2008年3月8日　小丽

面前的小丽是个大方、懂事、漂亮的女孩，一家七口人，四个大人中爷爷、奶奶、妈妈都身体不好，不能干体力活，三个孩子读书，一家的重担全压在父亲一人身上。聪明懂事的小丽不仅学习成绩优秀，而且还常常帮助父亲照顾家里，在老师和邻居的眼里是个优秀懂事的孩子。小丽的理想是成为一名生活中、事业上的女强人，成为一名对社会有益的人。家庭的贫困使她养成了坚强的性格，有一股面对困难迎难而上的精神，眼前的困难只会更加激发她的斗志。希望她能早日走出贫困的阴影，实现自己的人生理想。

2008年3月8日　小杰

在几间土砖房前我们见到了长得虎头虎脑的小杰。小杰的家里没有什么值钱的东西，家里的主要劳动力父亲患病在家，不能下地干农活，勤劳朴实的母亲不仅要下地种田，操持家务，照顾有病的父亲，同时还要照顾身体不好的爷爷和奶奶，家里还喂了几只鸡，用鸡蛋去换一些油盐。小杰现在上初中，虽然享受了学费的减免，但是他在学校住校，生活费总是免不了的。小杰学习认真，在班上还担任了劳动委员，是老师眼中的好学生，同学眼中的好伙伴。小杰渴望读书，希望能有好心人来帮帮他。

2008年3月10日　小鹏

小鹏长得高高的，文静而帅气。他原本有个幸福的家庭，一家四口人在父母的辛苦劳动下，生活过得其乐融融，80多岁的爷爷和奶奶也与他们一起生活，爷爷的身体不好，年轻时腿受过伤，一直以来不能走路。父母在家除种了自家的5亩田外，还租种了别人家的七八亩田。家里于2000年砌起了一层三间的平房。但自2001年不幸被蛇咬伤腿后，因治疗不及时，毒气扩散，使得小鹏的父亲至今不能干重体力活，更不幸的是近年母亲又查出患有子宫瘤，这对于农村家庭，尤其是这样一个完全靠体力干农活的家庭来说无疑是个沉重的打击。小鹏的妹妹现在还只读三年级。小鹏学习成绩很好，上学期期末考试在班上排第三名，在全县普高生中排前600多名，是个很有前途的孩子。他自己很想读书，想通过读书改变家庭的状况，将来也能回报社会。

2008年3月10日　小梅

小梅是个文静、聪明的女孩，也许是生活所迫，她显得有点内向。小梅一家原住在祁东县一个偏僻、贫穷的山村中，因当地被测出地下有矿，要被开采，所以他们移民到了我县，住在移民时县里统一砌的一层五间移民房中。小梅三兄妹都在读书，哥哥为减轻家里负担，在广东半工半读。小梅与妹妹两人都在上高中，家里还要赡养60多岁的爷爷和奶奶的起居饮食。父母都是身患多种疾病，不能进行体力劳动。为了生活，父亲在郴州给人看守工棚，一年只有两三千元的收入。母亲在家种了3亩田，以解决一家人的口粮。小梅的学习成绩非常优秀，上学期期末考试成绩是机电专业的第一名。本学期开学时，因无钱上学，小梅没有到校。对于面临失学的小梅，班主任不忍心一个好苗子就这样毁了，亲自到小梅家将她接到学校，由班主任担保，让小梅先上课。我在与班主任交流时，他说像小梅这样的好学生如果失学真是太可惜了，希望能通过我们帮助小梅上学，让她早日成为对社会对家庭有用的人才。

2008年3月10日　小娟

小娟是个聪明、懂事、语言表达能力强、有梦想的女孩，从她的自述中我们能对她的家庭及梦想了解得很清楚。一家中有失明的父亲、体弱多病的母亲、辍学南下打工的姐姐还有读小学的弟弟。童年是她记忆最深，也是最美好的时光。随着姐弟三人的读书、父亲的失明、母亲的多病，这个家庭越来越不堪重负，小娟的梦想也越来越难以实现。小娟的学习成绩很好，她的高一基本上是靠奖学金完成的，老师对她也是赞不绝口，希望能通过我们在网上帮她找到帮助，让这个有梦想的女孩实现自己的梦想。

2008年3月10日　小花

小花长着一张可爱的娃娃脸，但从她的自述和老师的评语中能看到她自立自强自信的一面。小花的家庭是个很特殊的家庭，患有老年痴呆症的爷爷、生活不能自理的妈妈以及两个读书的孩子，整个家庭的重担全都落在有言语障碍的父亲一个人身上，父亲既要种田，又要照顾一家老小，其中的艰辛可想而知。值得庆幸的是，小花学习十分刻苦，学习成绩优异，还在学校的各项比赛中取得好名次，这也许是对父亲最大的安慰。正像小花自己说的那样："人生有很多东西可以选择，但父母无法选择。我爱我的父母，我希望快点长大，成为这个家庭的支撑，给爷爷、父母和妹妹带来幸福。"让我们都伸出援助的手，帮助孩子早点长大，让她早日成为对家庭对社会有用的人才。

2008年4月1日　小海

小海是个乖巧聪明的女孩，从她的自述中可看出她苦命的身世。去她家家访看到了村支部书记，村支书向我讲述了小海被亲生父母遗弃的事。小海从小就被自己的亲生父母抛弃，具体是什么原因我们就无从知晓了。从那时起小海被现在的养父带回来，父女俩相依为命。善良的养父虽然自己身体不好，但是对小海的爱却是伟大的，他不仅带大了小海，而且还尽自己所能让小海受到教育。聪明懂事的小海没辜负那份父爱，她用优异的成绩来回报养父。现在小海已上高二，明年就要毕业了，她在年级的排名是第五，这样的成绩只要高考能正常发挥是肯定能考上一所重点本科院校的。但愿小海的愿望能早日实现，我们也祝小海和她的养父一生平安幸福！

2008年4月16日　小欢

小欢是一个有礼貌、乖巧、有灵气的女孩，很逗人喜欢。小欢一家是从重庆忠县迁移过来的三峡移民。她父母都年近六十岁，为人忠厚老实。他们一家来衡阳时买不起政府的移民安置楼，只得买了当地人一栋两层的旧楼，二楼楼板为木质，家里除了一台电视机，没有其他的电器。她父母没有技术，也没有特长，以种田、卖菜为生。老家还有一个80多岁的奶奶，因年迈多病，不便移民，需要他们家负担，每个月寄生活费赡养。小欢担任班上的学习委员，对工作认真负责，对自己要求严格，学习认真刻苦，成绩优异。本学期第一次月考，在全年级351人中排名第一。每学期她都被评为“三好学生”，曾经拿过英语演讲比赛三等奖、语数外三科联赛三等奖的好成绩。小欢表示一定会好好学习，成为祖国的栋梁之材，将来回报社会。

第六辑

听我说谢谢你

我有幸与歌唱家李光羲打过一次交道

2022年3月13日晚，多家媒体发消息称，著名男高音歌唱家、歌剧表演艺术家李光羲离世，享年93岁。李光羲又名李光曦，是中央歌剧院国家一级演员。1979年央视迎新春文艺晚会上，李光羲演唱的《祝酒歌》被誉为20世纪70年代末80年代初“第一流行金曲”。除了《祝酒歌》，李光羲演唱的《太阳出来喜洋洋》《北京颂歌》《牧马之歌》《延安颂》等，几乎都成了时代金曲。

惊悉艺术家李光羲老师辞世，我感到十分痛心。他无愧于德艺双馨的艺术家称号，对此，我是深有体会，没齿难忘。我很少接触演艺界的人士，自身没有艺术细胞，也没有追星情结，何况工作、生活都在小县城，也没有机会和平台去接触明星，但李光羲老师的一次衡阳善行深深铭刻在我的心中。

2017年初，我从衡阳县侨联主席岗位轮岗到县残联任理事长。赴任前，时任县委书记曾秀叮咛要为全县残疾人朋友做件好事——筹备成立衡阳县残疾人福利基金会，募集社会上的爱心善款，拾遗补阙，弥补财力不足，帮助全县残疾人朋友提高生活品质。

经过几个月的艰辛工作，筹备工作取得了一些进展。9月份，我策划一台大型公益捐赠晚会，拟通过这个平台为即将成立的衡阳县残疾人福利基金会募

集助残善款。通过朋友的引荐，我认识了从岘山镇走出的青年歌手爱佳。她与爱佳商讨请几位大师级艺术家公益义演，为衡阳县残疾人福利基金会募捐站台。没想到她提到了李光羲这位家喻户晓的歌唱家，我几乎不敢相信，他能出席我们这个县级毫不起眼的残疾人福利基金会成立晚会。而且，我也担心即使他答应出席晚会，没有报酬的“义演”，我花得起费用吗？抱着试试看的心情，我通过爱佳向他老人家发出了邀请函，并附上了我的个人简历，特别提到了我在侨联工作时通过网络平台引导海内外爱心组织和爱心人士募集900多万元助学善款，帮助了全县1300多名寒门学子圆上了求学梦。没有想到，李光羲老师竟承诺出席晚会，我们只负担其旅差住宿费用，其他不取分文。那一年他可是米寿之年！ 88岁高龄赴我们衡阳县城来参加助残公益义演！他的这种举动，令我十分感动，增添了我圆满筹备成立衡阳县残疾人福利基金会的决心和信心。

2017年11月18日傍晚，李光羲携夫人王紫薇乘高铁来到了衡阳，当晚下榻高铁旁的丽波宾馆。我本来计划前往迎接，陪同晚餐，无奈第二天要举行晚会，千头万绪的筹备工作压在我肩上。曾秀书记主动承担了接待李光羲夫妇的工作，他作为当时的衡阳县最高行政官员去接待，既合情合理，又显示了我们衡阳人的热情待客之道。我虽然在电视上目睹过李光羲的风采，但从未零距离与他接触，想拜见他的心情还是十分急切的，何况他是为我们成立衡阳县残疾人福利基金会来参加公益义演。

第二天中午，在神龙蒸阳大酒店一栋简朴的住房里，我终于见到了李光羲夫妇。他平易近人，精神矍铄，谈吐风趣，对我们成立衡阳县残疾人福利基金会为残疾人谋福利的举措高度肯定。我对接待安排的不周表示歉意。他们夫妇都说，条件非常不错了。李光羲还向我讲述了他年轻时下基层慰问演出的艰苦场景。我想晚会前才请他老人家去夏明翰会议中心，下午彩排就不必辛苦了。他执意要去，不愿马虎。下午三点，他准时参加正式彩排。而且，他坚持把自己要演唱的《祝酒歌》《革命人永远是年轻》《开心就好》三首歌曲从头至尾、声情并茂全部演唱完，完全看不到大牌的架子，那些假唱的明星相比于他是何等之丑陋！

彩排之后，正是用晚餐之时，我想邀请李光羲夫妇和其他几位明星到附近的酒店用餐，他也拒绝了，坚持和全体演职人员一起吃盒饭，然后等待晚会的正式演出。

李光羲老师当晚的演出把整台晚会推向了高潮，为公益义演募捐添上了浓墨重彩的一笔，当晚募集助残善款达到了1200多万元。近几年来，衡阳县残疾人福利基金会为全县残疾人购买人身意外伤害险、购置辅助器具、进行残疾人无障碍改造等，为残疾人事业的发展增光添彩，李光羲老师的这次县城善行功不可没。

近几年，在央视春节晚会上还经常看到李光羲老师的演唱，令我感到无比亲切。我深深地为他身体的健康感到欣慰。

93岁的艺术巨星李光羲陨落了，我泪眼婆娑，回忆他县城的那次善行，百感交集：让我们记住美好的善行善为，珍惜人生。

李光羲老师，我将永远铭记您！

（写于2022年3月14日，原刊于《你好衡阳县》《掌上衡阳》《衡阳晚报》等多家媒体）

听我说谢谢你

——写在曾秀卸任衡阳县委书记之际

生活是一次次朝起和暮落的轮换，人生是一场场遇见和告别的辗转。在我当干部的职业生涯中，人事更替，送旧迎新见过的太多太多。直接的或间接的领导、同事荣升或荣调，下岗或退休多得数不过来。有的别梦依稀，有

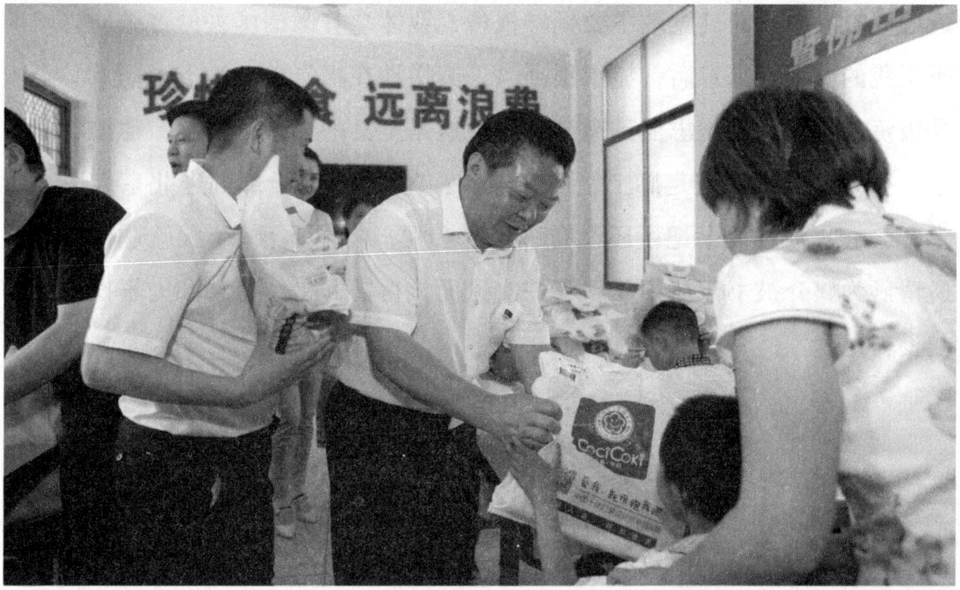

的切勿再见，有的却刻骨铭心，终生也难以忘怀！但真正趁夜深人静、思维敏捷想提笔写篇作文记录下来的却不多。曾秀同志昨天在全县领导干部会议上被宣布卸任中共衡阳县委书记，我心中有一种想提笔写写他的冲动。

但凡写领导、讲领导功过是非的，一般都会被人认为有溜须拍马或怀才不遇对领导有成见之嫌。特别是手下的人来写、来说更甚。好在曾秀卸任了，离开了衡阳县，我也奔花甲了，在“副调研员”的岗位，以打发时光的方式防止老年痴呆症的提前到来，也就敢冒“蒸阳”之大不韪来写篇作文以记之。与曾秀打了五年交道，见证了他的许多言行，特别是他对全县残疾人工作的所作所为，我还是很有资格来写来说的。

有亲和力不摆架子

2016年7月曾秀赴衡阳县任书记，我在县委大院县侨联主席岗位任期已达十年之久，按惯例我于当年底会轮换工作岗位，常理来说，我该主动找机会让书记认识我、熟悉我，为年底轮岗打点基础。直到9月17日，我应中国侨联邀请出席在北京人民大会堂举行的中国侨联成立70周年纪念大会，离县近一周时间，须向县党政主要领导报告，我才拿着邀请函去见曾秀同志。他听了我的介绍和来意后，显得很高兴，爽快地在报告单上签下了同意。全国县级侨联仅仅两名同志受到邀请，他说这是全县的光荣。临别，他握着我的手，打开房门送我到走廊上，风趣地说：“你当科级干部都进北京人民大会堂开会，我当县委书记了还没有进去开会呢，向你学习。”我就这样以一张邀请函为媒介被书记认识了。第一次见面觉得曾秀是个有亲和力不摆架子的县委书记。

会“刷糨糊”的高手

赴京回县后，国庆节假期不久，他主动到县侨联调研工作、听汇报、看资料，十分细致。特别是看到我通过网络引导海内外爱心单位和爱心人士奉献爱心，募捐900多万元善款，帮助1300多名寒门学子完成或正在完成学业，打造了“曙光行动”品牌，高度肯定了我们的工作。后来，听说他给县里不少科级干部讲侨联小单位大作为、平凡岗位有出彩业绩的事例，害得我生怕别人以为我年底轮岗“图谋不轨”。我是九峰山冲走出来的农家子弟，拥有一份机关工作，天晴不晒、落雨不淋，还能每月按时有工资收入，感到心满意足，一直不指望自己有多大的出息，真正把自己作为党的一块砖，哪里需要哪里搬。当年底轮岗获知我去县残联任理事长，我却有点心有不愿。原来接触的是海外侨胞留学生、侨眷侨属，文化素质、经济条件、社会活动能力比起残疾人来有很大差别。特别是听说有的残疾人怨天尤人、不通情理、工作难做，我更担心工作做不好。我找到曾秀书记，说出了自己的想法，希望能换个岗位，哪怕不当实职干部。曾秀听我说出想法后，并没有批评我，一味夸我有爱心，在侨联都帮助了那么多寒门学子圆上读书梦，残疾人最需要我这样有爱心有点子的人去工作，并表示在残疾人脱贫攻坚中，要引导社会力量奉献爱心帮助残疾人过上有尊严的小康生活。要我赴任后，在县里成立残疾人福利基金会，他一定会为我站台募集善款，一定会支持残疾人工作。木已成舟，我唯有听从组织安排。这次轮岗谈话，我觉得曾秀同志善于做干部的思想工作，是个会“刷糨糊”的高手。

言必出行必果、信守诺言的人

2017年元月28日，我怀着一颗忐忑的心到残联赴任。秉着一直以来非工作不给领导添麻烦的职业原则，直到5月第三个星期日暨全国助残日即将到来之际，我找到了曾秀书记，希望县“四大家”主要领导及分管联系残疾人工作领导能到县残联听取工作汇报解决具体问题，并走访慰问涉残机构的残疾人。他二话没说就答应了，并叫来县委办的同志做出安排。果不其然，5月26日，县残联小小的会议室第一次迎来县委书记带队、一众“斗老”均出席的全县残疾人工作汇报会。自此以后，五年五次助残日，他从没有间断过一次，不管工作多忙，他都把助残日走访慰问残疾人、解决残疾人工作困难和问题摆在重要位置。曾秀同志没有食言，关心支持残疾人工作，参加一两次很容易，但一以贯之，只要是涉及残疾人工作，需要他出面和支持的，他总是以极大的热情参加，以至于残联的同志和残疾人说曾秀是残联的“幕后理事长”。我倒觉得曾秀是个真正落实习近平总书记对残疾人“需要格外关心、格外关注”的人，他是个言必出行必果、信守诺言的人。

有思想境界有高度的人

2017年助残日后，他打电话约我去办公室就如何成立残疾人福利基金会进行探讨。通过这次谈话我才真正觉得曾书记是真心实意要我把这件工作做起来。然后我带领残联爱心团队投入了很大的精力进行筹备。我几乎把自己的所有资源都用上，只为这个造福全县残疾人的基金会能早日落地生根。所有的手续程序完成后，我有幸邀请到著名艺术家李光羲、阚丽君、李凯稠、阳光、爱佳作为基金会助残爱心大使，并筹备了一台大型捐赠公益文艺晚会，旨在以此为契机，现场为基金会募集爱心善款。曾秀书记出席全县机关、乡镇、企事业单位捐款动员大会，号召大家为助残踊跃捐款。同时，他通过登门拜访、电话微信联系等方式向在外的衡阳乡贤、商会发动捐款。我清楚地记得，他带我到一家企业动员捐款时对老总说：我不抽你一盒烟，不喝你一杯酒，不要你一个红包，只希望你捐款帮助残疾人。在他的感召下，那家公司慷慨捐赠100万元。他不仅发动别人捐款，自己也带头捐赠4000元。我说邀请他夫人出席晚会，他又叫夫人捐赠3000元才同意她入场参加晚会，他还叫女儿把零花钱省出来捐赠1000元。11月19日晚会现场，募集爱心善款达到1200多万元。就在今年5月20日全县第二届助残模范·自强模范颁奖典礼前，他知道自己要离开县里，又为基金会捐赠5000元。我说：“曾书记你为残疾人做了这么多，无论是我个人还是单位，你没吃过一顿饭，没喝过一杯酒，没接一次小礼物，我过意不去，你都要离开衡阳县了，就别捐了吧。”他说：“我不久前被评为全省扶贫先进个人，有10000元奖金，把它捐出来，县教育基金和残疾人福利基金会各5000元。”就在今年5月20日，全县第二届助残·自强模范颁奖典礼开幕前的两个小时，曾秀同志接到衡阳船山教育科技集团有限公司曹校长的电话，就邀请曹校长出席晚会，动员捐款助残，曹校长与公司冯青青老总应邀出席，并现场捐款10万元。我对曾书记说：“您动员了这么多人来捐款助残，欠了这么多人情，该怎么还呀？”他回答我：“我不觉得欠人情，从二维论认知观来讲，从健康的角度出发，人类只有健全人和残疾人。健残是对孪生兄弟，兄弟情同手足，健全人帮助残疾人是人类文明进步的标志，是中华民族的传统美德。退一步讲，哪有兄弟不相帮的，劝人助残，是提升点亮助残者，善心福报，好人平安！”直到此刻，我才深深明白曾秀同志为何如此高度重视残疾人工作，为何如此钟爱他倡导成立的残疾人福利基金会，他是一个有思想境界有高度的人。

有情怀有爱心的人

曾秀同志给我打电话，发微信，准没有“好事”，我习以为常，因为他吩咐我的一定不是“大事”。金溪镇残疾人唐辉出行不便，从家门口到公路上有段100来米的路没有打水泥，特别是下雨天泥泞不堪，他打电话要我帮助解决下；西渡镇一名精神病患者，家境困难，他打电话给我安排患者到精神病医院提供治疗；界牌镇一名肢体残疾人不能行走，他打电话要我送轮椅拐杖；2020年5月助残日，在西渡梅花村举行残疾人农疗基地启动仪式，当天上午，有五个活动需要他出席，他坚持在基地陪残疾人搞了一个多小时劳动。离开后不久，他打电话给我，说天气太热，早点带残疾人回去，别让他们中暑；洪市镇残疾人廖俊芳意外死亡，他打电话问我是不是给他购买了意外伤害险，我一查买了，家属可以获得5万元赔偿……这样的小事电话，数不胜数，好在我心里有底，全县惠残政策落地生根，开花结果。有基金会的支撑，重度残疾人意外伤害险、辅助器具适配、无障碍改造、临时救助等都顺利地实施开展。在健全人看来的桩桩小事，对残疾人及家人来讲，有时却是天大的事。一枝一叶总关情，曾秀同志是个有情怀有爱心的人！

值得交往信赖的人

我向来鄙视攀龙附凤、欺红踩黑之人，但从不反对尊重领导，保持和谐友好的正常关系。文明礼貌、心存感恩是做人的基本之道。曾秀同志对残疾人工作的关心支持，作为残联的理事长，我心存感激。看到他那么热心支持成立残疾人福利基金会，害得我几乎一个多月没有一夜不加班爬格子，整整瘦了11斤。当基金会终于成立，圆满举行了捐赠公益文艺晚会后，他约我周末喝一次酒，我想推辞，哪有领导请我喝酒的道理。他说，成立基金会辛苦了，他私人请我非工作日喝酒，放松一下，以示奖励！礼尚往来，我总觉得欠书记一顿吃请。至今，五年时间，我个人或单位都没有请动书记一次。他说：个人你是部下，不能接受，残联单位的经费要助残，公款吃喝不允许。曾秀同志不近人情的是，五年时间，我不知他家门朝东朝西，不知他家人姓甚名谁。2017年春节，我打电话给他想登门向他礼节性拜年，被他拒绝，他说电话微信拜年礼节就到了，以后，我就再也没有提过。去年，我受到“网友”匿名网上举报，感到十分委屈，找到他诉说，他二话没说，安排纪委就举报问题来调查。他就是这样对待一个在外人看来和他关系十分亲密的人。通过巡察、审计、纪委调查，还了我一个清白，他感到欣慰。后来，他教育我，一个人要守住底线，触犯了党纪国法，谁也保不了。通过这件事我明白了，书记看似一个不近人情的人，其实，与他的交往，你不必心存戒备，但不可越过底线，他不会因为是县委书记，一方一把手，为个人捞好处，也不会让部下为他犯错误。与他交往，平淡如水，但他的的确确是个正人正己、以身作则、不存私心、不存害人之心、值得交往信赖的人！

五年时间，在历史长河不过是弹指一挥间，但对全县残疾人事业而言却是长足发展的五年，对一个残联理事长而言，一千多个日日夜夜，是生命中的重要历程，看到残疾人的幸福指数节节攀升，为残疾人服务的办公环境得到极大改善，全社会扶残助残的氛围越来越浓厚，我该对曾秀同志说声谢谢！

人都会有退位退休这一天，在我们未来颐养天年的日子，无论茶水是浓是淡，让清香永驻心间，无论距离是近是远，让记忆彼此相连，无论联系是多是少，让祝福永远不变！流水淙淙，岁月匆匆，唯有友情永驻心中！

听我说谢谢你，这就是我送给曾秀的临别礼物！

听我说谢谢你，这是全县残友及家人的肺腑之声！

听我说谢谢你，这是曾秀同志该获得的最高礼赞！

听说我谢谢你！

美好长留心间

——写在成生同志履新赴任之际

人间最美是四月，王成生同志在这草长莺飞、生机盎然的时节，从县残联副理事长岗位履新县政协农业农村委任主任，我既高兴又伤感，高兴的是他受到重用，挪动岗位又见一片艳阳天，伤感的是他离开了残联，我们共事

工作的缘分断了线。

人生相遇是缘分，我不能忘记与成生美好的相遇。2017年元月，我从县侨联主席岗位轮岗任县残联理事长，成生同志3月从金溪镇镇长岗位调任县残联任副理事长，我们开启了搭档共事扶残助残旅程。

时光如白驹过隙，这趟工作之旅行程了五年到站了，我于元月卸任了理事长，可还将在残联这趟车上做一名普通乘员续行，而成生下车了，走向另一个站台，迈上了另一趟新列。挥手告别，泪眼婆娑，难忘相遇，祝福你在新的旅程一路保重，再展宏图！

高山流水遇知音，愉悦共事情谊深。有人说过："人的一生，真正能决定自己命运的，不是能力，不是才情，而是格局。"我非常欣赏成生同志大的人生格局。作为一个担任多年正科实职的他，到残联任副科实职，他从没抱怨，从没牢骚，工作尽职尽责，兢兢业业。他有原则，讲风格，是个真正的诤友，无论做什么工作，绝不含个人的私利，从单位乔迁新址，残代会召开，福利基金会成立，一、二届自强·助残模范的推荐评选表彰，每年大型助残日活动的举办，以及残疾人脱贫攻坚、康复、培训等各项工作的顺利推进，都留下了成生同志辛勤付出的汗水。

莫道秋江离别难，舟船明日是长安。人生有相见，有分别，有重逢，好在我们都在县域穿行，电话一拨，视频一响，记得那是我想你了，不要挂了呀！让我们把美好长留心间！

（于2022年4月20日）

我的父亲

一

父亲离开我已经五年了，今天是11月7日，是父亲的忌日。

很长时间以来，我总想写点纪念父亲的东西，但每次提笔写了个开头，就没法写下去。父亲只是极普通的一个忠厚农民，充其量可以说是一个有点文化的农民，因父亲读过几年旧学，四书五经、之乎者也好像是烙铁印在他的记忆中。我小时候以为父亲是很有学问的，因为不少人家的红白喜事总有父亲帮忙的身影，而且都是做写写画画、不太费力的事。

但终究我的家乡是在偏僻的九峰山冲，九峰是南岳衡山七十二峰之一。田少山多，人平只有几分田土，在我开始懂事时，觉得山多也是白多了，因为除开几座全封山有点树木柴草，其他山都光秃秃的。据父亲讲，1958年“大跃进”前，座座山都是古木参天，山中有老虎。到我可以砍柴为家中做饭供应柴火的时候，山上已经没有什么可砍来做柴火了。其实用来饱肚子煮吃的东西也不多，因为我有五姐弟，家中人口多。父亲为全家人填肚子问题可以说是绞尽脑汁，印象中父亲没有睡眠，总是在劳作。除了出集体工，他还要在自留地流汗。生产队分的稻谷少得可怜，全家七个人一年只一千多斤谷，再就是几百斤红薯和几十斤荞麦。父亲的本事，在于没让姐妹兄弟挨饿。春天上山挖蕨根，将蕨砍碎用水淘洗，蕨根淀粉多，做粑子吃最饱肚子；夏天到田头塘边捉蛙，青蛙又名曰田鸡，至今还是一道美食，只不过已列入禁食的保护动物，当时有谁意识到这点呢；秋天可供饱肚子的物种多起来，最值得一提的是红薯，父亲在少得可怜的自留地上种出的红薯又大又多；冬天种的白菜也比别人家的好。“天无绝人之路，一方水土养一方人”是父亲在困难年月常在儿女面前讲的两句话，他用自己的行动诠释这些话的内涵。

山里人活跃起来是20世纪70年代末，玩九节龙灯是春节期间最开心的事。父亲个子不高，他要耍就是耍龙尾。但他不是耍龙尾的角色，他可是个比耍龙尾要重要得多的角色。九节龙是按故事来耍。我记得有“满堂红，天下太平，山娃捆柴，猛龙过江，大开财门……”每个故事耍完，锣鼓唢呐停止，这时有个人出来说断语，是用唱山歌的形式来说，大都是五字句和七字句，而且要押韵，还要根据现场实际情况来唱断语。唱断语人是九节龙的灵魂，按现在时兴的说法，相当于电视节目的主持人。我们村的龙灯队，就是父亲唱断语。即使他有时兴致来了耍起龙尾来，锣鼓一停，他还是要出来唱断语。当地人都说我父亲的断语唱得好，有素材，又押韵，别人难以替代。据传有两次我父亲没有去，唱断语由别人代唱，还闹起了笑话。耍到一个村干部家，唱断语的人紧张，唱道“你家儿子当干部”就唱不下去了，一时不知唱什么来结束，停了好久，就唱“总是冒得亏吃的”。另一次龙灯耍到一个李姓汽车司机家，唱断语人出断：“李师傅去年开汽车，今年硬要开飞机。”开车的李某不太高兴，据说他那一年提心吊胆，生怕将汽车开成了飞机。

我父亲从没有出过差错，因此要是我父亲实在有事，不能去耍龙灯，村里的龙灯队也就只好不出灯。就像现在有的地方搞演出，某个大腕不能出场就只好另定时间一样。不过父亲是不可能有出场费的，他也不知要大腕脾气。只要是村里龙灯出灯，他是会去的。到了20世纪90年代，村里的年轻人大都耐不住山村的寂寞，也为了更好地生活，都往城里闯，村里的龙灯又难得出灯了。父亲还常唠念着九节龙会失传。我当时还对父亲讲过，现在文化生活越来越丰富了，谁还爱看什么九节龙。

最近几年春节我回村里，确实是没看到九节龙了，感到大家都在各自家里生活，有点像城里隔壁邻居不知姓名的滋味！或许当初父亲早有了这种局面出现的预感。不过他不会有为传统文化失传而着急的思想，因为他是个农民，不可能有这种高度！我倒是觉得当初讲父亲是有点过头。回想起当年父亲唱断语、农村火热的场面，我好难过，好难过！

二

父亲的一生充满坎坷。土改时，因为祖父得罪过一个新生政权的红人，在划“成分”时，被错划成“地主”。这顶帽子，给父亲带来的磨难不少，但父亲总是小心翼翼地生活，从不怨天尤人。他与邻里关系和睦，从不将自己的苦楚向他人诉说，甚至我们儿女都觉得个别另有政治目的的红人当时对我家实在是过分，但他讲这都是时势造成的，并不怪别人，他不愿看到自己的儿女生活中有仇敌。

他一生没有树敌。这也许与他读过不少古书有关。古人一些关于做人道理的名言警句，他常常给儿女解说。诸如《增广贤文》，我就是从父亲那里学得的。不说是非，宽恕别人，乐观生活，宁肯负自己，不负于他人，淡泊名利，他说这些是《增广贤文》的精髓。读熟“增光”，一生受用。

人的一生总有遗憾事。父亲无愧他人，但他对我姐姐、大哥、二哥常常抱有歉意。原因是姐姐哥哥读书少，在生活中还是吃了不少亏。姐姐和大哥小学没毕业，因贫困要到生产队挣工分，过早地参加了劳动。二哥在20世纪70年代初由于成分原因，初中毕业时被剥夺了上高中的权利。二哥有学习的天分，特别写得一手好毛笔字。姐姐嫁了个文盲汉，大哥在经商中几次因签合同被人暗算。父亲一直叹息，要是他们三个孩子文化高一些，生活或许是另一种景象！

20世纪70年代末，我家成分错划得到了纠正。父亲将纠错通知书交到了我的手中。他仿佛在我身上看到了希望，并将我从小叫邱三秋的名字改为邱曙光。我当时也还是不懂事，并不知父亲的用意，只是听父亲的话好好读书。1981年我以优异的成绩考上了省属重点中学县一中。母亲当时认为我有初中文化在农村够用了。上高中一个学期要45元，当时这个数字对山区像我家这样的农户可是个天文数字。父亲对母亲讲："我两个人去讨米，也要送崽上学。"

我其实当时抱无所谓的态度，家里困难，不上高中也是情理中的事。父亲东家一块，西家几块，还在信用社借了20块钱，将我高中第一学期学费凑满。

上高中的第一天，父母送我到汽车站，将我托付给村里一个在县城工作的人，要他送我到县一中。父亲本来要亲自送的，是在车站碰上了这个人。他将节省的几块钱车费给我作零用。我是第一次远离家门。父亲反复叮嘱这个人，一定要送我到学校，生怕我丢了。我以为父亲啰唆，其实只要到县城，我想我是能找到学校的。直到我也为人父之后，才明了儿行千里母担忧的含义！

至今我还记得父亲在车站给我的承诺：崽呀，你只管安心读书，只要你读得上，我和你娘，总会供的！

父亲一生最快乐的一天，是我高中毕业回家后邮递员送大学录取通知书到我家的那一天。他和母亲反复将录取通知书看了又看，好像生怕写错了名字。我和村里另一位同学同时考上了大学，也是高考恢复后，村里第一次出了大学生。父亲好像比我还高兴！

三

父亲脾气很温和，在我的记忆中，他几乎没有为什么事发过大火。他常对我们儿孙说"忍得一时之气，免得百日之忧"。他是个真正奉行"和为贵"的现实主义者。20世纪80年代初，农村村民小组长实行海选，父亲在组里竟以绝对多数当上了小组长。组里的联产承包责任制就是以父亲为主搞起的，须知这是中央农村改革政策的大势所趋。其实农民私下都在议论是分田单干了，在此之前，谁敢想象大锅饭会打破，田土会以户为主经营呢！

全组有20来户，80多人，30余亩地。第一轮分田承包，可不是简单的事。大家的心理不一样，眼睛都盯着好田。分田方案议来议去，最终还是以古老的“抓阄”办法把田分到每家每户。这个方法实在是太原始，作为组长的父亲，也是无奈的选择，没有一点高明之处。但组里普遍反响很好，因为父亲把田的好坏搭配得较好。分田到户经营，农户的生产积极性空前高涨，但随之而来的户与户之间纠纷也多了起来。耕种季节，为放水灌溉早晚问题，收割季节，为鸡口田吃谷问题，总会出现争气吵架的事。父亲是劝和的高手。我们兄弟有时觉得父亲是多管闲事，口里常说：来说是非者，便是是非人。但他为了邻里和睦，不惜将读旧学而得并一贯奉守的古训置之脑后。在分户承包后，父亲二十多年没有为耕种收割问题与他人红过脸，这点看起来没什么了不得，其实要做到还真不容易！

和大多数农村多子家庭一样，父亲讲树大要分枝，大哥、二哥成家后，先后从大家庭中分了出去，过小家庭生活。20世纪80年代，他们还没到城里去挣生活，也在自家的责任田耕作。有年天旱，父亲把自家田灌了水，施了肥，第二天，田里却没了水。到田埂边一查看，原来是下面田的承包户用棍子在我家的田埂上捅了几个孔，将肥水漏到了下面田。父亲其实也很气愤。两个哥哥知道后，非要找这缺德的农户算账。父亲硬是不准他们去。只是独自去找别人说了一下。兄弟都认为太便宜了这家伙。父亲却说：别人已认错，得饶人处且饶人！

四

每个人都有爱好，只是内容不同而已。父亲的爱好就是看书。20世纪60年代时，家里没有书。加之从早到晚，父亲都要劳动，他的爱好不被我们所知。到我上高中时，课本内容丰富起来，我才知道父亲有看书的爱好。每到放假回家，我在煤油灯下学习，父亲也在旁边看书。那时家里还是没有什么书可看，父亲就看我的语文课本，特别是其中的古文，他看得津津有味，好些篇目他都背得出，有些名句他要我解说给他听，要是不对，他还可以纠正。

20世纪90年代初，我在县城工作，父亲快到花甲之年，他还在家里耕作。那时兄弟都到城里去经营生活了，他们的责任田就全由父母耕作。考虑到农活实在太累，我多次劝父母将责任田转包算了，可父亲说他还做得，看到我们兄弟经济还不宽裕，他不要我们兄弟负担。我知道父亲喜欢看书，就决定到县城摆个书摊，由父亲经营。这总比干农活轻松，当我回乡把这个想法与父亲商量，父亲二话没说，当即同意。就这样父亲在县城明翰广场摆起了书摊。

书全由我进，杂志、武侠小说、小人书等都有，父亲负责出租。当时电子游戏厅还很少，网吧更是没听说过，书摊生意还算红火，一天可以赚20块钱左右。问题是父亲也迷上了武侠小说。梁羽生、金庸的小说，父亲和青年人一样，爱不释手，好些情节他都描绘得有声有色。我是不喜欢武侠小说，没有看完过一部。因为父亲常常自己也在书摊边看，有时着了迷，竟忘了自己是个经营者。好几次我去书摊边叫父亲，他都不理我，叫我自己拿书看。有时进一批新书，还没出租几天，竟被租书者顺手牵羊带走了。一些学生租书，押金不够，父亲也租，好些书就没有还了。大约书摊摆了半年多时间，父亲对我说，他是个做农活的命，这书摊摆下去，老本儿都会贴进去。我说又不靠书摊生活，是让您打发日子的。书由我买，租金给您用，有什么摆不下去。况且父亲这么大年纪了，再回去种田，我也于心不忍，但他执意不肯摆书摊了。离开县城，几部残缺不全的武侠小说，就由父亲带回到乡里去了。父亲对左邻右舍常讲：不享崽其他福，书可带回了一大堆。

五

父亲心地善良，做人做事要讲良心是父亲一生坚持的准则。他常对儿女讲：为人不做亏心事，半夜不怕鬼敲门。父亲与人和睦相处，左邻右舍三岁小孩子都没得罪过，谁家红白喜事、砌屋打柴、农忙帮工，哪怕带个口信，他都乐意前往，尽力而为。有时看到他实在太劳累了，母亲和我们兄弟叫他有些事可以借口推辞，他常讲力气用不尽，井水挑不干，与人方便，自己方便。十里八里的乡亲都说父亲是个大好人！

我大学毕业后，最初是在水电部门做技术工作，后来转行搞行政工作，调在离家乡不远的小镇当副镇长。父亲与我见面的机会多了起来。他常常告诫我要当个有良心的干部，不要被人说闲话。我不是当行政干部的料子。父亲却很满足，他还以我为荣，祖祖辈辈当农民，家里出了个吃“皇粮”的，对偏僻山冲的农民来讲，可是不简单的事。当时我以为父亲的眼光实在是短浅，我算得了什么。可他不这样看，说每个月有工资发，又不要流汗，要知足。20世纪90年代下海经商热潮，一浪高过一浪。我的不少同学都下海经商，发财的可不少。我也曾多次产生去沿海闯一闯的念头。父亲劝我要安心工作，钱财寻不尽，餐餐有蔬菜淡饭呷要得哒。现在想起来，父亲是个朴实的农民，不愿看到儿子的生活有太大的波动。我说过当干部对我来讲没有前途，父亲对我说只要干好自己现在的工作就不错了，其实父亲对我的期望不高。他以几十年的人生经历告诉我，人只要安安稳稳生活，何须追究荣华富贵，高官厚禄！

父亲口里常讲人死化乌泥，看似一个彻底的唯物主义者，其实父亲相信因果报应。他常对儿女讲命里有来终须有，命里无来莫强求，甚至他还相信巫术。我在小镇干了一年时间，因为能动笔写点东西，当时乡镇与县之间有个中间机构叫区公所，我就调到了区公所担任秘书，其间发生了一件令父亲不解的事件。区公所房子紧张，我的办公室兼做卧室，一天到晚来往的人多，我的杂事多。一天晚上忙完后，我打开被子准备休息，发现枕头边的床单一角有两个烟头孔。当时以为是谁不小心烧的，待看其他三个角都烧了两个有规则的烟头孔，我才明白这是哪个恶作剧者故意而为。第二天，我差不多问遍了院子里的所有工作人员和家属，大家都不知道。几天后我回家无意中和父亲聊起床单烧了八个烟头孔的事，父亲紧张得不得了，反复问我得罪过什么人没有，与谁结过什么仇怨没有，我讲都没有。父亲却说这不可能，在农村有种巫术，俗名叫“限手”，其中就有将床的四角烧孔定位，睡在这床上的人就会遭到算计。没得罪人，没结过怨，谁会这么恶毒呢！我讲父亲是多心了，这纯粹是恶作剧者开的玩笑。不管我怎么说，父亲就是不放心，回单位时，父亲反复叮嘱我，烧坏的床单不能用了，而且要经常移动床位。后来我才知道，父亲在我睡了后，当晚还去请教了巫师破解的办法。尽管我不信有什么巫术，但心中确实还是有点惴惴不安，所以，还是按父亲讲的将床单收起不用，而且经常移动床位。

我终于平平安安在区里工作了几年，再后来我又调回县工作，床单烧孔的事已经淡忘。

在一次市里举行的干部培训班上，我与当年一起在区里工作担任团委书记的罗先生同住一间房子。回忆当年一起在区里工作的日子，我们常常聊到深夜。一天晚上，他对我说：“你在区里有个未解之谜，就是床单烧了八个孔。”这时我忽然大彻大悟，就是这个罗先生干的好事！原来他经常在同事弄些恶作剧，当时我问过他，他否认了，我竟没有加大审问他的力度，这样轻易让他给我捉弄了！

这件事终究还是他不打自招了，可时间竟过了十一年。这时我父亲已去世一年。或许父亲后来也淡忘了这件事，但父亲当年为儿担心的表情，我是至今也不能忘怀！

六

父亲一生节俭、素朴。困难年月是不得已而为之，到后来，家境一天一天好起来了，但父亲依旧生活简单，他还常常告诫晚辈不要忘本。他一生都自食其力，我们做儿女的有时给他些钱，他都不要，他常说：“我动得一天，就不要崽女供养。”他从没有张罗过自己的生日。六十大寿时，我们兄弟准备给他庆贺一下，不少亲朋好友都讲要来给他贺生，他坚决不肯。生日的前天，他和母亲来到了我当时工作的小镇，只让我通知了两个哥哥和姐姐来陪他过生日。当时弟弟在河北服兵役。父亲说："现在我开心了，你们都长大成人了。"他要我多写信给当兵的弟弟，要他在部队好好干。当听说弟弟想在部队军地两用人才培训中学开车，需要1000多块钱的费用，父亲坚决支持。他说有一门手艺就有了谋生的本领，以后退伍回家就不愁没饭吃。当时物价水平低，工资低，我也只有70多块钱一个月，一下子没这么多钱，父亲回家后就借了600块送给我凑满寄给弟弟。现在回想起来，父亲是有远见的，弟弟退伍后，先是买了辆二手车在市里跑运输，后来有了自己的新车，再后来成家生儿育女，提前过上了小康生活。我这个当干部的哥哥，都还羡慕他呢！

我是个学工科的唯物论者，从不相信鬼神，但冥冥世界，有些事情却无法解释。父亲67岁那年，不知为何，总是说他身后的事。这一年，他来县城也就是来过我家共有四次。正月初头，他到我家没坐多久，就和我说："组里的文魁大叔（父亲的本家上一辈）过世了，好热闹，他也是四儿一女，家里和和气气办了白喜事。然后就说自己身后，不要大操大办摆酒席，你们兄弟凑点钱，请人把我抬上山就行了，不要烧纸钱，不要请地仙看地，我在生寻吃得到，没做过没良心的事，到阴间也寻得了吃。"

当时我真没在意，还说父亲多虑，大正月的说这些不吉利的话。

父亲6月到我家是来过生日，我参加工作后，父亲的生日大都和我过。兄弟都来了，少不了玩牌赌点小钱。父亲对我们说："兄弟间赌点小钱，是鱼碗倒到肉碗里，没多大关系，和别人总不要去赌为好，这玩意儿从古到今不知害了多少人。"那天晚上，他对我说，他梦到爷爷来请他了，他怕过不了今年。我说老爸也真是的，做个梦就认真了。

9月我过生日，父亲来了。这年夏天特别热，家里买了空调。日常生活用具，家用电器基本上有了。父亲讲："现在你的条件也还可以了，过去皇帝都没享你这样的福。还是政策好啊！"在父亲的眼中，儿子总是长不大。他又是少不了一阵传统教育。然后，他又是说起了自己身后的事，要我多多照顾两个哥哥，特别是放心不下大哥，他生意做得不好，钱没挣到，还欠一屁股债。树老根多，人老话多。我还真以为父亲是在验证这句俗语呢！然而我做梦也没想到，这竟是父亲最后一次和我交谈！

11月6日，父亲从衡阳市弟弟那里回九峰老家，第二天是姐姐讨媳妇，路经县城，因汽车出故障，在修理厂维修，父亲趁等车空闲到我家，这是最后一次到儿子家，然而这天，我下乡了，妻子带孩子也回娘家了。父亲吃了闭门羹。后来听母亲讲，父亲是想到我家吃中饭，他舍不得花钱买饭吃，即使是一份几块钱的盒饭他也不想花钱，硬是到傍晚才回家吃饭。父亲最后一次竟是如此在儿子的家门口作了永久的告别，成了我永远的痛，每每想起来我就难过得流泪！ 11月7日，我与妻子和二哥夫妇去姐姐家，听姐说父亲因为讨外孙媳妇了高兴，忙前忙后张罗了一上午，可能累了，上床睡觉去了。我们就去父亲的床边，父亲打着可怕的鼾声，我叫了好几声都没应答，好不对劲儿。摸父亲的脉搏跳得特别快，我对哥说父亲不可能睡得这么沉，肯定病了。我们立即用睡椅将父亲往乡医院送，到医院父亲就已经不行了！他就这样永远离开了我们。没有一点预兆，没有让我们做儿女的哪怕在病床边端一次汤药！子欲养而亲不待，父亲不是三次向我预示了吗，我竟没有放在心上……

《九峰邱氏四修族谱》记载：二十代贤珍次子承铡，字孝则，民国二十年(1931)辛未六月十一寅时生。生育四子一女。这就是我可亲可敬的父亲！这是关于父亲一生唯一的文字记录！

父亲离开我们已是五个年头，姐姐、哥哥他们也成了奶奶爷爷辈，父亲的血脉已达二十多个。在建设文明和谐社会的旋律中，我们秉承父亲的德行，都心安理得地做一个个和谐的音符！父亲，您在天堂欣慰吧！

（于2004年11月初稿，2008年4月修改，这篇怀念父亲的稿子，最初是在海外中国教育基金会的虹桥论坛以帖子的方式贴出的，之一发出后，不少网友给予了我极大鼓舞，期待我多写点回忆父亲的东西，断断续续写到之六。也许是来自一个做儿子的真情实感，竟感动了好些网友，不少网站转载。原刊于2008年《蒸阳文学》）

我的同学刘振宇

惊悉刘振宇同学因病医治无效去世的噩耗，我的心情十分沉重悲痛。他是我的同乡，撤区并乡前，我们隶属金溪区，他是溪江乡友谊村人，我是九峰乡九峰村人，现在是一个乡籍的人，属溪江乡。1981年金溪区考入衡阳县一中的只有十来个人，县一中当时整个一届也仅300多人，能够考入省属重点中学，都是在初中毕业十分优秀的学生。我和振宇相距不到5公里，考入县一中又同时分在124班。溪江乡当时还有彭建华、刘杰两个同学也分在124班，因为是同乡，我们的交往比较多，同学情谊深厚。我们从偏远的乡村考入县一中，人生的目标就是好好学习，考入大学，跳出农村，成为当时令人眼热的“吃商品粮”也叫“国家粮”的人。振宇同学学习刻苦，成绩在班里是中等水平，升学应该是没有什么问题的，可命运往往不遂人愿，1984年应届时没有考上，1985年、1986年复读两年还是没有考上。我深知他的苦闷及灰心丧气的情绪，他甚至不想再走高考这条路了。1987年，当时的语文老师、副校长余天桂联系他一定要再复读。皇天不负苦心人，这年他终于考上了湖南农业大学，总算实现了跳出农村吃“国家粮”的梦想。或许是因为他参加4次高考，后来与124班的同学联系就减少，我们听到他的消息也是断断续续。2004年，我们124班举行20周年联谊会，好不容易联系上了他，他又因工作忙，抑或其他原因没有参加。刘杰、彭建华同学与他在溪江乡老家相距不到1公里，联系还是有一些。现在的学生是不可能想象当年农村学生对升学的渴望，那时招生数量少，国家全包干，参加高考中榜跳出农村是“华山”唯一路，是过独木桥。

但我始终不能忘怀与振宇同学之前的深厚情谊。当年的高中学生生活之艰辛不堪想象。尤其是冬天，穿着单薄的解放鞋，坐在冰冷的教室，上课时，脚冷得直刺骨髓。我坐在振宇同学的后桌，双脚伸到他的凳子上，他坐在我脚上，为我取暖，使我双脚不至于太冷。他的前面是个女同学，那时，男女同学几乎没有交往，他当然不敢叫前面的女同学为他“煨脚”，一到下课，他就向我抗议，不会“煨”我这双臭脚了，但上课了，他又常常主动为我“煨脚”。我还偷偷揶揄他，让他把双脚叫前面女同学“煨热”。夜晚，全班30多个男同学住在一间一层的大房子里，我和振宇同学为了御寒就住到一张铺上，两床旧棉被一床垫一床盖，拥在一起睡才感到温暖。冬天，大部分同学都是这样两个睡一张床。熄灯后，我们经常说悄悄话，畅谈未来的人生，也憧憬朦胧的爱情。他说，将来大学毕业再找女朋友，我们农村人，不一定非找城里女孩子不可，免得她们看不起，嫌弃农村的父母。我们为此也争论，当时的大学生可是时代骄子，只要考入了大学，端上了铁饭碗，还怕制伏不了自己的女人？他憧憬的女朋友是温柔性格好、体贴人，相貌对得起观众。我问他喜欢班里的哪个女同学，总想套出他的心思，他在我耳边说是某某，而他问我，我又搪塞他，说自己还没有考虑呢。对此，他骂我不诚实，不真情，在被子里打我，我威胁他再打我就分床睡，他又舍不得与我分床睡，所以每次说悄悄话，我总是以胜利者的姿态在他面前出现。我总忘不了他在我耳边叮咛不可泄露他的秘密时那可爱的样子，还用手掐我身体的“疼痛”。

吃不饱是高中生活难忘的痛，振宇同学为我“煨脚”，向我说心里话，我也回报他，家里带来红薯或大米，经常主动在他的饭钵里加一块红薯或一把大米。有次熄灯后，他在耳边说肚子饿，这夜怎么熬到天亮。我知道，他是看到了白天我父亲托人带了10多斤大米给我加餐，于是，我俩就偷偷地用有盖铝盒子装米从学校食堂爬下去，在煤火上煮饭，我们一边等着饭熟，一边畅谈着考上大学之后的美好生活。食堂工友来添煤，发现我俩在煤火边，偷偷喊来几个工友把我们捉住，送到校长办公室。后来，我们才知道，食堂丢了几次米，工友以为我和振宇是去偷食堂米，我如实向时任校长王际寿汇报了煮饭的过程，米是我父亲托人送来加餐的。没有多久，校长叫我俩回宿舍睡觉，以后不要违反纪律，第二天清晨，食堂工友把铝盒饭送到宿舍，饭面上还放了几根萝卜干，原来王校长安排人查看了我木箱子里的米，是新米，而食堂里从粮站买来的米一般都是一年或几年的陈米，我们觉得王校长真是个高明有爱心的校长，不仅为我们洗刷了偷米的嫌疑，还安排人清晨把饭热好，加了萝卜条送给我们俩吃，那是一钵我终生难以忘怀的最香的饭。我后来还写了一篇《一钵饭的故事》，发表在海外中国教育基金会的《乡村少儿》杂志首篇，其中一句“给贫困孩子一点帮助，说不定就改写了他一生的命运”成了基金会募集爱心助学善款的宣传口号。

1984年高考后，我在家等候信息，心情焦虑，不知道到底能不能考上，仿佛有度日如年的感觉。月底我到嫁到双峰荷叶的姐姐家去散心，几天后回来，家里人告诉我，去姐家的第二天，刘振宇、刘杰、彭建华三个同学来我家看我，看我不在家，吃了午饭就回去了，我责怪家人为什么不来姐姐家叫我回来，让我与同学聚聚聊聊，为什么不留同学住一晚等我回来。家人说留了，也准备来叫我，可他们说过几天再来，让我在姐姐家多玩几天，这是我那个暑假最遗憾的事。我清楚，他们肯定也和我一样焦虑不安。

我后来与振宇见过几次，每当说到高考，说到每次失利，他都难过伤心，甚至感到前途无望。1987年在家务农那年，辛苦劳累，念念不忘的还是读书，他心有不甘，好在他终于如愿，命运之神眷顾了他。我打心眼里为他高兴！

几年前，我得知他患了肾病，病情严重，好在医院及时找到了肾源，为他更换了肾，身体得到了康复。以后，我们的联系就少了一些，我怨自己没有主动与他联系，没有让他在一中124班这个群体多交流多沟通，124已经不是简单的数字符号，而是我们同学的避风港，是我们心灵的栖息地。十多天前，彭建华同学打电话告诉我，刘振宇同学住进了湘雅医院ICU，求助同学有没有在湘雅医院的关系给予帮助，在长沙的何清林同学找到了湘雅医院的朋友，提供必要的帮助，清林同学打电话告诉我病情暂时稳定，我筹划去长沙看他，可由于疫情防控，不能进医院探视。2月26日上午，建华同学微信告诉我，刘振宇同学去世了，我真的不敢相信。振宇同学啊，你咋走得这么早！人生不如意事十之八九，振宇同学啊，你咋不常想一二，不思八九，或许你只想一二，不思八九。可命运之神对你开了这么无情的玩笑，你还没有享受到天伦之乐就去了天国，我好想你，好后悔这几年没有联系你，在你病危的时候，没有到你身边看望你。如果有来生，我们还做同学，我们还睡一铺。天堂里没有病痛，愿你在天堂顺心顺意！

（于2022年2月28日）

遗失的打火机

与菊丹高中同窗三年，说实在话，我没有太多印象和记忆，她是个与同学交流不多的腼腆女孩，可谓真正的“两耳不闻窗外事，一心只读圣贤书”的苦行“尼”。其声不张其貌不扬，学习成绩平常，是个安分守己的同窗。只是高中毕业时，她要回井头，我要回九峰，在咸水坡上，给了我很深的记忆。她一个弱女子，肩挑一担很重的行李，一头是被子铁桶衣服，一头是一箱高中三年的书籍，看着她很吃力，我一个男同学真的不忍心不出力帮她挑一段路程。她也不客气推辞，看到我说来帮她挑一下，竟然立马就把担子送到了我的肩，挑子怕有八九十斤。我挑都感觉很吃力，她一个女孩竟然这么能吃苦。我问她为什么这么舍不得东西，高中几十斤破书还挑回去，她说没有考好，留着读高中研究生班用，不然无颜回井头见父老乡亲！我也不知何故硬是两边肩膀换着挑，一口气从咸水坡上挑到了西渡向阳桥头的老汽车站。高中毕业后再见到的许多同学都长了个子，我却一厘米也没有长高，我一直在想是不是那次为菊丹同学挑担子压坏了“增高器”。直到高中毕业二十周年同学聚会我和菊丹再见面，二十年再见，压在心里的话终于有了机会质问，相逢一笑泯恩怨，不问不要紧，一问成笑柄，以后同学相见，总拿这个话题调侃我，应该要让菊丹同学给我个不增高的合理赔偿！作为县一中124班二十周年聚会的牵头人，我真的是想把整个班一个不漏召集起来见个面，那是2004年，找同学是个很吃力的事。高中毕业各奔东西，好多同学竟二十年没有音讯。班里同学跨过了长江黄河湘江，有的还飞过了太平洋，我有幸跳过了蒸水，从九峰山冲出来成了县城一员。留守县城，同学聚会，我理所当然成为召集人。寻找菊丹同学是我在井头泗水中学助学时，与时任校长吕阶华聊天，问他能不能帮我找到高中的同学刘菊丹。他一听这个名字，说应该是井头江街上的，有个也叫刘菊什么的看是不是姐妹。后来一打听，竟然就是她的亲妹妹。真的是众里寻他千百度，蓦然回首她就在灯火阑珊处！每多寻到一个同学，我想聚会时同学们就会多一分惊喜多一分开心！

124班20周年聚会经费采取的方式是公布预算，同学自愿分担，班里的“土豪”个个不躲懒。菊丹同学是在聚会后邮寄1000元给我，我当时也不知道她的经济状况，告诉她经费够了，不必再寄，她说组织同学聚会不易，很成功，还要印纪念册刻光盘，无论如何她要出点力，以后同学回乡观光探亲，在县里工作的同学少不了做东费心。这个时候，我对菊丹同学又有了新的认识，在后来的交往中，更进一步印证了我的认识。她为人大气，没有小女子气，她纯真朴实，在与同学交往中，大家都觉得她直爽热情，一点不虚伪做作。

她是个有福气的同学，找到的伴侣谭军辉是她太原工业学校的学弟。天南地北的同学只要赴粤，军辉总是陪妻子菊丹来会同学。请客做东，驾车陪游，热情似火。只要见过军辉的同学，都会说菊丹找到了个好丈夫，是个很有福气的女同学。十年前，我和四清、魏胜同学去广东玩，就是军辉从顺德开车来广州见面，然后接我们到顺德家中玩了一天，然后又开车送我们去东莞、深圳，与那里的同学见面。她把丈夫军辉融入了我们同学中，我们也早就把军辉作为我们同学中的一员。

我早在去年初得知菊丹患病，以为只是小病，她会回来看看的，见面的机会会有的。一直到今年8月，听说她病情不乐观，在微信聊天中，她还是群里活跃的一员。我曾告诉她会叫几个同学去广东玩，顺道去看她，其实是想专程去探望她，又不想给她增加心理负担。后来我在朋友圈发了篇帮助残疾人的短文，她看后，留言给我：老班长，你帮助了那么多人，也帮帮我呀！我看后，知道她遇到了难题，微信私聊中问她要我帮她什么。她说找人医她的病。我好不容易找到了湘雅医院医治肝癌方面的专家。约上了专家，她将病历和CT照片发给我，我再发给专家，专家告诉我问题很严重了，最好在粤做安慰性治疗。我与长沙清林同学商量，长沙的同学做好了迎她入湘治疗的准备。我们担心路途遥远，她能否经得起车旅劳顿。军辉也很心急，又不忍不满足菊丹想回湘治疗的心愿。专家的建议，我明白是回天乏力。我只好善意地哄菊丹，要她先在顺德治疗，待情况好转，再回湘治疗。我深知她要我帮她，那是她对生的留恋，是在“无助”中想拉一根稻草！我竟连稻草也没当上！后来与其夫军辉聊天，他说菊丹病情稳定了。我才稍宽心。我一直想约几个同学赴顺德看望菊丹，无奈杂事太多，同学休假时间又不一致，一直在等机会。怎么也没有想到军辉11月30日发微信给我，菊丹于29日离开了我们！突闻噩耗，我忍不住泪水模糊了！菊丹，我对不起你，我没能帮上你。我遗憾，我没能在你生前来见你最后一面。你曾经给我留言，早点再搞次同学聚会，不然有人赶不上了！我没有想到竟然是你赶不上同学聚会！我痛心，昨天在你灵堂前，我硬是强忍悲伤，没有把眼泪流出来，今晚在写对你的回忆，仿佛你还坐在一中124班的课堂用功学习，仿佛你还在20周年的聚会上诉说同学友情，仿佛你还在顺德家中为我们同学沏茶递水果，仿佛你还在陪我们游中山深圳唠叨着你的故事！泪水再也忍不住流了一行又一行。我忘不了你回来时送我一个打火机，那是你从国外带回来的，后来被我一个烟友发现，说这个打火机是个名牌ZIPPO，他顺手牵羊拿去了。后来我告诉菊丹打火机送人了。她说我不识货。我再到网上查一下，才知道ZIPPO打火机真的是有故事的。美国人乔治·布雷斯代看到一个朋友笨拙地用一个廉价的奥地利产打火机点烟后，为了掩饰那令人尴尬的打火机，耸了耸肩，对他说：“它很实用！”事后布雷斯代发明了一个设计简单、不受气压和低温影响的打火机。并将其定名为ZIPPO。

20世纪40年代初期，ZIPPO成为美国军队的军需品。随着第二次世界大战的爆发，美国士兵很快便喜爱上了它，一打即着及优秀的防风性能在士兵中有口皆碑。在二战中一名美国士兵胸袋的打火机还挡住了射向胸口的子弹，更让这个品牌的打火机风靡世界！菊丹同学，你送的ZIPPO我失去了，但同学这份情谊让我永远珍惜！明天你就要在故乡的土地入土为安，我不能送你上山。今晚我静下来，记录下我眼中我心中的你！听军辉说你走得很安详，军辉昨天发微信给我，他为你有这么多重情重义的同学而欣慰，他要接替你成为我们124班、成为我们一中巴士的一员！我要告诉你，我们同学早就把军辉作为我们一中巴士的乘员啦！如果有来生，我们还做同窗学友！如果你在天有灵，就保佑我们同学身体康健，开心快乐！愿你在天堂无病无灾，同在凡世一样，是一个有福气的灵魂！

（原刊于《蒸阳文学》2021年第9期）

附录：

平凡的岗位　大写的人生

——记衡阳县侨联主席邱曙光

在常人看来，基层侨联是一个既无行政职能又无强势权力的小部门，很难有所作为。然而，近几年来，衡阳县侨联主席邱曙光带领侨联一班人发扬自强不息、拼搏开拓精神，创造了一个又一个辉煌的业绩，得到了领导和社会各界的充分肯定。县侨联先后被评为全市、全省侨联工作先进单位，2009年7月在全国第8次侨代会上被授予“全国侨联系统先进基层组织”称号，其本人先后8次受到县委、县政府的嘉奖、3次记三等功，还被省侨联评为先进工作者。邱曙光用实际行动在平凡的工作岗位上，诠释了一个基层侨联工作者的大写人生。

基层侨联的忠诚守护

县级侨联，是一个典型的“清水衙门”。然而，邱曙光热爱侨联工作，甘于清贫，他从1993年起担任侨联专干，2006年担任侨联主席，在侨联工作岗位上一干就是二十一年，用挚爱和忠诚，为党和人民守护着一方阵地，书写着人生青春。

邱曙光坚信：单位不论大小、职能不分强弱，有为才有位。他从加强自身建设入手，努力打造一流的工作队伍，创造一流的工作业绩，从而赢得了领导的重视和社会各界的支持。

建设务实型班子。2005年前，县侨联是挂靠在县委统战部的一个内设虚拟机构，无编制、无场地、无经费，邱曙光担任专干。在他的积极争取下，2005年底，县委决定正式成立县侨联，当时只有两个事业编制，配备了一正一副两名领导。2007年底邱曙光抓住编制调整机遇，将县侨联确定为行政编制，县委又安排了两名专职干部到侨联工作。与此同时县委决定成立县侨联党组，还配备了纪检组长。现在侨联共有干部6人。队伍壮大了，邱曙光坚持从严要求，公道正派，清白做人，诚实做事。在工作中，他既当指挥员，又当战斗员，凡事冲在第一线。在他的带领下，班子成员精诚团结，务实奋进，各项工作有声有色。侨联声誉鹊起，政治地位逐年提高，2012年人大、政协换届有4名侨眷协商为市、县政协委员，6名侨眷当选为市、县人大代表。在2007年和2012年换届中，邱曙光当选为县十五届、十六届人大代表、常委会委员，副主席陈军英被协商为县政协八届、九届委员，兼职副主席陈明辉协商为县政协八届委员，常委、县政协九届委员，市政协十届委员。

建设学习型机关。县侨联刚成立时，县财政没有拨款，邱曙光自己垫付5000元，为单位购置了办公桌椅及电脑、数码相机等必要办公设备，营造了一个良好的工作学习环境。他带领侨联工作人员苦练内功，加强政治理论学习和业务的学习，在机关内形成了浓厚的学习氛围。特别是为了学好电脑及网络知识，他与侨联工作人员一道，从零开始，一步一步地学，现在人人都成了现代办公操作的行家里手。

建设奉献型队伍。县侨联工作处于开创阶段，特别是爱心助学活动，没有吃苦和奉献精神是难以展开的。邱曙光以身作则，带领侨联干部一心一意扑在工作上，以苦为乐，默默奉献。为了做好爱心助学工作，无论多远，也不论刮风下雨还是严寒酷暑，他带领侨联干部经常跋山涉水深入边远山区，调查情况，发放款物。脚板磨出了血泡，口里嚼着咸菜，一直无怨无悔。邱曙光就是这样卧薪尝胆，真抓实干，迅速打开了工作的局面，把一个毫不起眼的单位搞得风生水起，声名远播，赢得了领导的认同和社会各界的尊重，赢得了县委、县政府对侨联工作的高度重视，解决了县侨联用车编制和经费，县财政将“侨心工程”及海外联谊等工作经费列入了财政预算，为侨联开展工作提供了装备和经费保证。

寒门学子的曙光使者

邱曙光出身寒门农家，读高中时曾遭遇一次“偷米加餐”误会，幸得校长明察秋毫处理，才免除了被开除出校的命运。“一钵饭的故事”，让邱曙光深有感触：“给贫困孩子一点帮助，说不定就改写了他一生的命运。”怀着感恩之心，他与贫困孩子结下了不解之缘。

2002年，衡阳县籍旅美老华侨盛漱生先生捐款1000美元，通过海外中国教育基金会资助家乡泗水中学30名贫困学生。当时还是侨联专干的邱曙光负责具体落实，他牢牢抓住这一机遇，决定将助学工作向全县推广。他与海外中国教育基金会建立了密切的联系，并加入了由在中西部地区支教大学生志愿者建立的助学网站——“心守家园”网站。衡阳县侨联正式成立后，邱曙光将爱心助学作为构筑“侨心工程”的重头戏，并于2009年8月建立县侨联爱心助学网。为了壮大爱心助学队伍，他将侨联干部相继推荐成为“海外中国教育基金会”和“心守家园”的志愿者，并网络一批志愿者，义务参与网站助学工作。

邱曙光一心扑在爱心助学上，“为伊消得人憔悴，衣带渐宽终不悔”。他经常是白天下乡走访，晚上回来撰写家访手记，然后到网上上传资料，夜以继日地工作着，他几乎没有休过假。从2002年起至今已在海内外爱心助学网站发帖1100多篇，总计20多万字，撰写家访手记1300多篇，40多万字，网上威望值一路提升，网上号召力也进一步增强。他建立了一整套严格规范的制度，并给自己定下“三不”原则，即“不接受受助学生吃请，不接受馈赠，不将自己的亲属列为受助对象”，真正做到公开、透明、清廉，让资助人放心，对受助学生负责。

有困难，找曙光。邱曙光的爱心助学行动，逐渐成了衡阳人民心目中一张名片。2007年8月，家境贫寒的刘清同学以优异的成绩被上海东华大学录取，但面对1.2万元高昂学费，无奈只有望洋兴叹。老师将刘清引荐给邱曙光这位爱心大使。邱曙光凭借他在网络上的诚信和威望，仅用一周时间就为刘清募集1.7万元爱心善款，圆了刘清大学梦。刘清没有辜负邱曙光的厚望，2011年考上了上海市委党校研究生，今年毕业后又考到衡阳市国税局工作。刘清在给邱曙光的信中写道："感谢邱叔叔，让我首先领略到了上海国际大都市的繁华，否则，我将走上另一条道路，那就是加入南下打工的人流，去体验广州的繁荣与嘈杂。"

邱曙光的爱心助学行动，感动了社会，点亮了希望。截至2013年7月底，他共募集爱心善款750余万元，资助1280多名贫困学生完成或正在完成学业，帮助6所偏僻中小学校建起爱心图书室，他被孩子们亲切地称为"曙光使者"。一位叫罗玉洁的美国华侨在给邱曙光的信中这样写道："尽管这个社会物欲横流，但是总有一些人仍然在关心着这些生活在社会底层的孩子们，给他们一些温暖和希望。这，也是社会的脊梁。很感谢你为孩子们所做的一切。"

雁城人民的道德标杆

邱曙光是从南岳七十二峰之一的九峰山走出来的农家子弟，浑身上下充满着山里人至真至诚至爱的特质。他工资不足3000元，妻子下岗，儿子为在读学生，家里非常拮据，但他仍然慷慨大方，奉献社会。家乡修路、建校，他既出力，又出钱，自己先后捐款8000元，还帮助村干部到县城及市区协助劝捐5万多元，为贫困山村修通了致富路。为了解决九峰村群众饮水困难，他积极向水利部门争取支持，自己出钱请技术人员勘测设计，为村里建起了水塔，铺设了水管，让全村家家户户喝上了自来水。

邱曙光踊跃参加各项赈灾捐赠活动。2008年南方冰灾、汶川地震，向红十字会捐款800元，交纳抗灾特殊党费1000元，并响应中国侨联号召募集8000元重建北川中学。每逢重要节日，他都要带着家人买上礼物去看望贫困学生、特困侨眷。近十年，他共拿出4万多元资助公益事业和扶贫帮困。

邱曙光心地善良，逢困必帮。近十年，得到他帮助的贫困学生、归侨侨眷及其他人员达2000余人次。欧柏花，衡阳县井头镇青龙桥村里一个苦命的孩子，爷爷、奶奶、母亲、父亲等亲人因病相继离开人世，1999年11月，才12岁的她就承担起一个家长的责任，带着妹妹、弟弟开始了艰难的人生旅程。2004年，邱曙光在调查走访中了解情况后，非常同情，此后七年，他给予柏花姐弟父亲般的关爱。在他的帮助下，欧柏花顺利地完成了高中、大学学业，现在分配在衡阳县井头镇医院当上了“白衣天使”；其妹欧运林大学毕业后到杭州一家电子公司工作；其弟欧兵职业中专毕业后到一家企业从事电工工作。直到现在，邱曙光对他们三姐弟还在绵绵不断地注入爱心。不是亲人，胜似亲人。

邱曙光的事迹逐渐见诸报端，在衡阳广泛传诵，衡阳是大雁的故乡，又称雁城，他像一只领头的大雁，在雁城精神文明建设中成为道德标杆，是响当当的衡阳好人。德行天下，感动了衡阳，他爱岗敬业，助人为乐，他的事迹被省市县新闻媒体广泛关注。《衡阳日报》在第一版和第三版长篇报道了《衡阳邱曙光，一个义工的网上助学》、市县电视台拍摄了《曙光使者》专题片，2010年8月他被评为衡阳市首届道德模范。在颁奖晚会上，中央电视台著名主持人海霞在了解到他的事迹后，通过他帮助了3名困难学生，成为一名爱心传递者，并为邱曙光题词：“为孩子带来曙光！”勉励邱曙光将爱心助学的善行继续传递下去。

为了引领全县人民的道德风向，衡阳县于2012年成立志愿者协会，邱曙光以全票当选为首任会长。他表示将一如既往地帮助他人，快乐自己！

（该文2013年被评选为人社部、中国侨联联合表彰“全国侨联系统先进工作者”推荐材料，2015年载《衡阳日报》，作者谭明楚、李朝晖）

曙光使者

——记衡阳县侨联主席邱曙光

邱曙光是县侨联主席，近几年来，他利用自己的休息时间，通过电脑网络为几百名山区的贫困孩子找到了资助人，使他们重返校园，找到了希望的曙光，他自己也因此被受资助的孩子亲切地称为“曙光使者”，本台从今天起在蒸水新闻栏目中重点推出连续报道——曙光使者。

一

他叫邱曙光，是县侨联主席，一次与山区贫困学生的偶然接触使他成为全县贫困学生眼中的“曙光使者”。2002年6月份，祖籍井头镇的老华侨盛漱生通过海外中国教育基金会向我县资助1000美元的资助金，海外中国教育基金会要求当地侨联派一名干部负责把这笔资助金送到学生手中去，当时统战部推荐了邱曙光。邱曙光认为这是好事，就满口答应了。没想到这次爽快的应允，让邱曙光发生了不少的变化，从受助学生的调查、摸底、家访，到申请表格的填写、受助金的发放，前前后后共花了他十多个休息日。这期间，在与那些受助的贫困孩子座谈时，邱曙光被深深地震撼了，他们的贫穷，他们对知识的渴望，他们在接过受助金时的激动和眼泪，让他难忘，他决定为孩子们做些什么。回到家里，他把在山区的所见所闻写成了文字，请朋友按照中国教育基金会的网址在网上发表，没想到几天后就有人给他来了电话。2002年7月份的一个晚上，已是深夜十二点多钟了，家里的电话突然响起，把邱曙光从睡梦中吵醒。他拿起电话一听，对方就说是美国的海外中国教育基金会的会长梁敢。在电话中梁敢说他看了邱曙光在网页上发表的文章后，决定聘请他为海外中国教育基金会中国事务协调员，专门负责对井头镇泗水中学贫困生的联络、调查、摸底、受助金发放等事务。泗水中学有800多名学生，其中贫困生高达15%，每学期一开学，学校为做好控流保学工作要耗费很大的人力和财力。邱曙光将学校的真实情况在网上向基金会进行了汇报，引起了基金会的高度重视，基金会决定每期都要对这个学校进行资助，并将该学校确定为定点资助学校。从此，这个学校的贫困生通过邱曙光。每年都会获得海外中国教育基金会1000多美元的资助。可以这样说，这个学校的贫困生，只要学习成绩好，以后上高中、上大学都不成问题了。

二

由于对贫困学生的关注，邱曙光养成了一个习惯，每次工作下乡时，他都要到当地的学校转一转，了解贫困学生的情况，但由于海外中国教育基金会只对井头镇泗水中学进行定点资助，那么其他学校的贫困生怎么办？邱曙光为难了，这时，基金会的一个志愿者向他推荐了“心守家园”网站，这是中国青年扶贫接力计划的志愿者组成的扶助贫困学生的网站，于是，他找到了这个网站，把贫困学生的资料发给这个网站。让邱曙光没料到的是，一件件麻烦事也随之而来，与美国方面联系打电话写信都很贵，有些事一下子也说不清楚，最好的办法是网络，但是，对电脑，邱曙光一窍不通，只有慢慢去学。学电脑占用了邱曙光大量的休息时间，家里的事他不闻不问，妻子开始埋怨起来，但他还是一如既往地学习电脑知识。通过自学、慢慢琢磨，他终于学会了怎样发学生资料、图片。有了电脑邱曙光如鱼得水，他把全县山区的孩子因贫困落后上不起学的情况写成了一篇篇文章，或拍成一张张照片在网上发表，并把有关孩子的名单、学习成绩、家庭状况在助学网站上进行公布，以感动海内外那些热心教育的华侨华人。同时，他以自己的亲身经历在网上发表了一篇文章，叫《一钵饭的故事》，说的是读高中时，他与同室的刘同学因为肚子饿，一起偷偷到食堂里煮饭吃，结果被工友发现扭送到校长那儿，校长问清缘由后，不但没有开除他们，反而把那一钵饭煮熟，并加了一些咸菜让他们吃，并且吩咐工友不要声张，此事改变了邱曙光一生的命运。在文章的最后，邱曙光用了当时校长对工友说的一句话："给贫困学生一点帮助，说不定就改写了他一生的命运。"这句话后来成为基金会募捐的一句口号。《一钵饭的故事》这篇文章使邱曙光在"心守家园"等助学网站有了名气。

2005年2月19日，美籍华人殷燮坤夫妇在网站看到邱曙光的文章后，专程从美国来到衡阳，寻找这位感动他们的年轻人，并要求资助一位贫困学生。（同期声：殷先生："因为我们在国外，生活富裕一点，好一点，不能忘记国家，从前我们就是这样长大的，儿子出生在美国，这次回来一是让他学习中文，学习中国文化，二来也是让他知道其他外面的世界是什么样子。"）当天下午，殷燮坤夫妇在邱曙光的陪同下来到贫困学生阳侨所在的学校和家里，并决定对他进行长期资助。（同期声：殷先生："我看到那个网站，被那些义工所感动，像邱先生那样的人，无私奉献他们的时间和精力，我们拿出钱来资助是微不足道的。"殷夫人："我觉得他很伟大，做这样的事，要花自己的精力、花钱，根本就是没有报酬，都是无私的奉献。"）随着与他联络的美国、英国、加拿大等国家华侨华人的增多，邱曙光的生活规律逐渐被打破。（同期声：邱妻："美国与中国的时间差很远，我们这里是黑夜，他们是白天，所以他经常工作到凌晨两三点，长期这样的工作，身体都瘦了，从120多斤瘦到了110斤，我看这样不行，还要买点东西给他补一下，要不然老公都没有了。"邱："有的同事、朋友开玩笑问我，说我给海外中国教育基金会做事，在网上发资料，是不是每个月有点美元，其实不要说美元，连人民币都没有。”邱妻：“他每个月写信、上网和租车都是自己贴钱，我有时想不通，这样做到底是为了什么？”邱：“不为什么，我为贫困孩子做点事，我觉得心里踏实，有种寄托，生活充实。”邱妻：“我以前从电视上看到香港的义工为流离失所的孩子奔波，我不能理解，但是从他对贫困孩子的工作中，我找到了精神寄托，他工作得很充实，所以我有时也帮他做点事。”）妻子的理解与支持给了邱曙光无穷的力量。

三

2005年4月15日，邱曙光看到了基金会给库宗乡的石口、牌楼两所学校15名贫困孩子资助金的信息，第二天一大早，他就到邮局取出资助金赶到学校发放。（同期声：邱：“有些留学生，他们也刚刚去国外留学，并且还一边打工，但是他们看到我发的贫困学生资料后，看到好多孩子初、高中都不能完成学业，他们就利用自己打工赚来的一些钱解决一些贫困孩子上学的问题，所以令我很感动。”）令邱曙光感动的还有那些受助的孩子，尽管他们还年小，但他们也明白“受人滴水之恩当涌泉相报”的道理。孩子们虽然现在不能用物质和金钱来回报恩人，但逢年过节，他们小小的礼物和温馨的祝福都让邱曙光倍感温暖。（同期声：吕校长：“他就像一名使者一样，穿梭在贫困学生和资助者之间，为他们架起了一座桥梁，为贫困孩子带来了希望。”邱：“对于每位贫困学生，我都希望能帮助他们找到资助者，我都希望他们能有书读，读好书。有人问我，这样做到底是为了什么，要名没名，要利没利，我说不为什么。讲大道理，我是一名共产党员。从小处讲，我确实是看到这些贫困孩子就像看到我小时候一样，学习成绩好，都因为没有钱不能实现自己的梦想。”学生：“是邱叔叔给我带来了希望，今后，我一定会好好学习，成为对社会有用的人才，到时候我也要像邱叔叔一样，来帮助其他需要帮助的人，成为一个有爱心的仁慈者。”邱：“只要这些孩子能够有书读，读好书，我就心满意足了。”蒋部长：“曙光同志人如其名，给我们县里的贫困生带来了曙光，带来了温暖，带来了希望，带来了光明的前景。”）邱曙光的爱心志愿行为不但受到了社会的广泛好评，同时也得到了领导的充分肯定和大力支持。（同期声：陶部长：“近几年来，我县统一战线，充分发挥广泛联系海内外的优势和作用，通过加强与海外人士的联系，成立助学基金会，在一些助学网站上发布贫困学生基本情况的信息，每年筹集约数十万元的助学金，帮助了山区部分贫困学生完成学业，通过这种方式，我们筹集的资金对于全县方方面面贫困学生来说虽然是杯水车薪，但是，我坚信，只要我们全县广大干部、广大群众都能像曙光同志一样，人人都献出一份爱心，热心于社会公益事业，我想，我们全县的广大贫困学生圆读书梦的希望就能尽快地实现。”）

邱曙光是一个平凡的人，但是他所做出的事都不平凡，我们相信，只要全县广大的干部和群众都像邱曙光一样关心和帮助那些山区的贫困孩子，我县山区的贫困孩子和弱势群体的明天将会更美好。

（衡阳县电视台记者刘剑光、罗重九、肖光辉报道，该片在市县电视台播放）

后记

今年初，我卸任衡阳县残联理事长，空闲的时间多了起来，想把自己平时工作中撰写的文稿整理一下以打发时间。一些领导、同事、朋友知道我喜欢写点东西，散见于报刊媒体的豆腐块文章，接地气，有点正能量，他们鼓励我结集出版，以资纪念。基于此，我随兴而来，兴起时，信心满满，搜集整理，泄气时，无精打采，置之高阁，断断续续快一年时间了，其间不是贤师益友和家人的加油鼓劲，几乎没有勇气编写下去。《笔耕印记》一书终于付梓出版，我感到十分欣慰。

《钢铁是怎样炼成的》主人公保尔·柯察金说过："人最宝贵的是生命，生命对于我们只有一次，人的一生应该这样度过，当他回忆往事时，不因虚度年华而悔恨，也不因碌碌无为而羞愧，这样，在他临死的时候，他就能够说，我整个的生命与精力，都献给了世界上最壮丽的事业——为人类的自由和解放而斗争。"作为一个平凡之辈，我要感恩这个伟大的时代，我欣慰自己没有虚度年华，没有碌碌无为。

本书的出版得到省市侨联和省市残联领导的关心，在担任这两个单位负责人期间，我的工作自始至终得到了他们的大力支持和充分肯定。广大爱心单位和爱心人士情系弱势群体，为寒门学子圆上求学梦，为提高残疾人生活品质奉献了爱心。长沙市岳麓区潇湘悦读文化研究会张立云同志对书稿出版热心牵线，百花文艺出版社以人类文化的积累与传播为己任，扶持新人，认为《笔耕印记》有出版价值。在整理编写的过程中，得到了县委、县政府和我曾经的领导的鼓励支持，衡阳市委二级巡视员曾秀，衡阳市乡村振兴局局长王苏龙，县委常委、常务副县长蒋立冬，县委常委、宣传部部长李桦，县政协二级巡视员杨秋良，县人大正县级干部赵国运浏览了全书初稿。曾经的同事搭档龙湘梅、陈军英、王成生、王捷等是部分文稿的共同起草人，书中照片的拍摄者刘欣荣、熊群、唐桂生等没有一一注明。张云芳、麻安田、李朝晖、胡胜利、王辉宇、蒋永红、阳精华、李良、谭明楚、马国力、汪云葵、曾中仁、唐兰湘等同学好友为文稿润色修改提供了宝贵的意见。许航、陈军英、阳梅、蒋雅慧等同志为文稿图片的收集、打印、校稿做了大量工作。

衡阳县作家协会凌奉云、魏启用、罗平、刘望春等本土文字耕耘者，对我鼓励鞭策，期待我能把作品择期出版。

我高中时的班主任老师刘景良教授看了我的样书，欣然提笔写下了《让爱注满人生》。

《笔耕印记》中的每一个人物描写都是真实的记录，他们的事迹感动着我，记录得尽管不全面，但使人奋进，催人向上向善。

值《笔耕印记》付梓面世，我要一一表示深深的谢意！

邱曙光

2022年11月